民国的腔调

姑河题

民国的腔调

胡竹峰 著

时代出版传媒股份有限公司
安徽文艺出版社

图书在版编目（ＣＩＰ）数据

民国的腔调/胡竹峰著.—合肥：安徽文艺出版社,2019.6
（2024.6重印）
（胡竹峰作品）
ISBN 978-7-5396-6638-9

Ⅰ.①民… Ⅱ.①胡… Ⅲ.①散文集－中国－当代
Ⅳ.①I267

中国版本图书馆CIP数据核字(2019)第054648号

MINGUO DE QIANGDIAO

民 国 的 腔 调

胡 竹 峰 作 品

出 版 人：姚 巍
选题策划：韩 露   丛书统筹：岑 杰
责任编辑：周 康   装帧设计：马德龙
....

出版发行：安徽文艺出版社 www.awpub.com
地   址：合肥市翡翠路1118号 邮政编码：230071
营 销 部：(0551)63533889
印   制：安徽新华印刷股份有限公司   (0551)65859551
....

开   本：880×1230 1/32   印张：10.375 字数：260千字
版   次：2019年6月第1版
印   次：2024年6月第2次印刷
定   价：68.00元(精装)
....

（如发现印装质量问题，影响阅读，请与出版社联系调换）

前　言

　　看胡适视频，老先生笑容可掬，如秋月临江般和蔼飒爽，清雅极了，好看极了，也书生极了。胡适的声音，我听过，纪念北大创办六十周年致辞，声色清正，说一口干净的白话文，含蓄委婉，不见官腔，更无学究气。

　　旧北大人说胡先生上课总要在红楼那间最大的教室，讲授字正腔圆，考据博洽，带上许多幽默。胡适的口音，谈不上字正腔圆，略带沙哑，略带疲倦，有着浓郁的中式情调。但恰恰是略带沙哑疲倦感的腔调，文化分量上来了。

　　鲁迅讲演也好，刚性挺拔，三言两语击中要害，这是杂文修炼。一九三二年十一月二十七日，大先生在北京师范大学演讲。休息时，青年纷纷提问，有人说："再在我们那儿公讲一次吧，北方青年对您太渴望了！"鲁迅回答："不能了，要走。大家盛意可感得很，我努力用功写文章给诸位看好了，因为口头说并不比文章能生色，看文章大家不要挨挤。"随口几句话，俏皮有之，幽默有之，这是民国人的风度、民国人的腔调。学生回忆，鲁迅声调平缓，不脱浙江口音，简练沉着，像长辈为孩子讲沧海桑田的故事，与他叱咤风云、锋芒毕露的杂文不一样。

这两年读了很多中国古典文章，也读了一些域外作品，越读越深，心里还是不能忘情民国文人，到底是读他们文字长大的。年少时，穷村僻乡字里偶遇布衣长袍的鲁迅、周作人、胡适、林语堂诸位，关怀前途崎岖，受用至今。

都说人老了会念旧，人不老也念旧，老人念旧事，我念旧人。深宵伏案，尽是线装纸墨的暗香，满心旧人，轻呼一声，恍在咫尺，就一壶清茶我们秉烛夜谈。

书中人物，尽管无从相识，内心却觉得他们是一辈子至交。旧人们离散得很远了，烟水茫茫，故人何在，只有泛黄的老纸记载了曾经鲜活的面容。时间之别，哪怕一秒，也是永离。

与中国古典文学相比，民国人成绩不见得很大，但行状大可追慕，各存腔调。腔调，腔者，调也，调者，腔也。中国戏曲讲究唱腔讲究声调，腔调好坏乃评判标准，引申开来便是形容一个人处世、性格、风格、品位。

民国人的风格气度、文章姿容很让人怀慕，阅读他们，重述他们，醒在不同人物的命运里，醒在不同人物的文字中。他们星光灿烂，我在草地上乘凉。

二〇一五年五月九日，合肥

目　录

民
国
的
腔
调

楔子

汉语文脉弯弯转转，从《尚书》到先秦诸子，然后
是汉赋与魏晋六朝文章，唐传奇宋话本，明清小说，一路
下来，各领风骚。诗词歌赋不足以抒发曲折的心情离奇的
故事，而后有白话文，有新诗，一步步将散文从正统位子
上推下去，尊小说为大流，脱去《汉书》所定位的街谈
巷语、道听途说者之论矣。

唐宋以来，口语基础上逐渐形成白话文，起初用于变
文、话本之类。明朝时，街市茶馆中有说书人，讲述《三
国志》《水浒传》《大明英烈传》等传奇故事，后经罗贯
中、施耐庵辈整理成小说。古典白话至此渐臻成熟。

明人冯梦龙在寿宁任上，写《禁溺女告示》："一般
十月怀胎，吃尽辛苦，不论男女，总是骨血，何忍淹弃。
为父者你自想，若不收女，你妻从何而来？为母者你自
想，若不收女，你身从何而活？且生男未必孝顺，生女未
必忤逆……"句句落实，乡民自能看得明白。冯梦龙是三

百年前白话文体家。

五四运动后，白话文普遍应用。胡适曾将白话的语言特点，归纳说：

白话的白，是戏台说白的白，是俗语土白的白。故白话即是俗语。

白话的白，是清白的白，是明白的白。白话的白，是黑白的白。白话是干干净净没有堆砌涂饰的话。白话要明白如话，不妨夹几个明白易晓的文言字眼。

这种观点在民国以前不多见。中国士林根深蒂固自以为是风雅或端庄，总有点看不上冯梦龙之类的文人，嫌其佻薄通俗。实则冯梦龙的见识，比时人长出不止一头。明清高头讲章，现在人知道得不多了，读书人却多半读过冯梦龙。

胡适认为白话或话是从口语角度提出的，白话对立文言，却包容方言，这给白话文的发展注入了民间力量。鲁迅、周作人、沈从文、张恨水等人文章，亦不乏民俗元素。民间语言与书斋语言相比，多了生机，多了自然。

民国人下笔大都难逃古典腔调，尽管他们旗帜鲜明地反对文言文，但自身旧学素养在那里。不少人能写一手纯正漂亮的文言文，作起白话也有经史子集的夕阳返照。林语堂说古者则幽深淡远之旨，今者则得亲切逼真之妙。两者须看时并用，方得文字机趣。

大多民国文人，对前辈文章说了很多不客气的话，一下笔，还是有线装书氛围。张爱玲说就连她那样的人，也常在旧诗里看到一两句切合自己的际遇心情。不过是些世俗的悲欢得失，诗上竟会有，简直就像是为她写的，或是其自己写的……千载之下感激震动……老在头上心上萦回不已。张爱玲把《金瓶梅》《红楼梦》《海上花》消化得烂熟，笔下人物对话口吻常见这些作品的影子。鲁迅与周作人、胡适诸位，创作之余梳理中国小说史，整理校点古籍。一九三〇年秋，鲁迅破例为老友之子开列了一份应读文学书书单。无独有偶，梁启超、胡适也曾开过书单。三份书单全是古典读物，散发着汉语韵味。

　　民国文章之好，恰恰是语言未曾圆熟，字里行间的旧味与未脱古文余韵的笔法，白话中带一丝文言气，又精致又清雅。

　　盘根错节的文脉像山间河流，或蜿蜒曲折，或顺势直下，与国家民族的命运消长相随，自然也一同经历了无数灾厄。稍有间隙，文化之流又会不经意间秉天地灵气，激浪扬波，呈现出一派大江瀚海的浩荡。

　　民国国运坎坷，文化艺术有生机。古文衰落，新文学破壳而出。鲁迅的小说与杂文几乎全是抗争和愤激之谈。林语堂、郁达夫这样的文人也没有忘怀天下，在时代的泥

楔子

淖里散发着光彩和锋芒。即便是吟风弄月的小品，也或曲或直表达不平，接通先秦魏晋唐宋明清文脉。

谢灵运说天下才共一石，曹子建独得八斗，我得一斗，自古及今共用一斗。如果说，民国文才共一石，周氏兄弟除外，他们属于整个中国文学，这一石姑且如此分配：

梁启超、王国维得一斗，陈寅恪、陈独秀得一斗，沈从文、废名得一斗，梁实秋、钱锺书、林语堂得一斗，萧红、张爱玲得一斗，郭沫若、老舍、巴金、茅盾、曹禺得一斗，张恨水、徐志摩、郁达夫得一斗，钱穆、顾颉刚、梁漱溟得一斗，剩下的人共分了那两斗。也有些人去晚了，米已经分完，只能捡起撒落一地的秕谷。

梁启超是动荡时代的大人物，为笔墨之外的事功连年奔走，经历丰富，几回回处在历史旋涡中。可以想象，这样一位人物面对文字，会产生一种什么样的文化胸怀。有人问梁启超信仰什么主义时，他说趣味主义。有人又问他的人生观拿什么做根底，他依然说拿趣味做根底。这也是下笔行文，读来势如破竹的原因。

林语堂写人论文叙事记景，行文奇崛，舒展轻松又不失厚重。郁达夫放诞任性，无所顾忌不拘谨，纯然人性本色。废名文字独具一格，冲淡为衣，语感极好。他的文章，好就好在奇上，可惜文气不平。在我看来，写散文，文字要新奇，文气要朴素。文字可以怪，可以追求特别，但文风要平，只有平才能走得远，走得深，才能不坠魔障与邪性，进入大境界。

周作人的小品，沉着苍郁，冲淡为衣，闲适使气。瓜棚豆架下谈天说地言鬼论神，看起来寻常，入口微辛，回味却甘。《北京的茶食》里说："我们于日用必需的东西以外，必须还有一点无用的游戏与享乐，生活才觉得有意思。我们看夕阳，看秋河，看花，听雨，闻香，喝不求解渴的酒，吃不求饱的点心，都是生活上必要的——虽然是无用的装点，而且是愈精炼愈好。"很多人被其笔下晚明文章的神韵蒙蔽，以为周作人沉迷于精致风雅生活的旨趣，而忘了字外的大义，更忘了他对人间的大悲悯。

民国诸贤，鲁迅不可绕过。如果说冰心、徐志摩、梁遇春等人的文字灿若春花，鲁迅则肃穆如秋色。他的文章，年岁渐大，越发能体会背后埋藏的深意。鲁迅的作品，沉郁慷慨是经，苍茫多姿是纬，点染他的又有卓绝的个性与不世才情，加上现实投下的阴影，文字便添有冷峻之意味，自有旁人所难及处。《野草》与《朝花夕拾》是现代散文中的两朵奇花，一朵长在向阳的山坡上，一朵藏在背阴的石缝中。

鲁迅的文字，有婴儿的烂漫，又同时有世情的洞明与练达，文章铮铮傲骨，俯仰天地的目光，堪称超绝。王国维胸藏风云，下笔雍容，一览众山小，已到了时代制高点，可惜只活到五十岁就自沉于北京颐和园昆明湖。陈独秀眼高手高，虽为政治所误，文章终入化境。郭沫若才高志大，天生诗人气质，偶尔过度抒情，影响了公正平和，但不影响纵横捭阖横扫六国的派头。郁达夫性情写作，其人跃然纸上。林语堂出手不凡，幽默之外大有余味，只是后来离开母语环境，阻塞了脚步，但也给文脉注入了新鲜的力量。钱锺书的《围城》，趣味灵光闪闪，《管锥编》的墨香流韵，可圈可点。张恨水的旧小说紧贴时代，虽不如牡丹、玫瑰端正，却有一股梅香扑鼻。徐志摩的文章状写域外风物，逸气横生，丰姿动人。无论是散文还是诗歌，都上承唐诗宋词余绪，只是略显异域风情，不能久视。张爱玲、萧红有孤绝凄美之态，亦沉博清丽，绝非咏絮之才。一些女作家，嫣然百媚，处处成春。

梁遇春火光一现，是耀眼的流星。丰子恺如文玩清供，谈文论艺文章格调尤高。李健吾文艺评论，刀劈斧削，虎虎生风，力可透骨。胡兰成的文字，顾盼之间摇曳多姿，山河、家国、饮食男女，串作一处，优雅而妩媚，俱见风致。

民国作家将汉语推向了新境界，一方面接通传统，一方面借鉴西方。很多人身上所体现的气度与襟怀，是开放的，不仅阅读域外作品，更亲自翻译、推荐这些作品。严复、林琴南诸夫子，孜孜不倦引进外来先进文化。鲁迅《木刻纪程》小引说："采用外国的良规，加以发挥，使我们的作品更加丰满是一条路；择取中国的遗产，融合新机，使将来的作品别开生面也是一条路。"这些观点为有识者所肯，形成民国文人不拘一格、广采博取、闳其中而肆其外的风气。

民国出版业开始走向繁荣，很多中小城市有自己的报纸杂志。不少报纸辟有副刊，专发各类文艺作品，卖文为生者大批量出现。不少作家著书为稻粱谋的同时，更以所思所想说服人、感染人、影响人。

身逢乱世，不少人珍重固有的文脉，更执着强国兴邦之思。他们蜷缩在文字世界抵挡外面的风雨飘摇，内心的凄苦是有的，依旧埋头自己的文章。写自己的文章，这是写作者最珍贵的品质。民国文章，有今人鲜见的性情，有不同寻常的风范与面貌。

民国兴起的文化思潮，是支撑创作的柱子。思想理念在前，哲学智慧在前，其后自有文脉繁茂，这是规律。文人留洋汲取宝贵的学养，在思想和形式表达上有所开拓。茅盾、老舍、巴金笔下的市民，脱去才子佳人旧小说衣冠，不局限于花前月下或者拍案惊奇，而是借此关照一个更大天地。张恨水这类旧小说作家，笔下虽有情事缠绵，

楔子

亦不忘时代之风云变幻。

作为国体，民国短命而粗糙，现代文学的大致框架，却在几十年间奠定而成。民国是历史的港湾，也是时代的码头。从皇朝变迁而来，时代转折，文化必然转折。民国文学不能皆尽人意，但给了白话文一个高起点开端。那一湾文脉，是中国文学一泓隽永的墨色。

张恨水

张恨水故居太新，远不如小说有旧醅之味。二十年前，在乡下遇见几本张恨水小说，文字大好，意境淡远，课余一章一章仔细翻阅，读得人心里愁绪逸荡。那时候喜欢刘旦宅、戴敦邦的连环画，窄窄的纸页悠悠闲闲。水墨或线条绘就的女人真好看，真像张先生笔下一些少奶奶和大小姐。

民国作家，张恨水名字知道得比较早。十来岁时，一位木匠在我家干活，他喜欢读小说，看过几本张恨水的书，天天讲一段《啼笑因缘》。又说张恨水是邻县潜山人，倾慕冰心，取此笔名，寓意恨水不成冰。冰心当时在我心里分量重，教材上有她的文章，心想这个潜山佬胆子真大。潜山太近，冰心太远，张恨水喜欢冰心，总觉得有什么地方不对。恨水不成冰这个小道消息，大概二十世纪三四十年代就有了，毛泽东后来见到张恨水，也忍不住好奇询问究竟。

张恨水生在习武之家，祖父做过清朝参将，十几岁时能举起百斤巨石。儿时目睹祖父武术，后来《啼笑因缘》写关寿锋用筷子夹苍蝇，夹住之后，苍蝇并未夹烂，而是翅膀折断。这种功夫，即脱胎于旧年往事。张恨水父亲也习武，他觉得下一代人应该从文，要求儿子读书。张恨水六岁入私塾，自小对文字非常敏感。有回老师出了上联"九棵韭菜"，张恨水对曰：十个石榴。

　　张恨水创作小说是有渊源的，在书馆读书时，便喜欢《西游记》《东周列国志》一类闲书，尤其热衷《红楼梦》，醉心风花雪月的诗词及才子佳人故事。

　　二十世纪三十年代，上海报馆不找北京作家文稿，北京报馆不请上海作家写作。正当张恨水在北方名气高涨，朋友介绍沪上编辑严独鹤与他结识，为《新闻报》供稿，开了南北文字往来的先河。虽说应了约稿，写什么，张恨水没想好。这时北京发生一起抢劫案，受此影响，张恨水坐在中山公园小山茅亭，构思出《啼笑因缘》。故事复杂，曲折多边情爱关系成为卖点。连载期间，轰动一时，老少妇孺皆知。自此张恨水一纸风行，风头无二。

　　张恨水的读者，上自鸿儒，下有白丁。陈寅恪在西南联大时，双目失明，好友吴宓每天读张恨水《水浒新传》给他听，成了病床唯一消遣。鲁迅也买过张恨水《金粉世家》《美人恩》给母亲，可惜自己未曾看过。以大先生的趣味个性立场，对那类作品应该无暇一顾。时常猜测，他会怎么评价张恨水呢？如果认真读了《春明外史》《金粉世家》《啼笑因缘》，也会觉得很多新派小说相形见绌吧。

张恨水小说写侠士写文士，写美人写妙人，写世情写爱情，热闹好看，一部有一部精彩，改编成影视还是好看。老民国风情近百年过去，一点不老套不陈旧不过时。

茅盾一次夸奖张恨水，说文字不错，又说近三十年来，运用章回体而能善为扬弃，使章回体延续了新生命。老舍也说张恨水是国内唯一妇孺皆知的老作家。张恨水心怀感激，不止一次有文章提及。茅盾、老舍对张恨水评价颇堪玩味。听话听声，锣鼓听音，作为朋友，他们这番话当然是捧场，同时也是表态，弦外之意是张恨水到老不过通俗小说家。作家通常话里有话，文人往往清高，觉得自己天下第一，旁人不容易入得法眼。

张恨水在茅盾、老舍他们面前颇有些自卑心理。时代交替，新风气容易压倒旧观念，尤其文艺上。五四时期，新文学如火如荼，旧小说拥护者众，新文学到底是大势所趋，天生一种霸气。

一九五六年的一次会议上，茅盾把张恨水介绍给毛泽东，毛连说还记得，还记得。茅盾回道："《口口口口》那本书就是他写的。"张恨水连忙更正："那是伪书，我

张
恨
水

011

写的是《春明外史》《金粉世家》。"连张恨水的代表作都不知道，遑论展卷一读，那些赞扬，大抵不过敷衍应酬而已。为人处世上，文人和政客不一样，文人是无论如何不如自己好，政客是为我所用便好。

毛泽东说还记得，因为十年前他们会过面。一九四五年秋，重庆谈判间隙，经周恩来介绍，毛泽东接见了张恨水。两人相见，说起时势政局，以及写作和生活等许多问题，谈了两个多小时。毛泽东读过张恨水的小说，记得其中情节，临别时，送了张先生延安生产的呢料、小米和红枣。生前张恨水很少谈起与毛泽东谈话内容，只在《我的创作和生活》一文中写道："一九四五年毛主席到重庆，还蒙召见，对我的工作给予了肯定和鼓励，给我留下了深刻的印象，至今还牢记在心。"女儿多年以后问起这次谈话，也只是简单答道：主席说的是关于写爱情的问题。

名列旧派小说序列，所谓通俗言情、鸳鸯蝴蝶、风花雪月。这一派作家，赢得了读者，从不被新文学阵营看好，动辄奚落讽刺挖苦，惹来言语的鞭笞。写旧派小说的老式文人，天然一盘散沙，吟诗、写字、作画、听戏，自得其乐。新文学阵营常常一致对外，拉帮结派，同仇敌忾，每每交锋，旧派文人基本处于被动挨打境地。

中国二十世纪是新派的天下，凡事忌一个"旧"字，张恨水后来想摆脱身上的旧味，也无可厚非。可惜那类所谓新作品，质量平平，反响平平。

民国以前，很多人眼中，小说不过稗官野史，雕虫小技，在四部、四库那样的书中没有立身之地。张恨水后来想作出一本《中国小说史》，骨子里不排除给自家正名的念头。为此，搜集了许多珍贵小说，《水浒传》都有七八种版本。可惜那些资料毁于战火。

民国一批旧作家，张恨水应该能居首座，比周瘦鹃、程小青、包天笑、范烟桥诸辈写得更多更好。同样写小说，有些人被故事束缚了，张恨水也重故事，但转动了故事，借机说了一个社会，着墨深处，入木三分。一个是通俗故事娱乐化，一个是通俗社会工笔化，这是张恨水高人一筹的原因。张恨水对世情洞达通晓，他的创作，从《金瓶梅》《红楼梦》《儒林外史》《孽海花》《老残游记》一路走来，或用白描，或以曲笔，说尽世态炎凉，说尽众生百相，淡淡的幽默隐藏着讥讽，时人所作，无人能望项背。

张恨水熟读梁山故事，有《水浒人物论赞》行世，多兴会意气之言，言之有物，取径冲淡，文笔简洁而感慨颇深，发一家论点，因别出心裁，不落俗套不入俗流。一九四〇年，张恨水又作得《水浒新传》，述梁山好汉聚义抗金故事。旧学人功力不同凡响，遣词造句，不失老话本气息，文笔精彩处遥遥直追原作，纵情演义，各路英雄各自壮烈，令人钦敬动容。结笔于黄天荡："看到青蓼长洲，江天白水，想起梁山泊里当年之事，便觉恍如一梦……后来黄河改道北行，梁山泊断了水源，慢慢干枯，变成一片苇地，又慢慢变成一片平原，做了农民庄稼之地，已没一点遗迹。"国破山河之际，文人报国，借水浒好汉之举，写热血写赤胆，令人慨然，当浮一白也。

张恨水最让人敬佩的是职业精神，这也是当时那批旧派小说家的共同特点，但他的才气比旁人高出太多。每日晚饭后张恨水开始写稿，同时几部长篇小说，一段一段连载。夫人睡得早，家务小事归他照料，有时一手抱孩子一手写作，一边还要留心里弄中小贩叫卖宵夜声以充饥肠。民国初年，不少海派小说家连载，极为勤勉恳切，好坏姑且不论。不少新小说家，追新弄潮，不亦乐乎。即便鲁迅，也热衷杂文，文字讼议中消磨了太多光阴太多才学。张恨水也赶时潮，写抗战文学，但一直没有被时潮淹没。

偶有余兴，张恨水会作点书法，下笔颇有张颠素狂味道，也有祝允明法度，成自家面目。曾见过他约老舍茶歇的便笺，字迹温文尔雅，恭敬客气，比平常文稿信件耐看些秀丽些。坊间不时流出张恨水书画作品，假的太多。有年见到他给萧乾夫妇的横幅，写"弹琴展卷纳春和"，字很漂亮，墨色风流，内容风流，非常张恨水，最后不知水流何处。水流何处，皆有清风，皆是春天，皆见风景。

年轻时张恨水临摹过《芥子园画谱》，后来作画取法马远、四王一派，以写意为主，山水花卉，神清骨秀，是典型的文人画。见过他一幅《菊石图》，真雅气，两茎秋菊自石罅中长出，花朵卷曲者如龙爪，舒展者似虎须。传统水墨外，张恨水也作漫画，简洁风趣，有文人气息。当年在北平置业，张眼水画过一座四合院房屋布局结构图寄回安徽问信。家人迁来北平，看到院落与画图一模一样，足见其写生之笔力也。

对于书画，张恨水用来自娱或赠友。抗战时期，蛰居重庆山村，自作花卉图贴在房墙破洞上挡风。一方面随画随弃，一方面惜墨如金，有人送来丰厚润金，以求文墨，张恨水多以"仆病未能"婉拒，家人嗔怪，他笑称这叫敝帚自珍。

写作高峰期，张恨水一年有六部长篇连载，人物、情节、进程各不相同。文友风传，每天晚上九点，索稿者排队等在张家门口。张恨水在稿纸上奋笔疾书，数千字一气呵成，各交来人。甚至传言，报馆催稿子，有次他在麻将桌上一时下不来，于是左手麻将，右手文章，居然按时交稿。故事不必当真，但名下如此传奇，实属情理。

除了小说，张恨水还有大量散文，内容繁多，天南地

张
恨
水

015

北，无所不谈。蛰居四川时他写过一册《山窗小品》，篇幅短小，花草虫鱼鸟兽相映成趣，文字清丽雅致，深得明清小品神韵，字里行间有市井日常，也有文士雅趣，格调比梁实秋《雅舍小品》略高半截。可惜以文言行文，不免佶屈聱牙，识者不多。

张恨水笔谈三千万字，这个产量十分惊人，以字数论，是鲁迅加上周作人文章的两倍。我喜欢张恨水的作品，其间元气浩荡，从青年到暮年，没有显著低谷，大不易也。他引以为荣的，是用稿费换来北平大宅子。全家三十多口人，靠一支笔，日常滋润。这样的境遇，让人又羡慕又辛酸。张恨水晚年有两大遗憾：没机会对作品进行全面修订，儿辈无人走上他预设的文学道路。前一个遗憾无关大雅，晚年创作力锐减，当时天气下，修订旧作，固然吃力，未必讨好。后一个遗憾，是天下父母时有的难偿所愿。

张恨水一生不事王侯，一管笔南征北战。他的传记坊间不少，读了一些，写出了风流写不出风采，写出了文事写不出文章。见过不少张恨水照片，一袭青布衫的书生模样在我的脑海里抹不去——黑白书生一身文化、一脸学问，或站立微笑，或凝眸沉思，或不以为意，或郑重其事，眉宇间从未凋零的儒雅和永不褪色的文气真迷人。

陈独秀

　　安庆陈独秀故居早拆了，江风飒飒，浮云漠漠。陈独秀没有故居只剩故事，他的故事听过很多，有怪事有奇事有异事。很多朋友知道我是安庆人，表示羡慕，说那是陈先生的家乡，推荐一定要看看《独秀文存》。我从来不以为然，天下那么多好书，哪有一定要看的。

　　有前辈说，年轻时不读读鲁迅不读读陈独秀不读读李健吾，下笔难得峭拔难得风骨。峭拔也好风骨也好，只是文章底色之一，平缓绵软亦好文章质地也。

　　少年时对陈独秀一直没什么太多好印象，说来可笑，这种反感首先来自心理的排斥。大约自己比较胆小怕事，总觉得陈独秀这种"侠骨霜筠健，豪情风雨频"的狂士太奇崛太锋芒。成见太深，遇见他的文章也避而不读。陈独秀被人称为思想明星，这又是我不喜欢的一个原因。思想家都不是普通人，通常缺乏情味、趣味。陈独秀所思常常卓越，所想往往立异，一言一字，多不寻常。

那些年在安庆编报，手头存书不多，下了狠心，要看看陈独秀著作。厚厚的《独秀文存》慢慢看完了，有饱腹感，如牛肉老酒之美，语境特殊，思想芜杂，行文鞭辟入里，读来欲快而不得不能。

陈独秀生于一八七九年，光绪宣统年间的亭台楼阁旧人物，埋头经史子集，埋头西风欧雨，满肚子不合时宜，满肚子离经叛道。《独秀文存》真是好文章，可以说是二十世纪中国最有魅力的文集之一，开头短短的自序，足足的味道，有名士气，堪称绝妙好辞：

> 亚东主人将我近几年来所做的文章印行了。我这几十篇文章，原没有什么文学的价值，也没有古人所谓著书传世的价值。但是如今出版界的意思，只要于读者有点益处，有印行的价值便印行，不一定要是传世的作品，著书人的意思，只要有点心得或有点意见贡献于现社会，便可以印行，至于著书传世藏之名山以待后人这种昏乱思想，渐渐变成过去的笑话了。我这几十篇文章，不但不是文学的作品，而且没有什么有系统的论证，不过直述我的种种直觉罢了；但都是我的直觉，把我自己心里要说的话痛痛快快的说将出来，不曾抄袭人家的说话，也没有无病而呻的说话，在这一点，或者有出版的价值。在这几十篇文章中，有许多不同的论旨，就此可以看出文学是社会思想变

迁底产物，在这一点，也或者有出版的价值。既有出版的价值，便应该出版，便不必说什么"徒灾梨枣"等客套话。

字里行间能见到鲁迅推崇的魏晋风骨，也颇有梁启超的味道，但多了勇猛多了激烈，直承韩柳血脉。《独秀文存》常见沛然气势，不失古文措辞，情感炽烈，义理跌宕，很得唐宋笔意。

陈独秀一生辉煌时期，是在北大担任文科学长的两年。后来有报纸刊登他因争风抓伤某妓女的消息，结束了这段平静安好的岁月。当时北大校长蔡元培注重道德教育，发起进德会，陈独秀是甲种会员，按照规则，必须遵守不嫖、不赌、不娶妾的要求，传出这样的事，教书育人多有不便。

从青史留名角度说，陈独秀是幸运的，轰轰烈烈一个开头，注定后人不能遗忘。陈独秀有自己的思想，有自己的政治抱负，但落脚似乎太虚无。如果历史是游戏，让他放手一搏，不知道会出现什么样的局面。陈独秀是个失败的英雄，因为失败，给后人留下壮志未酬的印象。

看陈独秀的书，人文有分离。他的文章，能读出温和的感觉。这个表面锋利的男人，骨子是柔软的，时常缺乏主见，尽管表现出来的是大无惧与无所畏。

陈独秀

政治上，陈独秀把中国的希望寄托在孙中山与苏俄身上。一个政治家把希望寄托别人身上，容易失败。跟人下注，赢了轮不到自己，一失手满盘皆输。

陈独秀有政治家、革命人不应该的过于浪漫的情怀，同时又是一个理想主义者。上海工会被强行解除武装后，短时间内两万多名党员被杀害，他还在幻想孙中山的三民主义。政治幼稚，后果极其危险，因为政治自古就是你死我活的斗争，与虎谋皮无异于刀尖起舞。因此，陈独秀受到了严厉批判，被彻底隔离出权力核心。

陈独秀的脸，可以看出隐隐风雷之色——风萧萧，雷滚滚，那种鼓胀胀元气扑面而来。这样写满个性的五官，不像个政治家，倒像是竹林下狂饮酒熟读《离骚》的名士。

和文章相比，我更喜欢陈独秀的诗词，赠太虚法师联语道：

　　一切无常，万有不空。

此语洞察人世，得了佛门要旨，又无僧家俗气。陈独秀生前未曾以诗名世。当然，欺世盗名之辈太多，以诗名世又如何？与一般文人轻歌吟唱大不相同，陈独秀诗词潇洒狂放中有逆俗气。尤喜其《灵隐寺前》一诗，气韵溢于笔端：

垂柳飞花村路香，酒旗风暖少年狂。

桥头日系青骢马，惆怅当年萧九娘。

这首诗，后世常常引用，多少人拍案惊奇。"酒旗风暖"真是好句，奇气散落，有大胸怀，"少年狂"让人神往。旧年我东施效颦，忍不住唱和，下笔顿知彼此之遥，所谓天壤之别是也，不过追忆怀慕心绪而已——

千峰远翠马蹄香，自在蛮荒怀楚狂。

万斛秋风萧爽气，灞桥风雪杜韦娘。

陈独秀诗有魏晋风骨，可谓晚明以来少有的大诗人，比龚自珍、黄遵宪诸辈，更为果敢干脆。陈独秀诗词之好，在不为旧气所累，古风里有新语，借平仄对仗一吐胸中块垒。

柳亚子的诗歌多浮肉，陈独秀的诗歌见硬骨。他无意为诗，偶一吟诵，时见山水，极尽瑰丽，奇诡中见豪放，苍凉时有愤激。一方面打倒传统，一方面接受传统，这是五四精神，也是陈独秀精神。和今天的反逆相比，那代人因为懂得，所以背弃。今人的背弃，多是打空拳，心头没底，眼里无神，手上无力，足底无根，囊中无物，朝天谩骂而已。

历经跌宕起伏，陈独秀后来不问政事，贫病中埋头学问文章。曾有四首绝句寄予沈尹默，感慨尤深，有"垂老文章气益卑"与"百艺穷通偕世变"的句子。

有个故事流传甚广。陈独秀初见沈尹默时说："昨在刘三壁上见了你写的诗，诗很好，而字则其俗在骨。可谓诗在天上，字在地下！"沈先生听了这话，自此开始专心临写六朝碑板，兼临晋唐两宋元明名家法帖，前后凡十数年挥毫不辍，直至写出的字俗气脱尽，气骨挺立。个性不同趣味不同，两人对书法的理解不同，追求自然不同。

很多年后，陈沈避乱入蜀，多有唱和。给友人信中陈独秀如此写道：尹默字素来工力甚深，非眼面朋友所可及，然其字外无字，视三十年前无大异也。

陈独秀书法极好，早年临池有功，格外用心篆字，行书草书，也各有天地。友人藏其真迹，我有幸几次把玩，洪荒精神扑面。台静农感慨，此老襟怀，真不可测。他给台先生写了一副对联，次句是自作诗，似乎比前句明人的诗更近自然，有唐人气魄——

坐起忽惊诗在眼，醉归每见月沉楼。

晚年陈独秀依旧对书法兴致勃勃，往来书信，随手写来，体势浑成，功力雄健。逝世前一年，得知朋友珍藏了东汉隶书佳拓《武荣碑》，眼馋之下，以诗代简：

贯休入蜀唯瓶钵，久病山居生事微。

岁暮家家足豚鸭，老馋独羡武荣碑。

陈独秀在文字训蒙上付出大量精力，撰专著《小学识字教本》。出版前，照例送交审查，陈立夫认为不妥，书名要改，陈独秀不同意，说一字不能动，预支的稿费退了回去。晚年他在精神上更接近中国传统意义的儒士，蒋介石的资助，他拒绝；周恩来邀约去延安，物是人非，他拒绝；老友胡适建议赴美，他也拒绝。烈士暮年，有另外之心境，在一己之道上独行，老牛破车，也义无反顾，通往直前。

很多政治人物归隐或下野，多属无奈，每每韬光养晦以图东山再起。陈独秀不是，其后半生彻底完成政治向学术的转身。朋友眼里，他举止从容，像老儒或有道之士，有时目光射人，才令人想起《新青年》时的叱咤锋利。

陈独秀曾说，博学不能致用，漠视实际上生活的凉血动物，是中国旧式书生，非二十世纪新青年。这个一辈子都以新青年自居的人，旧式之书生成了最终归宿，是血脉，是心性，也是命运造化吧。造化弄人，谁又能躲得开呢。

陈独秀

朱湘

文史研究者提到朱湘，总会说鲁迅曾赞美他是中国的济慈，以示显赫。对此颇有疑问，鲁迅和朱湘并无多少交集，中国的济慈亦非高评，不过第二，别人家影子而已。奇怪的是，不少人津津乐道，大概研究现代文学，不攀上鲁迅衣角，总觉得气短。中国的济慈一语出自鲁迅一九二五年的私信：

> 《莽原》第一期上，发了《槟榔集》两篇。第三篇斥朱湘的，我想可以删去，而移第四为第三。因为朱湘似乎也已经掉下去，没人提他了——虽然是中国的济慈。

这封信的内容，明显带有批评的笔调。为什么要删掉斥他的文章呢？因为朱湘似乎也已经掉下去，没人提他了。在鲁迅心中的位置，可想而知。"虽然是中国的济慈"前面加了个破折号，这是明显讽刺的一个暗记。虽然是三字，实则说明当时文坛有人认为朱湘是中国的济慈，鲁迅不过拿来一用而已，中国的济慈云云，并非美誉。

十四五岁上第一次读到朱湘，是《采莲曲》："小船呀轻飘/杨柳呀风里颠摇/荷叶呀翠盖/荷花呀人样妖娆……"正当青春年少，文字间极度的轻灵与柔美，一见之下，勾住了心神。如今回头看，此诗固然不差，却也欠佳。

《采莲曲》写于朱湘婚后，文艺归文艺，生活是生活。和妻子指腹为婚，接受过新思想的朱湘内心排斥。婚礼上大兄要他按旧有程式行跪拜礼，朱湘只肯鞠躬。大兄愤懑之下，大闹洞房，龙凤喜烛打成两截。朱湘一气之下，搬出家门。同根兄弟，自此形同路人，相逢不识。

民国旧人新诗，读过一些，朱湘别有风味，从旧诗词里点化而出，五言七言，长短句，随意取用，安排得熨帖妥当，营造出一种很好的意境，同代诗人并不多见。

和诗歌相比，朱湘散文还入不了上品。一来数量太少，二则个性不够鲜明。散文写作，见解、知识、阅历固然重要，也需要字里行间的个性光芒。朱湘散文平静，秀美，偶有洞察处，《北海纪游》《烟卷》《书》《徒步旅行者》《江行的晨暮》等几篇可圈可点，也最能表现独有的风格。《北海纪游》有这么一段："……最后，白杨萧萧的叹起气来，惋惜舞蹈之易终以及墓中人的逐渐零落投阳去了。一群面庞黄瘦的小草也跟着点头，飒飒的微语，说

朱湘

是这些话不错。"清明澄澈的行文摇曳萧瑟幽冷气息。

朱湘喜欢写死亡，年轻时候写有一首《葬我》：

> 葬我在荷花池内，
>
> 耳边有水蚓拖声，
>
> 在绿荷叶的灯上，
>
> 萤火虫时暗时明——
>
> 葬我在马缨花下，
>
> 永做着芬芳的梦——
>
> 葬我在泰山之巅，
>
> 风声呜咽过孤松——
>
> 不然，就烧我成灰，
>
> 投入泛滥的春江，
>
> 与落花一同漂去，
>
> 无人知道的地方。

生老病死，死放在人生最后，也是人生不可绕开的一个永恒话题。死是身体的寂灭，原本该是悲伤的，朱湘笔下却有种菩提树下佛陀涅槃时的安详淡然。

长期寄人篱下和被异视，给朱湘带来了沉闷的心理重负，自卑中生出仇视，又表现为极端自尊。这种情形下，几个兄弟姐妹也不喜欢他，始终将其看作外人。长此以往，朱湘性格越发孤傲乖僻，说胡适《尝试集》内容粗浅，艺术幼稚。《采莲曲》没有被徐志摩发《诗镌》头条，于是骂徐志摩是一个瓷人，瞧那一张尖嘴，就不像写诗的人。又评价他爱情诗是本色当行，哲理诗是枯瘠的荒径，此巷不通；散文诗是逼窄的小巷，路径很短；土白话是末节的街道岔入陌生的胡同；总之，徐君没汪静之的灵感，郭沫若的奔放，闻一多的幽微……只有选用徐君的朋友批评他的话——浮浅。说这些话的时候他又忘了也曾骂过郭沫若的诗粗，一本诗集只四行可读。

对同行的批评，终于转化为对现实不满，敌视时代，敌视周围一切人、事、物。朱湘频频写诗，写诗评，棒杀别人，也捧杀了自己。他这么做，不能仅仅归咎于简单的自恋，更多的还是与时代格格不入。朱湘似乎有儿童人格，得不到时代承认，找不到自己的价值，只好用扭曲、压抑的方式发泄，伤害别人的同时，也不断自戕。

朱湘太爱诗歌了，这是一个为诗歌而生的人。在清华念书，过于钟情于文学，对必修课不感兴趣，终因点名累计不到三次，毕业前夕，被校方开除学籍。友人上前交涉，终使让步，只要认错，便可收回成命。他一意为之，坚持无错可认，宁可离开清华，也不低头俯就指责说清华生活是非人的……只是钻分数……最高尚的生活，却逃不出一个假，矫揉。三年后的一九二六年，朱湘由朋友力保再回清华，自办《新文》月刊，专发新诗，自诩五年内遍及全国。然事与愿违，这本月刊总发行才二十份。

或许因为年轻，朱湘的诗一路温婉，那些美丽停泊在文字上，不能辞却白帝彩云，未有更多体悟更多深入，未有轻舟，过不了万重山，也无缘听到两岸的猿声。虽然常见精致的古典表达，不乏《诗经》遗响，也能读到乐府唐诗宋词元曲韵味，还是缺少内在的力量与生命的激情。旧瓶装新酒，用笔略嫌直白，少了回荡少了曲折。沈从文的评价很有意思，说朱湘像修正旧诗，用新时代所有的感情，使中国的诗在他手中成为现在的诗。

一九二七年，朱湘赴美，在劳伦斯大学留学，外教读的一篇文章把中国人比作猴子，他愤然转投芝加哥大学。一九二九年，因教授怀疑朱湘借书未还，加之一女士不愿与其同桌再次离学。正所谓："博士学位任何人经过努力都可拿到，但诗非朱湘不能写。"同年九月，朱湘回国任安徽大学英文系主任，月薪三百元。校方改英文文学系为英文学系，朱湘再次愤然离去，称教师出卖智力，小工出卖力气，妓女出卖肉体，其实都是一回事：出卖自己！毅然辞职，五斗米却没有着落。正逢长江洪灾，物价飞涨，朱湘嗷嗷待哺的幼子，母乳不足，又无力买奶粉，终被饿死。

朱湘是狂妄的，狂妄得严肃而认真。这是性格，性格决定命运。他慨叹人生有三件大事：朋友、性、文章。由于性格原因，友情和爱情成了镜中之花，穷得只剩下诗了。朱湘的生活里除了诗，了无其他，甚至没了自己。当时就有人说朱湘很需要朋友，又爱得罪朋友。

一个人为世不容，为时代不容，除了死，似乎别无选择。一九三三年十二月五日，上海至南京的客轮上，朱湘纵身跃入采石矶。冬天江水很冷，但他不能回头了。一语成谶，这个每天二十四小时写诗的人终与落花一同漂去无人知道的地方。朱湘生前常说，站着，是一个堂堂正正的人；躺下，是一具堂堂正正的尸体。落得如此下场，只能说生不逢时吧。生命最后时刻，朱湘一边饮酒，一边吟诗。随身带有两本书，一本是《海涅诗选》，另一本是自己的《草莽集》。那张三等舱船票，是亲戚接济的。那瓶酒，是用妻子工钱买的。那个可怜的女人，先是儿子饿死，后是丈夫自杀，万般绝望下选择了出家。

我喜欢朱湘的《草莽集》，清脆上口，让人不自禁吟唱。几首叙事长诗跌宕起伏，眼见他在新诗道路上渐行渐远，可惜享寿不长，终年不足三十。性格决定命运，孤高耿介，任谁也难融凡世；时代高于个人，朱湘人生际遇，真令人唏嘘。

鲁迅

喜欢鲁迅书法超过文章。大先生的文章，许多地方固执得可爱，时代倒影风起云涌，变幻不绝，如今再看，有些世事隔膜了消散了，那些墨迹却永远不失清幽。

鲁迅写字有种特别的味道，五四那帮舞文弄墨的人大多精于书道，但鲁迅书法还是显得不同。朝玄虚里说，墨色间有中国文化人独特的血脉和性情。鲁迅落笔非常有力度，又非常无所谓，无意于书，不屑取法。感觉是随意找来一张纸，轻轻松松拿起笔，慢条斯理蘸点墨，一路写来，非常艺术，非常自然，大概和长期抄习古碑有关。

《死魂灵》译本原稿，在一家早点摊那里用来包油条，萧红得了一张，写信过去，鲁迅不以为然不以为奇。大先生还用自己手稿如厕，校样常常用来当抹布揩桌子。家里设宴，吃鸡，手油腻腻的，鲁迅一人分一张校样，给大家擦手。钱谦益的一本杂稿，也曾被后人当废纸用来练字。笔墨只是一种生命气氛。当年琅琊王家门庭里进进出出的人大抵也如此，很少言及书法。但一张便条一幅诗稿，一旦留下，必定金光灿灿，成为后世珍宝。

舍下有本《鲁迅手迹珍品展图录》，翻开书，刚硬直接者有之，认真偏执者有之，倔强可爱者有之，风流俏皮者有之，幽默含蓄者有之。鲁迅书法就应该那样，那样古雅那样厚重，且不失文人气。鲁迅书法倘或写成郭沫若体，浑朴华美是够了，敦厚不足；写成茅盾体，遒劲有力，笔墨又缺乏意趣；写于右任那种，或者仿李叔同，虽有古风，毕竟还不像鲁迅。康有为书法纵横奇宕，梁启超下笔俊俏倜傥，郁达夫写字古朴飞逸，许地山落墨有灵动的拙，都有各自面目，但统统不像鲁迅那样古那样新。

鲁迅的书法，配他的人，配他的文学，配他的脾气，配他的长相，配他的命运，配他的修养。如果鲁迅一笔王羲之的字，一笔颜真卿的字，一笔米芾的字，一笔八大山人的字，一笔郑板桥的字，一笔曾国藩的字，那样远不如今天我们看到的熨帖。鲁迅的书法是可以代表中国，代表民国，代表五四精神的。如果说毛泽东的书法是一览众山小，鲁迅的书法则是会当凌绝顶。

时人有论，鲁迅书法有苍劲感，作榜书作楹联撑得住。知堂书法娟秀有余，苍劲不足，近乎唐人写经，宜小不宜大，写在稿笺上，才觉赏心悦目。实在，鲁迅的稿笺也漂亮，看得见墨花灿烂，笔端虽厚实，却也不失秀雅，更显得古意盎然。

鲁迅先学医，继从教，后从文，终在文学路上走到极致。从他经历看，一个人是否有所作为，开始做什么似乎不太重要。观其生平，专业写作时间并不长，《狂人日记》发表的一九一八年，已经是三十七岁的中年人。中年人撑伞避雪，积累了一肚子经验。

鲁迅的年代，有人挨打，有人被杀，有人被关进了牢房，鲁迅也避难也逃亡，却不是风尘仆仆，不是丧家之犬，衣衫干净，步履从容，面带微笑从北京到厦门再到上海，风声紧时，索性躲进租界小楼。这正是世事洞明处。读他的杂文，足见老辣。有些时候，此老如同设空城计的诸葛亮，鲁迅曾有论：

假如将韬略比作一间仓库罢，独秀先生的是外面竖一面大旗，大书道："内皆武器，来者小心！"但那门却开着，里面有几支枪，几把刀，一目了然，用不着提防。适之先生的是紧紧的关着门，门上粘一条小纸条道："内无武器，请勿疑虑。"

这段话变一下，用来评价周氏兄弟也蛮合适：

假如将韬略比作一间仓库，鲁迅家门半开，里面有几支枪，几把刀，不好看清楚。周作人却深锁庭院，紧闭大门，门上什么也没有，仔细听，零星三五句世情词飘荡而出。

鲁迅不大容易读，倘或先读三五本他的传记，抑或年谱，可得佳境。身世是作品之底色。鲁迅从文，多少与心性有关。医学枯燥，教学乏味，以他后来杂文中流露的个性看，大抵是做不了医生的。

卖文为生者，民国始为大观。古代文人，大部分走仕途，最不济也为政客幕僚之类。从政与从文，中国传统里是相通的。五四这一代开始分裂，出现众多职业文人。

我的存书里，鲁迅作品已逾两百册，有各个时期的单行本，还有多种《鲁迅全集》。关于鲁迅的书，也有近百本，还不包括十多种传记、画册之类。可惜把鲁迅研究提升到学术高度的并不多，首先是难度问题。没有点学问，没有点眼界，没有点情怀，很难明白鲁迅究竟说了些什么。有些研究文章或者也有鞭辟入里处，但缺乏文学修养，语言生硬，术语赶集。

鲁迅的文章，按照喜好程度，序跋第一，小说第二，小说最爱《故事新编》《阿Q正传》《孔己已》，《中国小说史略》《野草》《朝花夕拾》第三，《花边文学》《伪自由书》《准风月谈》第四，书信日记第五，《南腔北调集》《且介亭杂文》等余下的杂文集第六，《坟》《汉文学史纲要》最末。

鲁迅序跋之美，灿灿有光，尤其自序和后记，文字结了晶，除却文辞之美，更有思想之深。思想是枯燥的，到鲁迅序跋里，却转换为气，思想之力消化成文章光华。以《呐喊》自序为例，有真性情，有大境界。有真性情者，多无大境界；有大境界者，常乏真性情。明清小品就只有真性情，无大境界。我只有在先秦文章里读见了真性情大境界，我只有在晋唐书法里看到了真性情大境界。鲁迅打通了先秦到明清的文学之路。

鲁迅的深刻有厚重传统文化作底，现代作家只有他一人能常读常新、温故知新。他的文章常有真知灼见，读了二十遍以上还觉得像刚泡的铁观音一样醇厚。

隔三岔五会读读鲁迅，读小说读散文读古诗读墨迹，杂文不大翻了，但散落其中的语录，一读再读。鲁迅的文学，是新旧交替时候的奇峰陡起，在一种文化行将衰落，另一种文化生机初绽时突然拔地而起的孤峰，这是上天对新文学的怜爱。如果鲁迅缺席，现代文学将会多么冷寂多么乏味。

鲁迅是学不来的，为人学不来，作文更学不来。这些年我也写了几本书，不少人表示喜欢拙作。有次无意看到一个读者在我书上密密麻麻写了成千上万条批注，心头一直颇有些得意。但想到鲁迅文章，得意马上烟消云散。

鲁迅说刘半农浅，如一条清溪，澄澈见底，纵有多少沉渣和腐草，也不掩其大体的清。倘使装的是烂泥，一时就看不出它的深浅来了；如果是烂泥的深渊呢，那就更不如浅一点的好。此话可为文论，也时常为我辈浅白的写作找到理由与安慰。

如果再过五百年，大浪淘沙，一天天有多少人物会沦为灰水浆中一粒沙尘？很多年后再回首，五四文人可能只有周氏兄弟、陈独秀、张恨水、林语堂、废名等寥寥几个身影站在历史空白处。新文学里读不厌精看不厌细者，数来数去，实在也只有这么几位了。

鲁迅本质上是一学人一书生，一生用毛笔写作，尊奉有信必复的古训，收藏精美的笺纸、古钱、古玉，喜欢字画，喜欢旧书，喜欢拓片，对书本有洁癖，自称毛边党，极具文人气。鲁迅又对古董、书法、绘画这些旧文人的把戏，持有警惕。偶有娱情，才生把玩之心，即便喝茶这样的事情，与周作人纸窗瓦屋境遇完全不同：

> 买了好茶叶回家，泡了一壶，怕冷得快，用棉袄包起，不料拿来喝时，味道竟和惯喝的粗茶差不多。这才知道喝好茶是要用盖碗的。"盖"着来喝，味道果然不一样。但这种"清福"，劳动人民无福消受，因为"使用筋力的工人，在喉干欲裂的时候，那么，即使给他龙井芽茶，珠兰窨片，恐怕他喝起来也未必觉得和热水有什么大区别罢"。

鲁
迅

035

对鲁迅而言，吃是充饥，饮是解渴，穿是求温，并非一味闲情雅致。鲁迅更多时候生活在一个夜读时间里，翻他日记，买书是重要花销之一。

读鲁迅文章有个感觉，他对所处时代没有多少想要的东西，即便书来信往的几个朋友，大多人也不懂得鲁迅。这样的境遇对写作者而言，总归是好事。为艺为文，心里有个孤岛，独钓其中，如此方接通天地。

出版《呐喊》时，鲁迅快四十岁。不折不扣的中年人，写长篇小说，不太容易，最起码缺乏年轻时候的激情。鲁迅似乎不是个有足够耐心的人，酝酿了很久的《杨贵妃》终没写成。他的文笔，怕是不太适合写长篇，用《狂人日记》《在酒楼上》《眉间尺》的语言，作一部几十万字的小说实在太难为老先生了。

鲁迅是极少数能让文字与思想共同抵达美学内核的人，有思想上的深刻，也有汉语上的创新。有些人的文章，着力之深，的确让人望而兴叹，但文字欠佳，读后觉得遗憾。有些人的文章，美则美矣，却总担心这么柔弱，会不会容易夭折，会不会长不大。

鲁迅文字个性光芒万丈，华丽柔媚是有的，厚朴稚拙也是有的，尖酸挖苦是有的，豁然大度也是有的。一方面让文字乘鲲畅游，一方面让思想大鹏展翅。花言巧语是鲁迅的文字风格，不断阅读鲁迅，更多是对花言巧语式白话文的沉迷。

鲁迅身上有太多话题，别有用心或者光明磊落。据说延安准备在后方树立新文学典型，有三个人选：鲁迅、郭沫若、茅盾。最后选定鲁迅，不仅仅是文化重量的倾斜，更多还是综合性考虑。鲁迅身上集合了太多复杂性，但他自己能收拾住那一片芜杂。不论郭沫若还是茅盾，与他相比，都显得单薄。正因如此，鲁迅研究成为显学。

记忆中在乡下，老中医塞给病人药包的时候也拿几块老姜，说是药引子。药引子，引药归经之用也。鲁迅也真是药引子，这么多年，其脸谱不断改变，这是他生前的伟大，也是死后的悲哀。

鲁迅好骂人，坏脾气出了名，这里也有孤独的因素。

鲁迅是中国文化异人，似乎必然，又好像偶然。杂文成就了他，也毁了他。以他的眼界、才华和学养，如此大材小用、暴殄天物。当然，我只是把鲁迅和鲁迅相比。

鲁迅去世后，有人写文章说可惜在他晚年许多力量浪费了，没有用到中国文学建设上。周围的人不知应该爱护他，带来许多不必要的刺激和兴奋，怂恿一个需要休养的人用很大的精神打无谓的笔墨官司，把一个稀有的作家生命消耗了。这样的话里面有份懂得与关爱。

鲁迅是在乎自己文章的，也在乎文坛声名。身为文人，太在乎别人的评价，太在乎别人的看法，免不了卷到一些没有必要的争议中，最后陷入旋涡。这一点，周作人显然要豁达得多，很少参与各类纠纷。

鲁迅是自负的，周作人也自负。鲁迅会维护自己，甚至绝交。看不惯的事，写文章批评，不顺眼的人，写文章讽刺，连落水狗都要痛打。周作人却不屑维护形象，任由评说，只求一己自在，即便后来落水，也不做太多解释。

鲁迅写杂文，分寸把握得稳，话中有话，话外有话，皮里阳秋。想想对手读毕文章时的神态，那种没有还手之力，甚至连招架之功也没有的样子，老先生一定得意极了。有时候写得兴起，烟抽得一塌糊涂，满屋子烟草气息，反正睡不着觉，泡壶粗茶，朝砚台倒点墨，索性再写一篇。看鲁迅的集子，很多文章结尾日期是同一天。

现代文学史上那么多人，打笔仗没一个是鲁迅对手。鲁迅是块老姜，那些人只是嫩姜、糖姜、咸姜，或者野姜，而有些人是香菜、大蒜、小葱。鲁迅知道自己是大人物，对人对事取俯瞰态度，做纵览甚至回望。大情怀与大境界中藏着小心眼，这样的人，吵起架来，首先就以绝对的气势压倒了别人，可惜偶尔尖酸刻薄过了头。鲁迅晚年老发脾气，笔头冒火，浪费了学问不说，也伤害了元气。这或许也是不能长寿的原因之一。

经常这样设想，鲁迅的见识，现代文学里，哪些人的东西他会看呢？老人家心里，好书无非就是里面有一些句子好，有一些段落好，有一个立意好，或者观点好，不可能全本都好。周作人的书会看，因为写出了那一代中国人的精气神，氛围是好的；然后是那些微言大义，又难得保持着自己的清醒与立场，这一点，鲁迅是欣赏的。林语堂、梁启超、陈独秀的东西也一样，文字当然好，但在鲁迅眼里还够不上经典。郁达夫的他会看，胡适的大概会挑一些来看，郭沫若的瞄一瞄，茅盾的扫几眼。

鲁迅去世得早了，从《野草》开始，到《朝花夕拾》，然后是《伪自由书》《准风月谈》《花边文学》，每篇都是游戏文章的妙品，不动声色，一些小议论，点到为止。鲁迅晚期的杂文，早期思想中偏激和驳杂的地方也已逐渐理顺，心灵自由，下笔左右腾挪，写作回归到写作本身，借文字愉悦身心。只是我经常觉得不值得，那些长长短短都烟消云散了，字里是非得失似乎不必如此斤斤计较。

时常一厢情愿地想：如果再给鲁迅十年时间，白话文将会出现一个多么迷人的世界。只能要十年，再长，人生就会进入苦境，甚至会失去自我。鲁迅说话之猛，诅咒之毒，岂为后世所能忍。鲁迅这个人，眼光太毒，在俄国小说和散文合集《争自由的波浪》小引中说："英雄的血，始终是无味的国土里的人生的盐，而且大抵是给闲人们作生活的盐，这倒实在是很可诧异的。"这样的话，整个民国，也只有他能说出来。

读鲁迅小说，常常独自笑出声来，鲁迅总是将生活极端世俗化，他让英雄后羿与美女嫦娥成天吃乌鸦炸酱面；《离婚》中，地方权威人士七大人手中总拿古人大殓时候塞在屁股眼里的屁塞，不时在鼻子旁边擦拭几下。

人间本就是污垢堆积地，鲁迅不想美化掩饰，而是用锐利、深切、苍郁与沉重的匕首划开包裹在外面的一层薄膜。《故事新编》中，禹、伯夷、叔齐、庄子、墨子，这些伟大的人物，鲁迅也解开他们头发，撕烂布衫，踢翻神台，使得众人纷纷坠落尘世，跌到不堪的污泥中。

孙犁说文章最重要的是气，鲁迅文章的气是热的，散发着勃勃生机。对于这个生活在民国年间的文人，我常常产生一些遐想。

走在深秋北京或者上海，月色淡淡，灯光朦胧，路过鲁迅先生楼下，远远看着朦胧在纸窗上那个握笔写字或者读书闲谈的人影，久久伫立，看一眼再看一眼，直到灯灭。然后返回栖身小屋，读读他的书……当然，这只是遐想。倘或能潜回到过去，会不会去找鲁迅呢？还是不会吧，彼此字里相逢，寻找文学上的亲近，这样就很好。

对鲁迅的阐述，已经做了太多工作，一拨拨人用巨大的热忱解读他。可惜很多评价，因激情而忘形，因仰望而放大，因排斥而偏见，因隔膜而恍惚，因久远而混沌，更因为没有得到中国文章滋养，论述不得要旨。抛开思想包袱，抛开意识形态，仅仅从文学上艺术上谈论鲁迅呢？鲁迅像山，看看在眼前，顺道爬上去，到半山腰才发现这山太高，好不容易到山顶了，又发现是群山。

一九三六年十月十八日，天光未亮。鲁迅病重，气喘不止，修书一封，托内山完造请医生，可惜无力回天，病魔太猛太强。时间还很早，深秋的上海凉意浓浓，倘或没什么紧要事，很多人宁愿在暖和的被窝里多歪一会儿。上帝早早起床了，在等待鲁迅。正是早晨五点多时间，绍兴周伯宜家的长子，走过他五十五年尘世，在通往天国的路上踽踽而行。"褪色了的灰布长衫里裹着瘦小的身子，蓬乱的短头发里夹带着不少的白丝，腮很削，颧骨显得有点高耸，一横浓密的黑须遮住暗红的上唇"。迈进天国之际，守门人问：做什么？

鲁迅淡淡回道：和上帝吃早餐。

附录

人真多，街对面看见密集的人头。往里走，看两边屋舍，不少旧宅，大先生二先生当年可没这般热闹。人多嘈杂，游兴提不起来。有幸读进去鲁迅那么多作品，总归要看看。这些年好歹懂了点鲁迅文章，这是我的造化。

不少人学鲁迅文章，文法有了，章法不像，章法有了，笔法又不像，好不容易三法皆备，又未入道法。鲁迅文章，有天真的深刻，酣饱的随意。现代人性急，体会不到毛笔在稿纸上的气息。

进入老宅，周氏兄弟文章的味道迎了过来。一间间老房子，少年周树人、周作人读书玩耍。想象不出鲁迅东渡日本的样子，他在我生活中，是没有叫周树人时候的，其人生从《狂人日记》的中年开始，渐成老年的《鲁迅全集》。

一说绍兴，我就想到周氏兄弟。两人是绍兴标识，王羲之也是，晋朝时间太远，身影模糊了。喜欢过很多民国人物，现今没几个入心。对周氏兄弟，还是一往情深。

走出鲁迅故里，天清地明，好花好天。鲁迅故里应该叫周氏故里，我替周作人不平，尽管他毫不在乎。

——《在绍兴的几个片段·鲁迅故里》

高近一尺半，宽度与厚度不足一尺，雕塑家张德华一九七八年手制鲁迅像二〇二四年居然来了我家。

铜像在窗台上，脸部和颈部圆润细腻，又显出了骨相，极见写生功力，发须眉则写意一些，粗犷有之厚重有之。几十年岁月侵蚀，造像多了黑铁色泽，鲁迅面目生冷又温情又凝重，眼神孤独而热烈，微微向上看着，总疑心他在看奇怪而高的天空。

鲁迅的脸，见得太多太多，抛开照片，还有木刻、浮雕、漫画、油画、水彩、剪纸、石雕、铜塑……

张德华的这尊铜塑，自然是皮肉相，形状毕肖，但有文章相、学问相、性情相、民国相，又见风神，端的形神俱佳。这张脸无所谓强，无所谓弱，非常犀利，非常慈悲，看上去就像陈丹青先生谈到的那样：

> 一脸的清苦、刚直、坦然，骨子里却透着风流与俏皮……

读鲁迅先生多年，旧年读辞章读文气，如今都抛开了，读一个人的练达与洞明。《红楼梦》第五回的事，秦氏引了一簇人来至上房内间，贾宝玉抬头看见一幅画贴在上面，画的人物固好，故事乃是《燃藜图》，也不看系何人所画，心中便有些不快．又有一幅对联，写的是：

> 世事洞明皆学问，人情练达即文章。

贾宝玉看了这两句，纵然室宇精美，铺陈华丽，亦断断不肯在这里了，忙说："快出去！快出去！"年轻时候深以为然。如今我到了曹雪芹下笔作《红楼梦》的年岁了，体悟渐渐多一些——

世事欠了洞明，焉得高学问；

人情失之练达，岂有大文章。

岁月从来不饶人，如今我也过了当年鲁迅写《呐喊》的年纪，越发理解那个长辈长者的心境与性情。

读鲁迅，叹息他生得其时，死得其时。

读鲁迅，叹息他一个都不宽恕，末了，最没宽恕自己。

高洁人，难逃泥宕；屠龙者，深陷蛇窟。

世事无奈，几人能得安详呢？要谨慎要惜福，也要宽恕啊，看破放下，于是自在。

——《得鲁迅铜像记》

周作人

都说周作人文章不难模仿,未必。知堂用笔沉郁平朴,心机藏得深。学知堂一路文字坊间常见,仿得好的七分像,不少人一味学语言、学行文、学腔调,话一往深里说,却露破绽。

先在书店买来一册《知堂美文》,因为美文二字。期待能从周氏这里读到真正的美文,也就是说,写得优美的抒情散文。存了这样念头,读那本书,自然没看出特别意思,《乌篷船》《苦雨》《梅兰竹菊》等文章,看题目应该是抒情美文了,但老老实实还是不动声色。

后来读过《风雨谈》《泽泻集》《雨天的书》之类,翻过十卷本《周作人文类编》,到底年轻,感觉涩,读不出味道。后来读《亦报随笔》,读懂了,也着迷了。想找齐知堂旧书,民国的嫌贵,买不起,新版的太新,新编新印,纸页间火气大。二十世纪八十年代锺叔河先生在岳麓书社牵头出版的那套文集便好,书没出齐,管不了那么多，存得一本是一本。

《亦报随笔》收录有七百多篇文章，炉火纯青，大事写得小巧，小事写得完整，内容无所不有，用几百字打发，态度亲切，气象纵横。

《亦报随笔》是我阅读周作人的破竹之刀，自此之后，一本接一本。最不待见的《夜读抄》，也看出味道来了，借他人酒杯，浇自己块垒，此书达到极致。自此之后，周作人文章每年都会读一点，不喜欢也不排斥，读了就读了，平平淡淡。年纪渐渐大了，世事慢慢懂了一些，渐渐觉出一些意思。

有朋友说我的文章有知堂味，大概是说文风的闲适吧。如果是说审美取向的闲适，梁实秋和明清小品才是真的闲适。以闲适论，周作人不如他的弟子沈启无、俞平伯、废名等人，其闲适不过是行文的手段与写作的态度。

这些年有不少人将周作人和鲁迅做比较。文章高下方面，究竟谁领先？排列起来实在非常困难。锺叔河先生旗帜鲜明地认为周作人应该放到第一。我以为在文章上，中年以前，他们不相伯仲，都是泼辣淋漓的典型绍兴师爷手笔。中年的时候，应该说鲁迅更胜一筹，思想的精深与人世的洞察，都有超过周作人的地方。

鲁迅终年五十五，周作人寿享比鲁迅多二十几年，扎扎实实多读了二十几年书，经历了二十几年世事，晚年下笔成文自然有鲁迅不及处。

周作人文章比鲁迅欺生，写得如春绿夏露秋雨寒霜，入了定，岁数不够读不出好。年龄大了，摸得出一些真意，惊觉那样一篇小品一部长篇换不来。知堂好像还不甘心，《立春以前》后记夫子自道：说到文章，实在不行得很，处处还有技巧，这即是做作。平常反对韩愈方苞，却还是在小时候中了毒，到老年未能除尽，不会写自然本色的文章，实是一件恨事。立春之后还未写过一篇文章，或者就此暂时中止，未始非佳，待将来学问有进步时再来试作吧。三十岁后，我才悟出自然本色的好，可是一下笔还是偶尔存着技巧。文章千古事，一辈子太短，不着力便好，少些铺排，少些心思，有话则长无话则短，文章兴许本色些、自然些。

一九二四年二月周作人写出《故乡的野菜》，信笔如漫谈，与其《乌篷船》一时瑜亮。岁月多事，他却寄情于淡，下笔清风徐徐，是文风也是人生态度。年近四十岁的周作人，有最好的时间、最好的笔力，此后，抒情渐渐远去。一九九二年，汪曾祺亦作同题文《故乡的野菜》，怕也有向先贤致敬的心意吧。

写作的人一看鲁迅文字，就会肃然起敬，要站起来鞠躬，练到他这样的中文太难。周作人也好，仅仅从文章角度说，难追其兄。周氏兄弟都有沉稳诚恳、悲天悯人的一面，但周作人没有鲁迅俏皮，文章也不够放荡。

周作人的文章不好读，作法很老派，很内敛，他把文字写死了，可是他的死里蕴藏了太多信息。周作人下笔呆头呆头，实际上指桑骂槐、风云际会。

说周作人是文章家，锺叔河先生听了一定不同意，我也不同意。文章是大事也是余事，关键还是文章背后深意。鲁迅、周作人文章比他们的思想更有意味，这意味在于文脉对一个人的滋养。以后也会有人觉得胡竹峰文章比他的思想更有意味，这意味也是文脉对一个人的滋养。已经有人这么看了，我心里觉得知己。

鲁迅的声音，铿锵断语，刀砍斧劈，像刻在青铜鼎上的律令，以中年人的洞达，驰骋神思，摹尽东方人性之极景，使听者惊悚，让读者铭记。周作人的文章，温文尔雅，浑厚恳切，弥漫其中的人间烟火，令听者亲切萦怀，字里行间点到为止的弦外之音常常引人会心沉思。从文体上说，鲁迅简练如刀，一刀见血，三拳两脚击倒对手。周作人刚柔如鞭，看起来舒徐自在，鞭力过去，如秋风扫落叶。

书法可以发声，鲁迅的字说：诸位随意。周作人的字会说：慢慢欣赏。鲁迅知道自己是大人物，提笔写字时，法在心中，怎么写都行，不太在意。周作人也知道自己是大人物，提笔写字时，担心写坏，损了名头。倘或将周作人的手稿与其书法条幅立轴对比，感觉越发明显。

后人说周作人学贯中西，到底还是东风压倒西风，身上太多旧文人的世故。他倾慕日本文化，性格沾染有东洋的纤弱优柔，骂人也是中国旧文人样式和日本古典唯美风格的集合。

周作人的性格，从书法上着手，也挺有意思。即便最动荡时代，手底温润冲淡之气回转。我编过一册周作人《儿童杂事诗》，录有几次抄本，时间不同，但墨迹风味相同，闲气弥漫，含而不露，落笔很谨慎，收笔也很小心，谈不上潇洒，能见出悲悯之心，不像鲁迅书法，更多是书写需要，没有法度制约。

和鲁迅一样，周作人也创作了一座山峰，轻描淡写出中国文化的意境与情韵。自云"街头终日听谈鬼，窗下通年学画蛇。老去无端玩骨董，闲来随分种胡麻"，其实却是"志深而笔长，梗概而多气"。

周作人文章老到，没有酣畅的视觉快感，却能引发内心哲思，文字深美闳约，波澜四起，从容展示了一个中年男人心性之平和、安详、家常、世俗，以及有节制地谴责和愉悦地放松。尽管没有鲁迅犀利，没有林语堂幽默，没有废名玄幻，没有郭沫若喷薄。

周氏兄弟的出现，给现代汉语一个语惊四座的开端。鲁迅使散文成为一种能承载厚重责任、端庄思维的文体，他的厚重并非一味端庄，很多时候以充满人情味的方式保持着一个智者的潇洒，尽管偶失偏颇，不妨碍整体魅力。

　　鲁迅文风是对鸳鸯蝴蝶派、礼拜六派大行其道的一个矫正，那种朴实正气，直接传承推动了中国文学进程。曾经数十次听到当代一些作家朋友说，读来读去，只有周氏兄弟常读常新。常读常新，正是关乎文学高下的重要原因。

　　周作人的语言汰尽青春的狂躁与不安，发乎情却止于无情，苦口婆心，颇有些冷眼观螃蟹的意味，不夸饰浮躁，不咄咄逼人，天然朴讷，摇曳着冲淡悠远的情致和活泼诙谐的理趣。稍后的张中行也苦口婆心，这一路文风，絮絮叨叨，很多时候是自说自话，免不了饶舌，喜欢的爱它从容舒缓，不喜欢的厌其拖沓冗长。

　　周作人早期作品和成名后的文字，都有不为大众所理解的淡定与从容，功力显然比年轻一辈的人好。从周作人到俞平伯再到张中行，学识上有往下走的趋势。周作人生于一八八五年，俞平伯生于一九〇〇年，张中行生于一九〇九年，相差了几岁，情况大有不同。一方面江山代有才人出，另一方面，庾信文章老更成。

　　读周作人文章，感觉不到喷薄的才情。论才气，他似乎不如林语堂、郁达夫、俞平伯，甚至不如梁遇春。但周作人文章要比他们都好，说到底还是读书多，见识弥补了才情的不足。

周作人这个人，骨子里一介书生，要他救国，也是书生救国。投笔从戎之类的事，干不来，干得来也未必愿意干。鲁迅生前一直照顾着自己的母亲，自他去世后，老太太说：老二，以后我全要靠你了。周作人居然回答：我苦哉，我苦哉……说到底，这些都是性格的原因。国家，他也爱的；母亲，他也爱的；但他更爱自己。还有件事，大概也能说明性格。周家有个仆人，暗中揩油，周作人知道后很生气，把仆人叫来，踌躇半天，说要解雇他，岂料此人扑通一声跪在地上，周作人紧张地走过去，把人家扶起来说："刚才的话算没说，不要在意。"

才女凌叔华想当作家，要为自己中、英、日三种文字找一位导师，给周作人写了封很热情的信，说她知道的人，别人似乎都没有这样的资格。叶兆言谈这件事时，说女弟子进步成为情人，成为后妻，是常有的事情。不能说周作人也有这种非分之想，但是他以对方颇有才华为由，一口答应了下来。接着便是书信往来。

周作人的关照下，凌叔华小说由《晨报》副刊发表了，文名渐广。再以后，她和陈源成了夫妻。《语丝》和

《现代评论》为女师大风波大打笔墨官司，吵到最后，话越说越难听。凌叔华写信给周作人，希望不要把她给拉扯在里面。周作人回了一封信，说我写文章一向很注意，决不涉及这些，但是别人的文章我就不好负责，因为我不是全权的编辑，许多《语丝》同人的文字我是不便加以增减的。有些暧昧，有些酸溜溜。不知道周作人私生活上是否严谨，他日本老婆经常和他打架争吵，说周氏兄弟皆多妻（鲁迅于朱安之外有许广平，周建人于芳子之外有王蕴如），尤其怀疑他二十世纪四十年代去日本时有外遇。

羽太信子去世后，周作人说：

> 结婚五十余年，素无反目事。晚年卧病，心情不佳。以余兄弟皆多妻，遂多猜疑，以为甲戌东游时有外遇，冷嘲热骂几如狂易，日记中所记即指此也。及今思之皆成过去，特加说明并志感慨云尔。

周作人对政党始终不够热情。这个因素，会不会是他后来落水原因之一呢？周作人人情练达，在文坛友朋无数，可惜不能洞明世事。鲁迅说周作人昏，昏是对世事的糊涂，这是他后来落水的主要原因吧。

一九三九年一月，周作人任伪北大图书馆馆长。官越做越大，水越陷越深。苦雨斋中平淡超然的书生，脱去教授的长袍，穿上狐皮裘衣。落水后表现出飞黄腾达的扬扬得意，让后世喜欢他文字的人又尴尬又难堪。大家不敢想象、不愿相信，那个绝妙的文人会是汉奸。有人辩护说周作人受安排，在后方潜伏。有人说他有苦衷，有人说他是违背本意的，各方人士巧立名目，大加辩护。

周作人作文成功，做人失败。前者是性情使然，后者想必也是性情。他的落水，成了现代文坛的大事，鞭笞者有之，校正者有之，惜护者有之，鄙视者有之，也有人连其文章也一概否定。一九八二年六月孙犁先生给贾平凹散文作序，写了这么一段话：

> 周作人的散文，号称闲适，其实是不尽然的。他这种闲适，已经与魏晋南北朝的闲适不同。很难想象，一个能写闲适文章的人，在实际行动上，又能一心情愿地去和入侵的敌人合作，甚至与敌人的特务们周旋。他的闲适超脱，是虚伪的。因此，在他晚期的散文里，就出现了那些无聊的、烦絮的，甚至猥亵抄袭的东西。他的这些散文，就情操来说，既不能追踪张岱，也不能望背沈复。甚至比袁枚、李渔还要差一些吧。

孙犁像顽固又开明的祖父，周作人骨子里却是不拘一格的叛逆少爷。孙犁是村口大槐树，周作人则是中西结合的钟鼓楼。文学高下之分，见仁见智，难有公论。孙犁火气那么大，说到底还是对周作人在日伪政权任职的不屑。

关于落水问题，历史的白纸黑字摆在那里，周作人倒也坦诚承认既非胁迫，亦非主动，当然是由日方发动，经过考虑就答应了。因为相信比较可靠，对于教育可以比别个人出来，少一点反动的行为也。有人据此说，这是周作人良善的想法，为了不让沦陷区的教育落入日本人手中。木已成舟，争辩无益，这一点锺叔河先生看得清楚：人归人，文归文，其人可废，其文不可废。

据说清算汉奸时，有一个叫张二的人，卖过牛奶给汉奸。审讯人问，你的牛奶为什么要供给敌人用？张二说："他们是订户，我就卖了。"

"日本人是我们的敌人……你这是以物质资敌，知道吗？"

"我怎敢拒绝，又有谁保护我呢？"

法官一拍桌子说："你不会去报告警察吗？"

"拒绝，他们会说我抗日。"

有时候想，假如鲁迅还活着，面对周督办，该是何态？看见那个家里有二十多个仆人的弟弟，三天两头进馆子，小孩生日，犒赏仆人就吃了两桌的弟弟，该作何想？看见那个天天像过节一样，穿着缎子袍褂的弟弟，又是什么滋味呢？

抗战胜利后，傅斯年发表对伪北大教职人员处理办法。周作人自视师辈，同属"新文化运动"盟友，以长者姿态致信，要求作特殊人物予以照顾，口气颇为强硬。

信中有"你今日以我为伪，安知今后不有人以你为伪"等语。傅斯年大为不快，痛斥："今后即使真有以我为伪的，那也是属于国内党派斗争的问题，却决不会说我做汉奸，而你周作人之为大汉奸，却是已经刻在耻辱柱上，永世无法改变了。"后来周氏在日记里写："见报载傅斯年的谈话，又闻巷内驴鸣，正是恰好，因记入文末。"这样的小记能见到周作人骨子的一些小。《亦报随笔》中多有奚落傅斯年处。有一次和锺叔河聊天，谈到此事，锺先生说认为那本书大部分文章是好的，但不该骂傅斯年，大可不必，也实不应该。

冰心私信纸短意长："关于周作人先生，我实在没有什么话说。我在燕大末一年，一九二三年曾上过他的课，他很木讷，不像他的文章那么洒脱，上课时打开书包，也不看学生，小心地讲他的，不像别的老师，和学生至少对看一眼。我的毕业论文《论元代的戏曲》，是请他当导师的，我写完交给他看，他改也没改，就通过了。"

周氏兄弟失和传闻颇多，在我看来，也有性格原因。周作人表面温和，内心自负。鲁迅个性太强，他眼里的周作人永远是小弟。周作人读书求学日本，鲁迅付出了大量心血，在东京，他们一起翻译，文章最后由鲁迅修改一遍，再誊写清楚。回到北京，依然如此，即便周作人去教书，鲁迅也给他誊改讲义。《新青年》上翻译的小说，经过鲁迅修改才定稿。在家庭上，鲁迅全力帮助周作人。按照周作人这样的性格，长期生活在鲁迅的帮助之下，帮助也就成了束缚。兄弟失和，在所难免。

鲁迅去世后，身在北京的周作人没有亲赴上海，北大法学院礼堂纪念会倒是参加了。第二天，周作人讲解六朝文章，带本《颜氏家训》走进教室。近一个小时课程，始终在讲颜之推的《兄弟》篇。下课铃一响，周作人脸色非常难看，挟起书说：对不起，下一堂课我不讲了，我要到鲁迅的老太太那里去。

周作人是有少爷气息的，不知道这个说法可有人提起过，他不会理财，不会过日子，讲究生活品质，在困难时期，兀自念叨南豆腐之类的吃食。物资紧俏，让人从香港邮寄盐煎饼、茶叶、虾、咖喱粉，还有日本小吃。这不单是饿，还有馋。那个时期的书信，往往笔涉饮食。

一九四九年后，周作人给毛泽东写了篇思想汇报，要求继续为人民服务。信写得长，但显然摸不清楚当时风向，到底对世事迟钝。

一九六二年胡适去世，周作人写了长文《回忆胡适之》，细数由胡先生帮助出了几本书、得了多少钱，条理清楚。特别说这些钱买了坟地，埋了母亲、女儿，至今念念不忘。隐晦的文字，深藏苦心曲曲折折。那个年代，对胡适几乎是一面倒的批判与谩骂，大陆写纪念的文章，周作人是第一人。

一九六六年，周作人家里被洗劫一空，长期被罚跪，受批斗，甚至遭皮带抽打。终身都在追求理性精神的读书人面对这样的疯狂，是怎样心情呢？《周作人传》记道："一再地要家属设法弄安眠药来，以便尽快了结此生。"

庄子说寿则多辱，晚年周作人多次引以自况，并制成印章。一九六七年五月六日下午四时，周作人死了，终年八十二岁。周氏有首《八十自笑诗》，是他的自嘲：

> 可笑老翁垂八十，行为端的似童痴。
>
> 剧怜独脚思山父，幻作青毡羡老狸。
>
> 对话有时装鬼脸，谐谈犹喜撒胡荽。
>
> 低头只顾贪游戏，忘却斜阳上土堆。

低头只顾贪游戏，这是墨戏艺戏文戏。人事沉浮，世事沉浮，周作人其文山高月小、水落石出。

盖棺定论，那些往事彻底冷却，回味周作人一生际遇，真是曲折起伏。八十几年的荣光、黯淡、闲适、匆忙、寂寞、喧嚣，脱俗与沉沦融入一盏清茶。他给兄长作绝交信说："大家都是可怜的人间，我以前的蔷薇的梦原来都是虚幻，现在所见的或者才是真的人生……"可怜之下更有可怜，虚幻之外又来虚幻。

沈启无

《中国沦陷区文学大系·散文卷》收录有沈启无三篇文章，《无意庵谈文》《六朝文章》《南来随笔》。老派文字，充盈着学识与风雅，旧景老味，读来真叫人恍惚。

前些年，偶得一本《近代散文钞》，编者即沈启无，读后，颇有得陇望蜀之不甘。再读《苦雨斋文丛》"沈启无卷"，开篇却是《〈中国小说史略〉校注》。手头刚好有鲁迅原书，一一对照读来，颇有云开见月之疏朗。沈氏校注，用力颇深，常有深意，文字勘误之精当，书目提要之简约，注解补正之齐备，可视为学者的功力与作家的眼光。

散文写作上，身为周作人弟子，沈启无否定载道、崇尚言志，下笔成文，颇有六朝旧气，像《关于蝙蝠》《闲步偶记》《谈古文》《记王谑庵》《闲步庵书简》等文章，表现出风雅文人的情思与趣味。

沈启无除了做点学问，写写散文，也作点诗。他的诗和废名一样，颇有禅宗的意境，字句有藕断丝连之美：

秋夜雨

洒在深更

我轻轻灭了灯独自静听

我看不见天上的雨丝

也看不见叶上的雨点

万花如笑

一九〇二年，沈启无生于江苏淮阴。后在燕京大学读书，恰好周作人在此任教，一时成为知堂的崇仰者。

沈启无师从周作人，很多人说他亦步亦趋知堂的思想与文笔，甚至提笔写字也是周的路子。有人说沈启无的字"清秀、恬淡，一眼即可认出是学习周作人的字体"。沈启无的墨迹我也见过，流畅秀美，结体从二王里来。

汪曾祺对沈启无不以为然，公开贬损，大意是说吃老师剩饭，没有出息，文章是无生命力的，把他当作反面例子。也有论者说，沈启无的学术基本从周氏那里来，也学到一点鲁迅的小说史观，别无创建。他的小品文在韵律上暗袭周作人，连句式都是一样的。人各有论，我倒是觉得沈启无落墨比周作人平白，并没有他的涩，叙事写物，取的是柔而不腻、淡却有味的路子。他的很多小品文，让人读后感觉余音缭绕里犹存一丝清香，如水墨小品的留白，可谓技法，也算境界，更是趣味。

因为年轻，沈启无下笔朦胧含糊，有春夏气息，轻柔和美，追求妙悟，周作人则多些秋冬意味。到底是编过《近代散文钞》的人，公安、竟陵、张岱的浮光掠影在沈启无笔端兔起鹘落，只可惜他作文不多，或许为世所累吧。

沈启无文学成就主要在散文上，有超越时代的语感，今天展读，依然是一片晴空万里，厚味绵长，不妨引用一段：

> 黄昏时分，土城投射一片黑影，于是赶集的人们纷纷回家。你会看见问杏村酒店里挂着的空瓶子，一个个都装满了酒香，付了钱，又随着它们的主人悠悠荡荡地归去……我不知道什么时候才能再走上这个土城，重温一次李馒头的菜味与问杏村的酒香，在这里，我咀嚼着我的漂泊。（《却说一个乡间市集》）

这样清丽温情的话周作人不会说，尤其不会抒情地让文章升华。但绵延不尽、欲言又止的文风的确得了几分知堂翁真传。

一九三九年元旦上午，大约九点钟，一人进得北平八道湾十一号周家，只说一声："你是周先生吗？"迎面一枪。周作人觉得左腹有点疼痛，并未跌倒。一旁沈启无大骇之下，惊慌站起，忙解释我是客。这人也不理睬，又是一枪，沈启无应声仆地。

周作人命大，子弹穿过毛衣，仅擦破腹部皮面。沈启无左肩中弹，在同仁医院疗养了一个半月，子弹终未取出。那句"我是客"，成了沈启无平生最大的笑柄与罪证，成为逐出师门的导火索，后人说起他，常提此节。

《知堂回想录》忆遇刺那一段，暗藏怨怼。"我是客"轻轻一言，不啻道德雷霆，道尽沈启无的怯懦与凉薄。设身处地，直面杀气腾腾的手枪，第一反应会是什么？谁能扑人身前挡住子弹？谁能保证，冲上去与刺客殊死搏斗？看照片，沈启无只是一介清瘦书生。或许大多数人的反应，不是呆若木鸡，就是夺门而逃，不堪者，则匍匐讨饶吧。

一九四四年四月间，知堂翁与沈启无绝交，不再认这个弟子。沈启无后来自述：

> 周作人公开发出破门声明，并在各报上登载这个声明，一连写了好几篇文章在报上攻击我。我并未还手，只想把事实摆清楚，写了"另一封信"送到北京、上海各报。他们都不刊登，当时只有南京胡兰成等人，还支持我，"另一封信"才在南京报刊上发表出来。周作人不经过北大评议会，挟其权力，就勒令文学院对我立即停职停薪，旧同事谁也不敢和我接

近。由于周作人的封锁，使我一切生路断绝，《文学集刊》新民印书馆也宣布停刊……靠变卖书物来维持生活。武田熙、柳龙光要拉我到《武德报》去工作，我拒绝没有接受。北京现待不下去，我就到南京去谋生，胡兰成约我帮他编《苦竹》杂志。

一九四五年初，沈启无到汉口接办《大楚报》，任副社长，胡兰成做社长。胡兰成说，周作人和沈启无决裂，没有法子，也只好让他们决裂吧，我个人，是同情沈启无的。他的同情主要是因为周作人太过强势，挤迫得沈启无没法在京城待下去，忍不住打抱不平。

胡兰成对沈启无评价不高，在他的笔下，沈启无是一个贪婪、妒忌、不顾他人的小人。《今生今世》"汉皋解佩"一章中说沈启无风度凝庄，可是眼睛常从眼镜边框外瞟人。嫌恶之情，显而易见。不过，他们有经济上的纠葛，胡兰成对沈在他情人面前说过是非耿耿于怀，这些话明显杂了私念。

因为胡兰成，沈启无结识了张爱玲，写过评论文章：

读她在《苦竹》月刊上的《谈音乐》，使我又联想起她谈画的文章几乎每一篇都有她的异彩，仿佛天生的一树繁花异果，而这些花果，又都是从人间的温厚情感里洗练出来的。她不是六朝的空气，却有六朝人的华瞻。六朝也是一个大而破的时代，六朝的人生是悲哀的，然而对六朝人的描写，落于平面，把人生和文章分开，没打成一片，生活的姿态，即使描成种种形形色色的图案，生命还是得不到解放。因为没有升华的作用，虚空的美，不透过感情，终归要疲倦的，所以只能沉入枯寂。枯寂的人生，世界是窄小的，他只能造成自己的格律，用自己的理性筑成藩篱，自己不愿意冲破，也不愿意被人家冲破，没有智慧的灵光，只有严肃的知识是可怕的，人生到此，是要僵化了的，要僵化了的，不是平静而是死灭。

这说法是独特的，文字也好，读来享受，还有沈启无的反思，张爱玲活生生的例子让他找到了如何看待一贯推崇的六朝文章的另一个思路。

妻子说沈启无是个做学问的人，涉世经验不丰，甚至有些幼稚。子女记忆里，他中等个头，瘦瘦的，戴眼镜，有精神，脾气平和，总是笑眯眯的，能吃肉，一顿能吃一小碗猪肉，烟瘾大，不怎么喝酒，喜欢绿茶。女儿沈兰印象最深的是父亲看书、写字的背影，不是严父形象。同事回忆，沈启无谦虚谨慎，温文尔雅，颇有学者风度。

沈启无口才不错，二十世纪五十年代在大学教书，主讲宋元明清文学，只是讳谈晚明小品。授课深入浅出，感情充沛，学生们很喜欢。有一次讲《长生殿》，说起唐明皇和杨贵妃生离死别、缠绵悱恻的爱情故事，几个女生感动哭了。他因此挨了批，说思想感情不健康。

沈启无晚年，喜欢京戏，偶尔出去也多是到旧书店看看，或者逛逛琉璃厂，不好提陈年往事。听说周作人生活潦倒，住在黑屋子里，无人照顾，感慨系之，写过一首诗。同处一城的周作人也表示过对这个昔日弟子的关心。师徒偕老，未必能一笑泯恩仇，天涯沦落人抱星火取暖以抗凄凉与寂寞而已。

周作人去世两年后的一九六九年，沈启无也死了，终年六十七岁。立遗嘱道：

一、把所有的藏书捐献给国家。

二、孩子们一定要注意身体健康。

三、家里人要互相帮助，互相爱护，与亲戚、朋友和睦相处，与人为善。

对生世之爱，如此简洁如此诚恳，比年轻时候的文章朴素多了平白多了深情多了。

郁达夫

郁达夫曾来安庆任教，常去菱湖散步，日记里说，看见夕阳反射到残荷中间的吕祖阁的红墙上，鲜艳得很。他还去那里求过一签：

> 短垣凋敝不关风，吹落残花满地红。

> 自去自来孤燕子，依依如失主人公。

很多年后，郁达夫如此追忆安庆往事，入秋以后，只见蓝蔚的高天，大圆幕似的张在空中。城外高低的小山，披了翠色，在阳和的日光里返射，微凉的西北风吹来，带着秋天干草的香气。早晨起来，拿几本书，装满了一袋花生水果香烟，去享受静瑟的空气。看倦了书，就举起眼睛来看山下的长江和江上的飞帆。有时候伸着肢体，仰卧在和暖的阳光里，看看无穷的碧落，会把什么思想都忘记，一片青烟似的不觉着自己存在，悠悠浮在空中。

我在安庆也生活了三年，寻访过郁达夫的足迹，菱湖依旧，荷花不改，长江和飞帆也都还在。在江边坐一坐，在湖畔走一走，微风似乎吹来了郁达夫文章。

有朋友说起郁达夫，亲切地称为"达夫"，老友一般。每谈民国文学，总说达夫如何如何，近乎知交。天底下喜欢郁达夫文章的，全都可算他的朋友吧。

现代作家里，我对郁达夫一直颇有好感，不是说他文字有多好，喜欢的是文字背后的那个人。郁达夫的文章，能读出天真，鲁迅说他是创造社成员中最无创造嘴脸的人。创造嘴脸，就是做作。

读郁达夫，自散文始，《故都的秋》尽撷北地秋色精华，运笔如风，舒缓有闲趣。后读《钓台的春昼》《江南的冬景》诸作，清江之水、轻巧之竹、荷叶莲蓬，风雅得很，十分醇厚。后来读《春风沉醉的晚上》《迟桂花》等小说，感伤迷离，及至《沉沦》《采石矶》，文字间又多了孤绝凄厉，感觉仿佛是古代的落魄文人。

如果说鲁迅写作深得魏晋文章法则，郁达夫为人则全然魏晋风度。一个人身上有魏晋风度，总少不了逸事与传奇。郁达夫应该是现代作家最富有传奇的一位，反映他生平的电影，索性以《郁达夫传奇》为名。郁达夫一生光彩，怅惘也罢，迷离也罢，悲歌也罢，足以传世。对作家而言，写几篇传世大作不难，难的是做个传世之人。

郁达夫的写作态度，颠覆了中国人推崇的中庸之道。其《沉沦》一出，即以惊人的取材、大胆的描写震动文坛。可以说其性格成全了文学上的郁达夫，但另一方面，因为性格，造成了婚姻的不幸，个人命运的不幸。

三岁丧父，郁达夫心底生出孤独种子，如他所说，孤单的凄清就是艺术的酵素。于是自说自话，他的诸多小说从来就是夏风疾雨，一次次揭开自己的伤疤也吹向道学家紧闭的门窗。鲁迅控诉吃人，郁达夫坦白坦荡，袒露一切，不惜暴露伤痕，自舔自疗自艾自怜。或许正是他不遮掩的多情低诉，方才感染了风雨如晦时的人心吧。

郁达夫一生，性是绕不开的话题，苦恼和焦虑，根子都在性上。性得不到满足，于是苦闷，一旦满足了，又空虚无聊，还伴随着堕落感——郁达夫在这两点之间钟摆一样晃荡。他写性苦闷与人生的苦闷，连带那些迷茫、挣扎凝在一起，很难分割。郁达夫一生，似乎总是被性苦闷折磨，即便是新婚蜜月期，这大概是其下笔行文充满了肉欲与颓靡气息的原因。

郁达夫的性苦闷，更多是心理苦闷，这种过分的性冲动，容易被人误解。郁达夫写过一首《钓台题壁》的诗，"曾因酒醉鞭名马，生怕情多累美人"是其中名句。情多果真累美人吗？怕是累的多是自己。才子多情，多情才子。读郁达夫日记，看到他写追求王映霞的经历，可笑可爱又可怜。郁达夫完全变成了一个恋爱狂人、浪荡子弟，爱得波涛汹涌、无所顾忌，炙热且疯狂。

照片上的郁达夫，有些风流蕴藉，算不上英俊潇洒。叶灵凤笔下的郁达夫相貌清癯，高高的颧骨，眼睛和嘴都很小，身材瘦长，很像江浙的小商贩，看不出是个有一肚子绝世才华的人。

王映霞芳名远播，当时有天下女子数苏杭，苏杭女子数映霞一说，时人送雅号荸荠白形容其貌。王映霞相片我见过不少，有帧黑白照，穿紧身旗袍，斜立着，笑得灿烂又多情，难怪郁达夫一见之下为之倾心。

一个三十好几的有妇之夫，一个是二十来岁的未嫁少女，恰恰三十多岁的成功男人最有本钱吸引二十来岁的少女。爱情从无道理可言，在郁达夫的狂轰滥炸下，王映霞最终没有躲开这一枚爱情炮弹。

郁达夫散文、游记、诗歌、书信、日记，自说自话，有自己的影子，甚至可作自传看。就文如其人而论，郁达夫是恰当的，性格决定了写作姿态，不管是诗歌、小说、散文，还是游记，都是敞开式的，有时几乎是病态的暴露，全然不顾别人感受。

古人论文，说字句之奇不足为奇，气奇则真奇，神奇则古来亦不多见。字句之奇，是文章之奇，气奇与神奇是为人之奇。郁达夫气奇神亦奇，下笔不避柴米油盐，不虚空高蹈。即使文章不好，有真性情在，也不会差到哪里。郁达夫文章，在民国士林有不一般反响，不一般味道。

郁达夫不会烧饭，烹饪理论却有一大套，在不善家务的王映霞前充内行，教她某一种菜怎么烧，哪一种肉要煮多久。这样一来，反而将王映霞这个初学者弄得更糊涂了，不是炒得太生就是煮得太烂。郁达夫又说，学会烧好吃的菜，就得先出学费。先到大小各式菜馆里去吃它几天，边吃边讨论。前前后后吃了十几次，一个月稿费全吃光，开销远超过预算。王映霞不免有点担心，郁达夫却不着急，反而安慰她，说："想烧好吃的菜，则非要吃过好吃的菜不可，不然的话，便成了瞎子摸象。我们现在暂时花些小钱，将来学会了烧菜时，我们就可以一直不到外面去吃，自己来烧，不是又省钱又有滋味？"这样的故事能看见文人的痴气与可爱。

性格原因，郁达夫和王映霞的婚姻未能善终。不少诗作中，他拿王映霞比作侍妾，并且一直和原配夫人孙荃旧情不断，这些都为后来的婚变埋下祸端。王映霞想要的是一个安安定定的家，而郁达夫是只能跟他做朋友不能做夫妻。所以同郁达夫最大的分别是性格不同。郁达夫是一流朋友，一流作家，三流丈夫。

王映霞晚年回忆，如果没有郁达夫，也许没有人知道我的名字，没有人会对我的生活感兴趣。如果没有钟贤道，我的后半生也许仍漂泊不定。历史长河的流逝，淌平了我心头的爱和恨，留下的只是深深的怀念。

一九二四年冬天，沈从文困境中怀着剩下的希望，其实是绝望，给几位著名作家写信倾诉痛苦。郁达夫接到来信，前去看望。沈先生晚年多次感慨："后来他拿出五块钱，同我出去吃了饭，找回来的钱都留给我了。那时的五块钱啊！"当年郁达夫在大学任教，月收入也只有三十多元。这种温情，看似日常看似琐碎，实则关怀备至，今人读了，真觉得古老，仿佛传说。

郁达夫和鲁迅的关系要好，彼此文字有相同的冷，鲁迅是看穿之冷，郁达夫则是失望之冷。鲁迅是骨子里由内而外的冷，郁达夫则是由外入内的冷。鲁迅好骂人，郁达夫也好骂人，他们却私谊融洽，你赠我陈酒，我送你旧书。郁达夫曾写过一首七绝送给鲁迅，敬意脉脉：

醉眼蒙眬上酒楼，彷徨呐喊两悠悠。

群盲竭尽蚍蜉力，不废江河万古流。

郁达夫说："鲁迅的小说，比之中国几千年来所有这方面的杰作，更高一步。至于他的随笔杂感，更提供了前不见古人，而后人又绝不能追随的风格。首先其特色为观察之深刻，谈锋之犀利，文笔之简洁，比喻之巧妙，又因其飘溢几分幽默的气氛，就难怪读者会感到一种即便喝毒酒也不怕死似的凄厉的风味。"抛开朋友客气的成分，这样的话，几乎可以做鲁迅作品的脚注。

苏雪林不喜欢郁达夫，说他写自身受经济压迫的情形，尤其可笑。一面叫穷，一面又记自己到某酒楼喝酒、某饭馆吃饭、某家打麻雀牌、某妓寮过夜、看电影、听戏，出门一步必坐汽车（当时上海普通以人力车代步，汽车唯极富人始乘），常常陪妓女抽鸦片，过着花天酒地的生活。一面记收入几百元的稿费，记某大学请他去当教授，某书局请他去当编辑，一面怨恨社会压迫天才；一面刻划自己种种堕落颓废、下流荒淫的生活，一面却愤世嫉邪，以为全世界都没有一个高尚纯洁的人。

苏雪林论人，往往全盘否定，文风过于主观，常有偏颇处，不讨人喜欢。但她对郁达夫的指责却不易反驳。郁达夫的确有很多毛病，往好里说，是名士气派，当然，也可以说是文人无行。奇怪的是，我读郁达夫的作品，见他放荡地过日子，并不觉得十分可厌。或许每个男人心里都有一个郁达夫，装着一个酒色之徒。

自身行径，无论对错是非，郁达夫都敢写出来，这是做人的境界与追求，也有不肯凡俗。郁达夫这种人，细行不检大节无亏，不能用传统世俗的目光来看待的。文集自序里郁达夫说：

　　人生终究是悲苦的结晶，我不信世界有快乐的两字。人家都骂我是颓废派，是享乐主义者，然而他们哪里知道我何以要去追求酒色的原因？唉唉，清夜酒醒，看看我胸前睡着的被金钱买来的肉体，我的哀愁，我的悲叹，比自称道德家的人，还要沉痛数倍。我岂是甘心堕落者？我岂是无灵魂的人？不过看定了人生的命运，不得不如此自遣耳。

唐弢对此段文字有过这样的注解：达夫的话没有一点做作，没有一点虚伪，这是他和许多道德家不同的地方，也是他和许多浪荡子不同的地方。否则，醇酒妇人，岂非连轻薄小儿、下流淫娃都可以自拟为文学家了吗？大抵性情中人，处处见真，有当年对日本军国主义的不满，这才有南洋殉身的一幕，以鲜红的血，结束了"徒托空言"的生涯。生命诚可贵，然而吾不遑为达夫惜矣。

一九四五年，四十九岁的郁达夫在苏门答腊失踪，推测是为日本宪兵杀害。倘或郁达夫还活着，以他的性格，再活几十年估计也如周作人感慨的，寿多则辱。

胡兰成

学识是脸上的皱纹，年纪越大褶子越多。才华是两鬓的黑发，岁数愈高青丝愈少。胡兰成例外，到老才子气未脱。当然，不喜欢的人也可以说到老不改轻薄。胡兰成文章之好正好在轻薄，轻灵冷薄，滋味如薄荷。薄荷，茎叶清凉味香，可入药。

胡兰成为人轻薄，为文轻薄。胡兰成的轻薄非同一般，轻薄以欢喜做底子，作文有风致，做人想必亦有风采，若不然也不能迷倒张爱玲。

张爱玲说喜欢一个人，会卑微到尘埃里，然后开出花来。她喜欢胡兰成，一度将自己卑微到尘埃里。可惜埋在尘埃中的种子没有开出花，而是腐烂了。于是一曲民国爱情的挽歌唱得荡气回肠，让无数红尘男女感怀神伤、捶胸顿足。张爱玲爱情之痛成了一些读者的心头刀疤。现世安稳、岁月静好之后，痴男怨女的惆怅愈演愈烈。很多人觉得胡兰成汉奸之恶不可原谅，辜负了张小姐之情更是罪该万死。

时光拆散了多少神仙眷侣，感情从来没甚道理可言。众人眼里的金玉良缘，说分就分，断得决绝，老死不往来，惹局外人一片叹息。说个事后诸葛亮的话，张爱玲和胡兰成实在不匹配。像胡兰成这样的多情种，需要一个多情而又泼辣的女人配对。读张爱玲的文章，觉得她的性情有些像《红楼梦》中的尤三姐，可惜少了尤三姐的泼辣与放肆，到底放不开，于是一误再误，最后误了自身误了前程。说到底，张爱玲还是书生意气，碰到胡兰成这样的猎艳高手，只能说遇人不淑。

一九四四年，胡兰成离开上海到湖北接编《大楚报》，与一年轻护士如胶似漆。日本投降后他逃到温州，又和他人出双入对，俨然夫妻。张爱玲从上海来温州，感觉像第三者。此后两人依旧偶通音信，到底有爱。张爱玲用稿费接济胡兰成，怕他流亡中受苦。一九四七年六月，两人关系走到尽头，胡兰成收到诀别信：

> 我已经不喜欢你了，你是早已不喜欢我了的。这次的决心，我是经过一年半的长时间考虑的。彼时惟以"小吉"故，不欲增加你的困难。你不要来寻我，即或写信来，我亦是不看的了。

胡兰成后来说："爱玲是我的不是我的，也都一样，有她在世上就好。"很多人看到这句话，以为他浪子回头，一往情深，赞其风容卓越，其实这恰恰暴露了胡氏的真性。"爱玲是我的不是我的"，此话颇堪玩味，足见将女人当物品与附属品的秉性。家有娇妻在堂，犹恋旧情不忘。不知道张爱玲听到这话做何感想。如果真心觉得歉疚，或许应该说："爱玲喜欢不喜欢我，也都一样，有她在世上就好。"最起码，这样多些人情味，多些温度。

读《今生今世》，觉得胡兰成情商极高，精工男欢女爱，再难把握的女子，也能找机会下手。苍蝇只叮有缝的鸡蛋，胡兰成却是个能把好蛋叮出缝的人。他说张爱玲是民国世界的临水照花人，张小姐听了这样才学双全的话，哪有不就范的道理。张爱玲是非凡的女人，孤傲敏感、卓尔不群。肉身的凡胎终是逃不开心灵篱栅，心境走向高处，只落得高处不胜寒。

临水照花这个词是《红楼梦》中描写林黛玉"闲静似娇花照水"一句的演变。张爱玲熟读红楼，家世仿佛，性情共鸣，保不准她内心是将自己喻为林黛玉的，于是胡兰成一句"临水照花"的称赞轰然将其击倒。胡兰成骄傲又自卑，写起文章来不免尖刻，眼高于顶，目中无人，独对女人，心中有柔情，肯佩服。他这样的秉性，也是迷倒张爱玲的重要原因吧。

《今生今世》写胡张热恋，文字浓得化不开，纸页犹自能瞟到当年岁月弥漫的蜜意。胡兰成爱过张爱玲，可惜，如花美眷最怕似水流年，时间改变一切并毁灭一切。有不少人认为那本书是胡氏忏悔录，此番结论不知从何而出。尽管锣鼓紧密处，的确能看出身负灵魂的歉疚，但毕竟还是云头花朵、王顾左右。

《今生今世》读过两遍。第一遍觉得这是寂寞之书，胡兰成用文字修饰生活的单调，万念俱灰之后抒写那些似水年华，用一种劫后余生的悲情祭奠那些逝去的心动与美好。那时候胡兰成声名欠佳，在台湾混不下去，背国离乡，去日本讨生活，心里一定寂寞极了，无聊极了，需要用写作来打发时光。读第二遍的时候，觉得这是本意淫之书，是胡兰成内心另一种蠢蠢欲动。这样的感觉越到后来越明显，看到他写与几个女人的交往，气息淫邪，几乎是一个男人对猎艳岁月的回味。

我读到胡兰成的著作尚有《山河岁月》《禅是一枝花》《中国的礼乐与风景》《中国文学史话》几本。《禅是一枝花》读得云里雾里，不好评价，《山河岁月》《中国文学史话》实在不错，有一流文字不稀奇，关键还有一流见识。胡兰成写文章，有使命感，他笔下的文字是心迹的流水，落地的闲花，无声的絮语。

写知识性文章，说道理不稀奇，理清概念也不算十分了得，但抓到纲领，点中穴道，实属不易，更难是另辟蹊径，找到根本核心。条条大道通罗马自是不假，真要找一条前人没有走过的路，还把这条路修成大道，没有百般手段，想都别想。

胡兰成文章有质感，语言好，下笔迂回，不依附旁人。虽犯了浅尝辄止的毛病，但点到为止处有大见识。他是有野心的，是个想掌权的人，据说他甚至一度想去延安。书生从政，往往难成。说个题外话，一个写文章的人，文笔顶顶重要。现在很多作家，恰恰输在语言上。中国文章中国书法中国绘画，沁心入韵才是上品。韵者，味也。太直太露、一览无余的文字，格调上就输了一筹。

我读胡兰成，有个体会：一个人光有才华，光有抱负，远远不够，更需要有对世事的洞明以及立场的不移，才能成就一番事业。胡兰成在文化上是个绝对的民族主义者，津津乐道汉语文学渔樵闲话，在中国文化中跌宕自喜。但他却走上了相反的道路，拘囿困境中，左右不得。政治的事与桃花运不同，从来糊涂不得，有个底线。

胡兰成的学问和文章，非境界比肩之人难以说得通透。风流韵事于他不过风流云散，他在云端俯瞰世间的姿态和风骨，迷倒了无数人。杨绛给锺叔河先生写信说："你生活的时期和我不同，你未经日寇侵略的日子，在我，汉奸是敌人，对汉奸概不宽容。'大东亚共荣圈'中人，我们都看不入眼。"话说得决绝，不容置疑，虽非过来，我也懂得那样的情绪。

胡兰成的老家嵊州胡村，我去过。那个地方四面皆山，交通闭塞，胡兰成是一株疯长的野草，要越过山川河流。早年贫寒经历，让他知道金钱与权力的宝贵。或许文字对他而言，不过是进阶手段罢了，尽管把文字耍出了花腔。他是二十世纪的中国于连，他需要锦绣，梦想腾达，心里装了满满的事功，可惜生错了时代。

胡兰成下笔很会描摹细节。一九四三年，他写文章分析华东形势，分析整个太平洋战争形势，"南京政府不能代表中国，中国是整个的，现在还在抗战，南京当然不能代表中国！……日本必败，南京国民政府必亡，唯一挽救之策，厥于日本立即实行昭和维新，断然自中国撤兵，而中国则如国父当年之召开国民会议，共商国事"。这篇文章经由日本大使馆译呈东京，日本军部普遍印发，规定少校以上军官一体传阅。汪精卫下令逮捕胡兰成，要在三日之内杀头。胡兰成知道汪的手段，关进去后，不抱生还的希望，手止不住抖了十五分钟左右，一边抖一边生闷气，怎么会这个样子，可双手还是止不住颤抖，点上烟，过一会儿饭送过来，一碗饭、一碗萝卜汤，他慢慢吃下去，心里才平复一些。这样写狱中的经历，他人从未有过。

《今生今世》中有这样的笔墨：

> 一人在楼上，惟听见她在楼下，又听见她到门口去了，又听见她从畈上回来了……我在楼上，惟知时新节物来到了盘餐。果然溽暑褪后，秋雨淅沥，到县城去的道路几处涨水，断绝行人，山风溪流，荒荒的水意直逼到窗前。亦不知过了多少日子，然后秋色正了，夜夜皓月。

写出了当汉奸滋味的不好受，那种空旷的孤寂与儿女情长的温暖尽跃纸上，还有才子手笔。那时候胡兰成化名逃至温州乡下，整日反锁屋内，范秀美负责送水送饭。

胡兰成有书名，川端康成对他书法有很高评价："于书法今人远不如古人。日本人究竟不如中国人。当今如胡兰成的书法，日本人谁也比不上。"日本人出过一本《胡兰成之书》，保田与重郎作序夸赞有加：胡先生的书，乃为其人格的发露，堪称当今绝品。优雅之中藏有峻烈，内刚外柔，羞涩之美时而华丽，令人思念人生永恒的寂寞。

胡兰成的字见过一些，简直像康有为书法之胞，只是康有为倚老卖老老而弥坚，胡兰成才子风流流云聚散。从字形上看，胡兰成的书法结体像康有为。为人上，两个人也有相似处，猎艳不分轩轾。康有为妻妾成群，在晚年，尤与几位中外妙龄女郎谱写了一曲曲浪漫黄昏恋。

从字迹来分析胡兰成这个人很有意思。即便是签名，也能看到一些性格底色。胡兰成三个字忸怩做作卖弄风流，活脱脱大少爷手笔。他生在破落家庭，骨子里却有纨绔气，真个怪事，可见人的天性是与生俱来的。胡字写得柔弱，软塌塌仿佛糊在墙上的烂泥，风骨全无。繁体的蘭字，看起来颇老实，细细一看还是写得旖旎多姿，骨子里藏着孤芳自赏，或者说把玩。也就是说胡兰成下笔时在把玩这个蘭字，兰花也的确是文人的案头清供。成字最堪玩味，横折钩和弯钩草写后将最后一撇连起来再绕回去，何尝不说明此人十足自我与扬扬得意。

明人张岱《〈一卷冰雪文〉后序》有云：

昔张公凤翼刻《文选纂注》，一士夫诘之曰："既云文选，何故有诗?"张曰："昭明太子所集，于仆何与?"曰："昭明太子安在?"张曰："已死。"曰："既死不必究也。"张曰："便不死亦难究。"曰："何故?"张曰："他读的书多。"

对于这个已死去多年的胡兰成，我们应该知道这两点：

他读的书多，文章写得多。

不仅仅那两点：

他是张爱玲的前夫，他背叛了自己的国家和民族。

胡兰成晚年很长一段时间研究物理学、数学，结合中国传统文化的东西，提出学说"大自然五个基本法则"：意志法则（大自然是有意志的，而此意志又同时是息）、阴阳变化法则、绝对时空与相对时空的统一法则、因果性与非因果性的统一法则、循环法则。

对我而言，历史人物是观世观己的。胡兰成认为打天下不过闲情，政治从来残酷，胜者为王。周作人、胡兰成这些人成了汉奸，突破了民族底线，但他们文章见识与学问依旧不妨一读。对胡兰成，我有十成情绪，鄙视两成，仰视两成，喜欢两成，可惜两成，漠然两成。实则他的人生，关我何事，关你何事。写书人得空说说而已，读书人有闲看看罢了。

张爱玲

第一次读张爱玲是二十一岁。买了她两本厚厚的小说集，翻来覆去，不能入味，勉强读完，也不知所云，真是奇怪。阅读体验中，从来没有哪个作家像张爱玲这样让我走神，直到今天，虽然断断续续读了她不少作品，谈不上喜欢，也不能说讨厌。对我而言，张爱玲就是张爱玲，张爱玲不过张爱玲。

张爱玲小说我读了感觉隔，她的照片看了却喜欢，有旧时代风情。张爱玲算不得十分好看，透过纸本依稀可寻的旧风情却足够迷人。民国那批女作家，庐隐、萧红、凌叔华、林徽因、冰心、丁玲，她们的样子，各有各的性情分量，各有各的命运前途。庐隐端庄秀丽，萧红的眼神里有卓绝与闪烁的不安，林徽因有朴素，也有贵气，凌叔华书卷味十足，冰心的样子温婉智慧，丁玲年轻时候桀骜不驯中藏着可人。但没有谁的照片，有年轻的张爱玲骨子里倾国倾城的秉性。

有幅照片，张爱玲身穿大袄，大袄太大，衬得旗袍太小，于是只见大袄，不见旗袍。张爱玲低眉凝眸，置之度外，斯文通脱。第一次看见张爱玲这幅照片，一看之下，真是叹她气质非凡。张爱玲的身材也不错。一九五六年十一月，张爱玲写信给邝文美，要她帮自己做旗袍，其中标注了三围，换算成市尺的话，是二尺四寸、二尺、二尺八寸，称得上窈窕了。

张爱玲的相貌虽然生得不俗，但按照中国的相术分析，却是典型的福薄之相：下巴过尖，颧骨略高，山根太低。这些都影响人生气数。某年在乡下，有看相方士走江湖，我将一本书上印刷的张爱玲相片给他看，他甩下一句："这个女人命不好。"或许真有天数。

张爱玲出版过一本《对照记》，展示了五十四张照片，配有文字说明，都是与张爱玲关系密切的亲友和她本人的。在现代作家中，公开出版自己相片集的，张爱玲是第一人。

有人说《对照记》捧在手中一页页掀，如同乱纹中依稀一个自画像：稚雅，成长，茂盛，荒凉……此书一九九四年六月在台湾出版，次年，张爱玲离开人世。离群索居几十年之后，想想她晚年处境与心态，临死前抛出一本图解自传，颇让人寻味。我一方面喜欢这组照片，一方面又不得不承认，内心里是不忍细看的。

张爱玲

翻开《对照记》，想想那个风华早绝、满脸皱纹的张爱玲面对过去的青葱岁月，内心里想必会有几分人生如雾亦如梦，情如朝露去匆匆的感慨吧。时光就是这样，繁管急弦之际，容不得从容回味，已曲终人散。生命之树一枝一叶黯淡下来，如同泛黄的照片，那些风华正茂依旧风华正茂，相中人经过风风雨雨后脸上却爬满了岁月不堪的痕迹，这是生之大苦。任何一个人最终都会输给时间，输给生活。

张爱玲语言好，美艳似罂粟花，又繁复得如同老式拔步床。我有个收藏旧家具的朋友，每次去她那里玩，总喜欢在拔步床上坐坐躺躺。那架床整体布局犹如房中又套了一座小房屋，床下有地坪，带门栏杆，有床中床、罩中罩的意思，仿佛读张爱玲小说。繁复的美艳成了张爱玲的美学，语言简直像迷宫，《沉香屑》的白描，可见一斑：

> 山腰里这座白房子是流线型的，几何图案式的构造，类似最摩登的电影院。然而屋顶上却盖了一层仿古的碧色琉璃瓦。玻璃窗也是绿的，配上鸡油黄嵌一道窄红边的框。窗上安着雕花铁栅栏，喷上鸡油黄的漆。屋子四周绕着宽绰的走廊，当地铺着红砖，支着巍峨的两三丈高一排白石圆柱，那却是美国南部早期建筑的遗风。从走廊上的玻璃门里进去是客室，里面

是立体化的西式布置，但是也有几件雅俗共赏的中国摆设，炉台上陈列着翡翠鼻烟壶与象牙观音像，沙发前围着斑竹小屏风，可是这一点东方色彩的存在，显然是看在外国朋友们的面上。

这样的文字让人眼前一亮，行文如此细致精美耐烦。

张爱玲写《金锁记》《倾城之恋》《心经》的时候，才华不仅横溢，简直冲天，那种巨大的想象力与生僻奇崛的行文，让人如入宝山。当代有很多人模仿张爱玲，时过境迁，没有她的时代，没有她的才华，徒然一纸模式堆砌，甚至是满目尖酸刻薄。在文学艺术上学习一个人，学神活，学形死，世界上没有两片相同的树叶，更没有两个相同的大脑。

张爱玲有灵气有邪气，灵气以邪气做底子，见人所未见，察人所不察。张爱玲的世俗气也值得一提，她俗得饱满充沛，俗出了包浆，她的俗是唐宋舞娘的手记，认识社会的价值在明清书法之上。

张爱玲文成一家，背倚《红楼梦》。其人是一朵诡异之花，炫目多彩，有着说不尽的传奇。不过她的个性和为人处世的态度，限制了她在文学上的个人成就。身为小说家，张爱玲固有独特之处，但比起鲁迅的洞察，沈从文的厚朴，老舍的从容，稍微显得小家子气了。

离开胡兰成后，原本的自信没有了，原本的傲气也没有了。爱情对一个女人，特别是对张爱玲这样的女人来说，实在太重要。没有爱情，就没有艺术，甚至连生命个性的光芒都会减弱。张爱玲太内秀，太内秀的女人通常缺乏生存智慧，缺乏对世事的洞察。在《花凋》里她说："笑，全世界便与你同声笑；哭，你便独自哭。"这大概也可视为自我心境的表白。张爱玲弟弟谈道：

> 她的脾气喜欢特别：随便什么事情总爱跟别人两样一点。她曾经对我说："一个人假使没有什么特长，最好是做得特别，可以引人注意。我认为与其做一个平庸的人过一辈子清闲生活，终其身，默默无闻，不如做一个特别的人做点特别的事，人家都晓得有这么一个人，不管他人是好是坏，但名气总归有了。"这也许就是她做人的哲学。

一个人过早涉及文艺，并不是件好事。张爱玲说："出名要趁早呀，来得太晚的话，快乐也不那么痛快。"张小姐的确出名很早，但没有享受盛名之下的快乐，却为名所累，不可免俗地多了应酬敷衍，这些为她日后的孤寂埋下伏笔。现代派的代表人物刘呐鸥、穆时英，更是因为过早品尝成名的滋味，在洋场恶少路子上越滑越远，最终卷进汪精卫政权，遭人暗杀，死的时候不到四十岁，可惜是真可惜，活该也真活该。傅雷曾说："奇迹在中国不算稀奇，可是都没有好下场。"这话原是警示张爱玲的，希望她好自为之。我觉得任何人都应该把这话挂在心头，能多一份自律。

张爱玲的创作其实只有短短两年繁华，繁华过去，落花匝地。自后她的创作顺流直下，陷入困顿之境，虽然仍有少量佳作问世，总体来说，已是强弩之末了。远涉大洋后，在美国的她没有遇见一个适合自己的文学时代。褪去作家的旗袍，成为芸芸众生普通一员，甚至，连做个小富即安的普通妇人也不行，终日为生活奔波劳累，充分感受到在异国生存的艰难。

在美国，有种组织叫文艺营，专门向那些有才华的艺术家免费提供为期三个月的短期住宿。经别人帮助，张爱玲进入其中，分到了宿舍，而且有了自己的工作室。在这里，三十多岁的张爱玲认识了一个六十五岁的美国老男人赖雅。常常想，张爱玲或许有些性冷淡，若不然一个如花少妇怎么可能会嫁给一个六十多岁的老人？在自传体小说《小团圆》中有这样的句子："食色一样，九莉对于性也总是若无其事。"一场欢娱之后，张爱玲如此自白：

> 他睡着了。她望着他的脸，黄黯的灯光中，是她不喜欢的正面。
>
> 她有种茫茫无依的感觉，像在黄昏时分出海，路不熟，又远。

现在在他逃亡的前夜，他睡着了，正好背对着她。

厨房里有一把斩肉的板刀，太沉重了。还有把切西瓜的长刀，比较伏手。对准了那狭窄的金色背脊一刀。他现在是法外之人了，拖下楼梯往街上一丢。

此时的性事，对两人非常不愉快了。在男人就要逃亡的前夜，欢娱之后，女人对着他熟睡的脊背，动了杀机。张爱玲的小说里，性的意味是极常见的，但她用曹雪芹的手法一笔带过了香艳。对性的回避，说明了张爱玲有避世一面。

孤身一人漂泊异国他乡，举目无亲，寂寞苦闷，赖雅是第一个从精神等各方面关怀张爱玲的男性。她可能把赖雅误认作一个能帮助自己进入主流英文文学世界的导师和经济靠山，于是这一对不同国籍的老少作家恋爱了。得知张爱玲怀孕后，赖雅同意结婚，但必须要堕胎。

赖雅是个过气作家，事业上开始走下坡路，生存都十分困难。贫贱夫妻百事哀，写作不能出头，生活异常困窘。婚后不久，赖雅中风，张爱玲只得放弃回香港发展的机会，一边工作挣钱，一边照看他，直至一九六七年赖雅去世。此后，张爱玲生命中再也没有一个女人应有的感情寄托了。

由于语言不通和文化差异，张爱玲在美国失意潦倒。没朋友不说，自理能力也差。刘绍铭有篇文章叫《落难才女张爱玲》，名字看了就让人心酸，才女落难犹如凤凰折翼。刘绍铭写他们第一次见面："那天，张爱玲穿的是旗袍，身段纤小，教人看了总会觉得，这么一个'临水照花'女子，应受到保护。"读这样的句子，联想到张爱玲的后半生，越发让人觉得造化弄人。

张爱玲最重要的作品是《传奇》与《流言》，而这个女人，也真是生得传奇跌宕，生得流言不断。

一九九五年九月初，张爱玲在美国辞世，终年七十五岁。无儿无女，无亲无友，孤独离开尘世。几天后，公寓管理员发现了她的遗体。

临终前，躺在房间地板上，生命体征一点点流逝，张爱玲会想到什么呢？或许已经毫无依恋了，欣然自行。生于九月，死于九月，生于秋死于秋，张爱玲景色也一生如秋，秋声凄凉不忍听。

齐白石

徐悲鸿夫妇共访齐白石，十七年未见，老人家热情，从腰带上取下一大串的钥匙，打开一个三层门的柜子，拿出糕点，非要他们吃。那些糕点硬得完全不能吃，拗不过热情，徐夫人廖静文只得放在嘴里慢慢咀嚼。

齐家点心黄永玉也见过，一睹之下，毛骨悚然。花生上蒙着一层灰，饼子上能看到一些微小生物在活动。一碟饼应该有四块，可那碟饼只有三块，也不知道是不是先前让廖静文给吃了。廖女士大概眼神不好，没看见那些微小的生物。

齐白石之吝，不仅仅对别人，对儿子也不例外。有天深夜，李可染听见很急的敲门声，开门一看，只见齐白石由护士搀扶着站在门口，急匆匆说："我儿子从乡下来找我要钱，要不到他就不走，我怕他抢，就先放在你这里。"棉袄脱下来，里面全是金条。这样的故事若发生在普通人身上，只能让人觉得十足市侩。放在大画家齐白石身上，却是另一类名士派头。

艺术家身上多少都有些怪癖，这样的怪癖可以说是他们艺术生命的外在体现之一。从某种程度说，齐白石的小气是他艺术的根本，甚至成全了齐白石的书画。因为小气，他对色彩的控制也就格外严格。有朋友买齐白石的画作，来到齐宅，齐白石说画桃子时多加了点洋红，看在朋友的面子上，就不多收钱了。

齐白石是苦孩子出身，家境不好。读《齐白石自述》，常常感慨唏嘘，那本书的开头，齐白石无限惆怅地说："我们家，穷得很哪！"一生艰辛与不堪回首，尽在其中。周恩来邀请齐白石赴宴，主食有面条。齐先生吃完以后，小声对儿子说，把汤喝完，这是鸡汤。老人家惜物，惜物是大艺术家品质。

齐白石的经历让人觉得大师是修来的，盛年时候，下笔仍不见佳，润格大不如人。一九三一年，萧谦中屏堂每平方尺十二元，比齐白石高出一倍，扇面每件十四元，也高出约四元。周养庵三尺以内条幅十六元，四尺以内二十元，也略高出齐白石。放到今天，同样的尺寸，一件齐白石几乎可以抵几十件萧谦中吧。这么说俗了，但行情水涨船高的背后有齐白石艺术追求的艰辛。

齐白石是个尊重自我感觉的人，首先缘于他承受了过多磨难，作品很自然灌注了生活的气息。和那些"被绑架然后参与绑架"的画家不同，齐白石翻来覆去述说那些瓜果的惆怅、鱼虾的悠游。色彩素淡，只因经历了太多五味杂陈，返璞归真了。

齐白石早些年的画，略显做作，笔墨不俗，但匠气颇重，格调不高。越到晚年越入化境，七十岁比六十岁好，八十岁比七十岁好，九十岁之后，又换了人间，进入仙境。齐白石的生命力惊人，八十多岁时候，因为小妾流产，在家长吁短叹。

齐氏书画更老成，晚年相貌也好，一副泰斗相、水墨相、金石相，皱纹都像董源披麻皴。不少书画家头面不俗，黄宾虹神采高古，于右任状若罗汉，徐悲鸿一脸冷峻，傅抱石气宇轩昂，徐生翁长相质朴，谢无量举止斯文，沈尹默亦慈亦悲，林散之风容孤愤，相貌匹配各自身份，但齐白石道骨嶙峋最不同凡响。

晚年齐白石须发皆白，拄杖而行，胸前挂一小葫芦，目藏精气，像笔下寿桃的一点酡红。有张相片，老人光着膀子坐在竹榻上摇扇子，普通的葵扇，细看用布圆了边，又随便又家常，不经意间仙风道骨出来了。还有张照片，齐白石站在自家门宅前，双手青筋毕现，做合拢送行状，眼神悠远凝视远眺，布衣里身骨消瘦，看上去一脸清旷，清旷之外，有沉着有典雅有洗练有清奇有疏野有文气。

齐白石好作诗，以为第一，字画不过三四，自况那些诗写心里想说的话，不求工，更无意学唐宋，骂的人多，夸的人也不少，老人不管眼前毁誉是非，认为百年以后，好坏也许公道。我喜欢那首《往事示儿辈》，坦白清通：

　　诗书无角宿缘迟，廿七年华始有师；

　　灯盏无油何害事，自燃松火读唐诗。

另一首《烤芋艿》更为俚俗，入得疏野格：

　　满丘芋艿暮秋凉，当得贫家谷一仓；

　　到老莫嫌风味薄，自煨牛粪火炉香。

齐白石曾借住法源寺，看到地砖上有个石浆印子，白白的，像只小鸟，于是拿来一张纸，趴在地上将其写生勾画下来，在翅膀上题"真有天然之趣"六个字。齐白石的价值也正在天然之趣，画瓜果蔬菜、鲜菇、茄子、樱桃、萝卜、丝瓜、白菜，自开笔路，越老越凝练，越清静，静静相对像读一卷明清笔记，让人闻到自然清香。

我喜欢齐白石的印章，请篆刻家仿其风格治了几方单刀闲章。齐白石治印，改篆书圆笔为方笔，奇肆恣逸，大刀阔斧，开创出篆刻的大写意一派，非常了不起。艺术家成熟期后求新求变，中有大难。

齐白石印章到老也未脱木工气，年轻时候凭一把凿子养活过一家人丁。将凿子这样的重兵器用得得心应手了，耍起篆刻刀举轻若重。齐白石对印看得重，于非闇说老人家认为自己印第一，诗第二，书第三，画第四。老舍夫人胡絜青又说老人认为自己诗第一，印第二。不管如何，足以看出他对治印的偏爱与自信。

齐家客厅，长期挂着一九二〇年告白：卖画不论交情，君子有耻，请照润格出钱。齐白石做木匠出身，靠手艺吃饭，卖画卖印从不耻于要钱，不讲情面，不容讲价，作条幅说：减价者，亏人利己，余不乐见。

齐白石为人认真，有时请别人写序文、题词或文章，也都依照对方润例付酬。好朋友，明算账，一点不含糊，骨子里还留有乡下手艺人的思维。

据说毛泽东收到齐白石的画也让秘书送来润笔，只有新凤霞偶有例外得到免费的字画。新凤霞自小被贩卖到天津学艺，经历坎坷，又生得漂亮，齐白石能网开一面。新凤霞第一次见齐白石，老人坐下来和大家打完招呼，就拉着她的手目不转睛地看。过了一会儿，护士责备他："你总看别人做什么？"老人不高兴："我这么大年纪了，为什么不能看她？她生得好看。"气得脸都红了……

齐白石这个人，骨子里是单纯的，最起码对世事并不十分洞明，也称不上人情练达。齐白石对时势淡漠，死在一九五七年，免遭忧患。

齐白石是一个天真的画家，世故到了天真的地步，至老烂漫之心不灭，其人有活力，故艺术之树长青。秋凉阵阵，每日在床头读《齐白石自述》，极受用。

　　《白石老人自述》，经过了他人笔录，或许多了些文辞的修饰，一句一行还是不脱江湖本色，有家长里短气，有田园瓜果气，有怀新良苗气，充满对人间凡俗的眷恋与感恩，字里足见泥土的厚实朴茂。白发苍苍中对人情世故的回望，轻描淡写无常，格外沉重格外真实。我喜欢那种不戚戚于贫贱，不汲汲于富贵的态度。

　　罗家伦说齐白石的画常以粗线条见长，龙蛇飞舞，笔力遒劲，至于韵味，难与八大相提并论。艺术向来各自头面，各自天地。与八大山人相提并论，恐怕也非白石老人志趣。八大山人冷淡孤傲见隐士相、超脱相、飘逸相，而白石老人天真烂漫也见乡野相、凡夫相、市井相。云层之上的星辰令人仰望不已，尘埃之中的花草也熨帖舒心，毕竟人间烟火可亲。

　　齐白石晚年娶一妾，容貌颇佳，作有告示曰："凡我门客，喜寻师母，请安问好者，请莫再来！丁丑十一月谨白。"印坛曾有北齐南邓之说，齐者，齐白石，可谓妇孺皆知；邓者，邓散木，可谓人淡如菊了。

陈师曾

在杭州九溪小住过几天，每日无事在溪边散步。陈三立先生安葬在附近，散原老人诗文陆续读过一些，一时有了寻古幽情。绕过长满竹子的小山坡，果然看见了墓地，却是父子同处一地，长子陈师曾的碑石端正立在一侧。据说墓园初建时半亩左右，后被毁，如今坟冢前后左右是绿意斑驳的茶园。正是茶季，一群采茶人在雨中问答。

早先有人说，民初北京画坛上没有陈师曾，或许会暗淡无色，甚至不会有后来的齐白石。陈师曾对齐白石的重要，相当于齐如山对梅兰芳。一九一七年至一九二三年，陈齐二人交往密切。在此期间，陈师曾建议齐白石自创风格，不断改进画法。两人相识之初，陈师曾即赠诗一首：

> 曩于刻印知齐君，今复见画如篆文。
>
> 束纸丛蚕乌行脚，脚底山川生乱云。
>
> 齐君印工而画拙，皆有妙处难区分。
>
> 但恐世人不识画，能似不能非所闻。

正如论书喜姿媚，无怪退之讥右军。

画吾自画自合法，何必低首求同群？

齐白石极为感慨，知道人家是劝我自创风格，不必求媚世俗，采纳了意见，经过反复摸索，自创红花墨叶技法。林纾看后，大为赞赏，誉南吴北齐，可以媲美。吴者，即大名鼎鼎的吴昌硕。随即陈师曾又将齐白石画作携日本展览销售，使之声誉渐隆。此下有分教：

杏子坞民比翼海派四杰，乡下木匠顿成一代宗师。

齐白石家境贫寒，四十岁前一直生活在湘潭小城，故村野气颇足，文人味稍淡。书画本是雅器，学养不够，靠一点天才与勤奋成不了大家。陈师曾出身名门，祖父是湖南巡抚陈宝箴，父亲陈三立，弟弟陈寅恪，都是大学问家。自己也曾留学日本，攻读博物学，归国后从事美术教育工作，善诗文，工书法，尤长于绘画、篆刻。

陈师曾的著作，读过一本《中国绘画史》。翻二〇一一年读书日记，录两条备忘：

陈师曾《中国绘画史》，梳理历代画史脉络、技法沿革、题材变迁以及重要的画派、画家等，内容提纲挈领，文字简明扼要，很值得一读。

《中国绘画史》读完了，陈师曾见识一流，可惜惜字如金，所以只能是一本极好的美术史普及读物。

从陈师曾的经历看，一个艺术家能否修炼成一代宗师，活得久是最主要的原因，譬如齐白石、张大千、刘海粟。陈师曾四十八岁时继母俞夫人病故，他于京中奔丧至金陵，劳累哀悴，得了伤寒，一病不起。梁启超在悼词中称："师曾之死，其影响于中国艺术界者，殆甚于日本之大地震。地震之所损失，不过物质，而吾人之损失，乃为精神。"认为陈师曾在现在美术界，可称第一人。无论山水花草人物，皆能写出他的人格。

陈师曾在《文人画之价值》一文中写道："画中带有文人之性质，含有文人之趣味，不在画中考究艺术上之工夫，必须于画外看出许多文人之感想，此之所谓文人画。"用笔时，另有一种意思，另有一种寄托。不能徒有形似，而强调陶冶性灵、发表个性、寓书法于画法，认为不求形似正是中国画之进步，指出人品、学问、才情、思想为文人画最重要的要素。陈师曾在学习和创作中也身体力行他的文人绘画主张，他主要师法文人绘画中具有强烈个性和极具创造性的画家。

陈师曾极具有文人气质，曾作《北京风俗图》三十余幅，名重天下。读这些画作，犹自不免心动，正如鲁迅先生《风筝》中的这段文字：

> 故乡的风筝时节，是春二月，倘听到沙沙的风轮声，仰头便能看见一个淡墨色的蟹风筝或嫩蓝色的蜈蚣风筝。还有寂寞的瓦片风筝，没有风轮，又放得很

低，伶仃地显出憔悴可怜模样。但此时地上的杨柳已经发芽，早的山桃也多吐蕾，和孩子们的天上的点缀照应，打成一片春日的温和。

逸笔草草，色调淡雅，温和的心境透出几许清寒与寂寥。画家笔下，有这样一幅干净笔墨的不多。民国文艺界，《北京风俗图》与周作人《儿童杂事诗》堪称双璧，在特定时代还原出旧时民俗的一面。周作人借儿童眼光去审视绍兴风物人情，陈师曾则用文人情怀打量北京民风民俗，一方水土一方风物在笔墨中闪现出异样的光芒。

对一个提倡文人画、热衷文人画的艺术家而言，《北京风俗图》是平常心的体现。文人画的雅气也需要风俗图之俚趣来稀释、冲淡，走出书斋，走出拘囿，接通地脉。这一点与周作人写《儿童杂事诗》异曲同工，皆是试图恢复本性所做的实践。朋友读拙作《衣饭书》后妙论："大抵上人生同时朝两个方向行进，且并行不悖，一是欲望和业力牵引的，走向老年及肉身的毁坏；一是心灵牵引的，走向童年及初心的苏醒。"这话同时可以作为陈师曾这一组风俗图的注解。

我喜欢陈师曾，也和鲁迅有关。他们两个人少年时在南京同学，那时鲁迅因为不喜欢学堂总办俞明震，连带着同俞的亲戚陈师曾也保持距离。随后一同到了东京弘文书院，两人又住一个寝室，关系开始密切起来。

民国后，鲁迅与陈师曾先后到北京，在教育部同事十年，他们常常一起逛小市，看画帖，交换碑拓，一个月总要聚几次。徐梵澄回忆说，鲁迅认为陈师曾的画是好的，刻图章也不坏。鲁迅口中的好与不坏太不寻常，眼界摆在那里，见识摆在那里。鲁迅眼中，小说集《彷徨》也只是不坏而已。

鲁迅想用陈师曾花卉笺纸做《朝花夕拾》封面，找不到合适的，才委托陶元庆设计。鲁迅说：

> 中华民国立，义宁陈君师曾入北京，初为镌铜者作墨盒、镇纸、画稿，俾其雕镂；既成拓墨，雅趣盎然。不久复廓其技于笺纸，才华蓬勃，笔简意饶，且又顾及刻工省其奏刀之困，而诗笺乃开一新境。

陈师曾集诗书画印于一身，才擅四绝。个人趣味，更喜欢他的书法，篆书格调极高，行书处处可见古意，潇洒不失温婉，功夫在字外，也可以称其为文人字。陈师曾的字有玉石之温润，纵横点画间无火燥气，读来清凉闲适，得大自在。看他的书法，能唤起很多诗性的感觉。陈师曾绘画，前承吴昌硕，下启齐白石。书法的境界却比二人似乎要高一筹，毕竟腹有诗书。

沈从文

　　谈到沈从文，很多人总是说他当年扫厕所时受到的委屈，说者心生同情，听者感慨唏嘘。其实沈从文对待苦难的态度十分潇洒。有人一边上厕所一边吹笛子，他赞叹弦歌之声不绝于耳！有一次和黄永玉胡同迎面相遇，装着没看到，擦身而过一瞬间，沈从文头都不歪地说要从容啊！黄永玉是沈从文表侄，很多年后，黄先生感慨："好像是家乡土地通过他的嘴巴对我们两代人的关照，叮咛，鼓励。"后来沈从文去了湖北咸宁干校，境况凄苦，给黄永玉写信：这里周围都是荷花，灿烂极了，你若来……

　　十年浩劫，时间漫长，几乎所有知识分子都下去走了一遭。说倒苦水，谁都有一缸又一缸，三天三夜也未必能说完。沈从文到底豁达，一路磕磕绊绊总算挺过来了。

　　沈从文十四岁高小毕业后入伍，十五岁时随军外出，曾做过上士，后来以书记名义在边境剿匪，又当过城区屠宰税务员，看尽人世黑暗。经历是财富，但也要看这个经历发生在谁的身上，发生在祥林嫂身上，只能是悲惨世界，只有被鲁迅知道了，才能创造出《祝福》。

沈从文的作品处处是人间悲剧。

丈夫满心欢喜来看望妻子，却连句贴心话都来不及说。靠年轻妻子出卖肉体而维持一家生活的丈夫，眼巴巴看着妻子被霸占而说不出一句话，只能捂着眼睛哭……（《丈夫》）

十二岁的萧萧什么事也不知道，送给人家做童养媳，诱奸怀孕，自杀不成，差点被卖掉，却生了个"团头大眼，声响洪亮"的儿子。儿子十岁时，与小丈夫圆房。小说结尾，萧萧的儿子娶亲，娶的也是一个童养媳，同萧萧一样的命运将在下一代人身上重演……（《萧萧》）

三三对城里少爷萌生淡淡的情愫，苍白的城里少爷突然死去，让她刚刚绽放的情怀无处寄托……（《三三》）

读沈从文的小说，能体会到文字背后的隐忍。他写悲剧，即便呼天抢地、痛不欲生的攸关大事也只是淡淡地一带而过。将人间哀乐表现得悄无声息，这是一份功力。

沈从文很会写人，缠绵低语式的叙述，字里行间让人迷醉不已。他笔下的少男少女处处显出人情之美，这一点前无古人。读《湘行散记》，惊讶于沈从文在狭窄的船舱里把湘江沅水写得这般浩浩荡荡，水手、吊脚楼里的妇人，多少命运沉浮在世事风云中。

沈从文笔下有克制的忧伤和哀愁，隐忍的情绪与伤悲的絮语，用孩童般谨慎和害羞的手法表现出来，非常迷人。小说动人处，是他创作出美又毁灭掉美。很多人说沈从文小说是田园牧歌，依我看，应该是田园挽歌才对。沈从文听意大利民歌演唱家文图里尼来北京演出的录音带，十分喜欢，一边听一边掉眼泪。晚年一听到湘西的民歌和有民歌风味的歌曲都很激动。

《边城》结尾，夜里下了大雨，夹杂着吓人的雷声，爷爷和翠翠默默躺在床上听那雨声雷声，第二天起来发现船被冲走，屋后的白塔也塌了，老人在雷声将息时死去……翠翠终是以渡船为生，等待着傩送归来。沈从文更狠心的是，写了这样让人伤怀的句子：

这个人也许永远不回来了，也许"明天"回来！

读过好几回《边城》，每次感受不同。初读是看景色，再看品味的是氛围，续读能体会到写作的诸多文理。二十一节的小说，一节节打开，仿佛翻阅一本瓜果花鸟册页，一方面是艺术享受，一方面能闻到大自然的清香。

沈从文早期行文生涩，下笔缺乏节制，后期又过于晦涩，雕琢精细，都不如《边城》恰到好处。汪曾祺说《边城》语言每一句都鼓立饱满，充满水分，酸甜合度，像一篮新摘的烟台玛瑙樱桃。这个比喻很有新意，说出了特色。《边城》是一个作家尚未成熟时期突然达到的几乎不可超越的孤峰，是神来之笔。

那一整晚一整晚的山歌，装饰了多少人年轻时的梦。《边城》里，没有大观园里的姐妹，没有梁山泊式的好汉，也没有征战沙场的英雄，更没有上天入地的神魔，只是瓜果蔬菜一般的众生。在那个激进动荡的年代，居然有如此清雅如此平淡又回味留长的故事。边远的城，边远的人，边远的事，被沈从文带着悲悯和认真记录了下来。读完薄薄的书，像深夜一碗小馄饨下肚，莫名惆怅又莫名欢喜。时光潺潺一去不返，一缕辛酸在文字里悄无声息钻进一代代人心。

某种意义上说，一个作家的风格成为一个派系，那是他的悲哀。现代文学史上出现过"山药蛋""荷花淀"等不同文学流派，这是因为别人能模仿。沈从文小说影响打动了几代读者，却不能形成流派，谁也模仿不了。世界上真正的好作家都是这样，有自己特点，不会形成什么派系，就像鲁迅的作品一样，只有他能写。汪曾祺作为沈从文弟子，也不能继承沈派。当然，汪曾祺眼界高，想必不乐意亦步亦趋。汪曾祺文章是在沈从文作品上成长的另一个东西，是沈从文这棵树上的木耳，是沈从文这片草丛里的蘑菇。

除了众人皆知的对服饰有研究外，沈从文对玉器也有心得。读过一本叫《从文赏玉》的书，介绍玉器的基本知识，是沈从文二十世纪五十年代授课的讲稿。书写得浅显，只能作入门书籍，但见识是好的。

很多人对沈从文放弃小说创作愤愤不平。在那样恶劣的大环境下，再从事文艺创作，只能给自己艺术生涯减分。实在没必要写太多，有了《边城》《萧萧》《长河》这些佳作，多一部少一部，无关紧要，倒是名物研究更有意义。回过头看，那个时代还有几部作品可以媲美《中国服饰研究》和《管锥编》？像沈从文和钱锺书这些人，他们知道外部环境不允许无所顾忌地创作，索性埋头书堆，发掘太多我们习以为常的事物之本质，自有心绪可寻。

毕竟是学生，汪曾祺懂得沈从文，知道沈先生年轻时对文物有极其浓厚的兴趣，对陶瓷的研究甚深，后来又喜欢丝绸、刺绣、木雕、漆器……沈从文研究文物基本上是手工艺制品，从中发现人的创造性。他为那些优美的造型、不可思议的色彩、神奇精巧的技艺发出的惊叹，是对人的惊叹。他热爱的不是物，而是人，他对一件工艺品的孩子气的天真激情，使人感动。汪曾祺戏称他搞的文物研究是"抒情考古学"。

沈从文生活不讲究，在昆明的时候，进城没有正经吃过饭，大多在小铺子吃碗米线，有时加西红柿加鸡蛋。谁也不知道，那个悠然而食的是鼎鼎大名的作家沈从文。

沈从文极具自然情怀，人生调子低于鲁迅，也低于茅盾、巴金等很多同时代作家。恰恰是这种低，使其有了孩子般的目光，从人性和生命底部窥探，写出一篇篇风俗画般的小说。他用极富意味的细节，讲述一个又一个令人难忘的故事，创作出一系列鲜明的艺术形象。此后文学界很多有才华的小说家，遇见了沈从文，总会表现出格外的尊敬与重视，心甘情愿低下头颅。

有个现象很奇怪，对其他民国作家，很多人或不习惯鲁迅的冷、周作人的柔、废名的奇，对老舍、郭沫若、巴金他们，更因为思想观念与文笔有异，后人常有臧否取舍。沈从文从来例外，很少有人不喜欢他写的那种故事，不喜欢他与山水民俗融为一体的文化精神。在这个意义上说，人性高于政治，文学高于哲学。

有些作家用文字干预社会，沈从文则着迷自然，不谈想法，埋头文字，以独特语言展示了鲜明的文学主张，以无法为大法，抛开所谓有法可依的文学架势，以自己面容出现，呈现出一套属于自己的文学系统，色彩祥和平静，却刺激得人睁不开眼。沈从文创造了一种以自然为标帜的境界，写出了自己的文学理想。

很喜欢《从文家书》，喜欢其中春意："我走过许多地方的路，行过许多地方的桥，看过许多次数的云，喝过许多种类的酒，却只爱过一个正当最好年龄的人。""望到北平高空明蓝的天，使人只想下跪，你给我的影响恰如这天空，距离得那么远，我日里望着，晚上做梦，总梦到生着翅膀，向上飞举。向上飞去，便看到许多星子，都成为你的眼睛了。"在信中，沈从文叫她三三。三三，三三，温柔得像一片云。"莫生我的气，许我在梦里，用嘴吻你的脚，我的自卑处，是觉得如一个奴隶蹲到地下用嘴接近你的脚，也近于十分亵渎了你的。"这样的卑微，越发衬得三三张兆和在云之上。

张兆和跑到胡适那里去告状。胡先生劝说："他顽固地爱你！"张兆和不客气地回道："我顽固地不爱他！"胡适告诉沈从文，这个女子不能了解你，更不能了解你的爱，你错用情了。你千万要坚强，不要让一个小女子夸口说她曾碎了沈从文的心。此人太年轻，生活经验太少……故能拒人自喜。

因为沈从文的信写得太好了，加上家人推波助澜，张兆和接受了他。新婚燕尔，啜饮爱情的甜酒，有过一段快乐时光。婚后，沈从文回湘西老家。张兆和露出女子的娇态，亲昵地称他二哥："长沙的风是不是也会这么不怜悯地吼，把我二哥的身子吹成一块冰？"沈从文回信安慰："三三，乖一点，放心，我一切好！我一个人在船上，看什么总想到你。"后来裂缝出现，随着时间磨蚀日渐扩大。

她连他写的故事也不喜欢读，忍不住去改动里面的语法，挑剔信中的错别字。

到底不是一条道，张兆和对沈从文始终不欣赏，他爱上了别人。一九四六年，沈从文创作《主妇》，借此对妻子忏悔，"和自己的弱点而战，我战争了十年"。此后，沈从文孤立无援，被人贴大字报，遭孤立，发配去扫厕所，一度抑郁住进精神病院。张兆和穿着列宁服，蓬勃向荣。

有几年，沈从文和家人分居，晚上到张兆和那里，带了第二天的早饭和午饭回住处。那是他生命中最寒冷最漫长的冬天，一个人就冷饭埋头做学术研究。家近咫尺，俨若云深不知处。是否会想起胡适当年信里的话。

沈从文仍然坚持写信，写给心中的云，三三、小妈妈、小圣母。不管她爱不爱看，能不能理解，他只顾写："小妈妈，你不用来信，我可有可无，凡事都这样，因为明白生命不过如此，一切和我都已游离。"

下放前夕，站在乱糟糟的房间里，沈从文从鼓鼓囊囊的口袋中掏出一封皱头皱脑的信，又像哭又像笑："这是三姐给我的第一封信。"把信举起来，面色十分羞涩而温柔，接着哭起来，快七十岁的老人像个小孩子，又伤心又快乐。那一刻，他怀念的不是相伴了数十年的妻子，而是多年前提笔给他回信，又温柔又调皮的那片云吧。

现代文学史上那批作家各有癖好，胡适好写日记，鲁迅有信必回，沈从文热衷自述，一生写过很多自述，这里面还是有大孤独与大寂寞，希望别人借此来了解他。

读沈从文的文章，能触摸到一颗善良的心，如水一般的性格，对每个卑微生命满怀悲悯与呵护，原宥任何不善之事。他曾自语道："一切充满了善，然而到处是不凑巧。既然是不凑巧，因为朴素的善终难免产生悲剧……"就像他的人生，那样坎坷不平，也能坦然平静对待。

晚年沈从文长着一张极具文化分量的脸，那时候他的样子比文字更打动我。黑白色老照片中，略显丰腴的面颊，线条柔和，有着木刻的凝重，有骄傲，有克制，有大风大浪之后的安静，有从从容容的漫不经心，有淡然处之的无所谓。老先生坐在那里微笑，透过厚厚的镜片能看到眼神充满洞悉事物真相的力度。眼神不尖锐，但有股望穿一切的力量。一个老人历经几十年的艰难沧桑，呈现那样安详清寂的面容，不得不相信文化的分量。我喜欢沈从文的作品，更喜欢沈从文这个人。生活永远比书本精彩。一个只读过小学的人，积累出那么多的学问，成为大作家，这是奇迹。

一九八八年沈从文去世，弥留之际握着张兆和的手："三姐，我对不起你。"傅汉思、张充和夫妇作了一副嵌字格挽词："不折不从，亦慈亦让；星斗其文，赤子其人"，真是一个贴切的评价。汪曾祺写文章怀念他的老师："沈先生面色如生，很安详地躺着。我走近他身边，看着他，久久不能离开。这样一个人，就这样地去了。我看他一眼，又看一眼，我哭了。"很多年之后我读到这样的句子，犹自觉得难过。如今，汪曾祺也过世多年。他们那样漂亮的白话文啊，从此成为历史。

一九九五年八月二十三日，张兆和给《从文家书》作校后记："从文同我相处，这一生，究竟是幸福还是不幸？得不到回答。我不理解他，不完全理解他。后来逐渐有了些理解，但是，真正懂得他的为人，懂得他一生承受的重压，是在整理编选他遗稿的现在。过去不知道的，现在知道了；过去不明白的，现在明白了……太晚了！为什么在他有生之年，不能发掘他，理解他，从各方面去帮助他，反而有那么多的矛盾得不到解决！悔之晚矣。"几年后，张兆和病逝，死前昏聩，认不出沈从文画像。

台静农

看到几张林文月的照片，生得周正，一帧帧是老民国气象。当今女作家里，有那样娴静气质的人不多。从相貌上说，台湾一帮文化人都是有脸有谱的范儿。白先勇是典型的白面书生，一身儒相。李敖生就了一副逆子派头。余光中瘦弱如案头小把件。洛夫有士大夫气，俨若行政要员。林文月最有闺阁气，到底大家族里走出来的。

很喜欢林文月和台静农的一幅合影。照片中林女史一脸婉约一脸微笑，身着白格子长袖衬衫，风华卓越。台先生一脸风霜面带微笑波澜不惊，像极了民国时候做了寓公的老军阀，目光专注而坚定，眼神与气质是过来人风调雨顺回想当年，枯荣得失都隐藏了，淡淡表达一点遗憾。

台静农是安徽霍邱人。去过那里多次，方言颇有特色，硬邦邦的，不拐弯，显得厚，像北方人口音。

最初在关于鲁迅文章中看到台静农名字。一九二五年夏，鲁迅成立未名社，台静农为社员，他的小说、诗歌、散文在《未名》《莽原》上发表，小说集《地之子》《建塔者》均由未名社出版，列在《未名新集》之内。

台静农早期小说善于从民间取材，通过日常生活和平凡事件揭露社会。笔调简练，略带粗犷，有浓厚地方色彩。有些小说，揭露黑暗，歌颂斗争，是思想更趋激进的产物。鲁迅评价，争写着恋爱悲欢，都会明暗的时候，能将乡间死生，泥土气息，移在纸上的，也没有更多，更勤于台静农的了。《鲁迅全集》里收有与台静农的书信二十来封，一九三四年致姚克信中说台君人极好。

多年前读过《台静农散文选》，薄薄一册。二〇一一年记过有关于阅读台静农散文的文字：

台静农散文，好在路子正，坏在少了性情。老派文人，容易把自己裹得紧，藏得深，所以读其文，可以得气，但不能见性，这是大遗憾。《龙坡杂文》有盛唐气象，没有魏晋风流，也少了明清雅韵。盛唐气象是大境界，但魏晋风流是真性情，明清雅韵则是修炼的一种情怀。情怀易得，境界难寻，性情亦难寻。

台静农文笔有金石气，隽永幽远。论学文章比散文随笔更好，散文是光影心迹，不能独抒性灵，自然打了折扣，论学纵横上下，眼界胸襟，自在其中。

旧记里的话现在看了只觉得惭愧。庾信文章老更成，凌云健笔意纵横。繁华经眼皆如梦，唯有平淡才是真。文字炉火纯青到台静农那个境界的，至少在斯时之台湾，不见二人。

一九四六年台静农赴台，以为只是歇脚，未料身世如萍，忧乐歌哭岛上四十余载，自有一番曲折。一九四八年二月十八日，朋友许寿裳因宣传鲁迅和五四运动，引当局怨恨，夜间歹徒破门而入用柴刀砍死，状极惨苦。继任系主任乔大壮，因拒绝镇压学生运动被辞退，同年七月三日，自沉桥下，年仅五十六岁。风声四起，台静农陷入艰难之境，常被盯梢，说错一句话，都有掉脑袋之虞。

残酷现实让热血青年成了温和先生，骨子里的激扬化作脸上忽闪忽现的桀骜不驯与书法的跋扈不甘。台静农办公室的门永远敞开，任人自由进出。晚会上与学生做集体游戏母鸭带小鸭，扬手抬脚极为认真，成了学生眼中平易、宽厚、温和的先生。这时台静农除了教书，业余时间用来刻印、写毛笔字，伤痛只能心中埋藏，过去似乎忘得一干二净。从不向人提及鲁迅，也从不向人提及在二三十年代自己三次入狱，皆因对现实的尖锐批评。

台静农散文言语清淡，字里行间偶尔可见的弦外之音分外动人，怀人忆事谈文说艺，简净素朴，不着余墨，蕴含拳拳之心。后来又读《龙坡杂文》，区区两百多页，断断续续读了不止两百天，从来没有哪一个作家的文集让我读得如此之慢，越看越不能平心静气当一本普通书。

台静农为《陶庵梦忆》作序，评价张岱文章如雪个和瞎尊者的画，总觉水墨瀚郁中，有一种悲凉的意味，却又捉摸不着。这些话也可以视为他自己的脚注。台静农深味人生实难，大道多歧，偶尔对酒当歌，偶尔泼墨抒怀，心里是苦的，下笔成文，字里行间总萦回着淡淡苦味，忧乐歌哭之事，死生契阔之情存乎其间。"大概一个人能将寂寞与繁华看做没有两样，才能耐寂寞而不热衷，处繁华而不没落。"这一句又何尝不是夫子自道。

李敖曾把台静农论文集统计了一下，发现全书四百七十五页，写作时间长达五十五年，篇数只有二十五篇，每年写八页半，每页八百四十字，即每天写十九个字。李敖觉得这简直是笑话，禁不住义愤填膺地说，四十多年光凭诗酒毛笔自娱，实乃自误，就可变成清流、变为贤者、变为学人、变为知识分子的典范，受人尊敬，知识分子标准的乱来，由此可见活证。如果台静农逃世，也要逃得像个样子，一九八四年与梁实秋同上台受国民党颁台湾文艺奖特别贡献奖，一九八五年又与日本人宇野精一一同上台受国民党颁"行政院"文化奖……老而贪鄙，无聊一至于斯，至于用毛笔恭录总统蒋公言论，更无耻至极。李敖论人，多意气用事，常失偏颇。他眼里的台静农，是没有锐气，缺少进取，甚至厚颜无耻的老朽。

一九七五年，台静农赠女弟子林文月一卷长诗，系四川白沙时代所作，充满热血书生的家国愤慨。卷末题跋道："余未尝学诗，中年偶以五七言写吾胸中烦冤，又不推敲格律，更不示人。今抄付文月女弟存之，亦无量劫中一泡影尔。一千九百七十五年六月九日坐雨，静农台北龙坡里之歇脚盦。"后有二印，上为"淡台静农"，下为"身处艰难气如虹"。

台静农有书名，见识异于常人，有回说王献之《鸭头丸帖》："就这么两行，也不见怎么好。"老夫子晚年，不堪求字之扰，作告老宣言《我与书艺》：

近年使我烦腻的是为人题书签，昔人著作请其知交或同道者为之题署，字之好坏不重要，重要的在著者与题者的关系，声气相投，原是可爱的风尚。我遇到这种情形，往往欣然下笔，写来不觉流露出彼此的交情。

相反的，供人家封面装饰，甚至广告作用，则我所感到的比放进笼子里挂在空中还要难过。

有时我想，宁愿写一幅字送给对方，他只有放在家中，不像一本书出入市场或示众于书贩摊上。学生对我说："老师的字常在书摊上露面。"天真地分享了我的一分荣誉感。而我的朋友却说："土地公似的，有求必应。"听了我的学生与朋友的话，只有报之以苦笑。

《左传·成公二年》中有一句话"人生实难"，陶渊明临命之前的自祭文竟拿来当自己的话，陶公犹且如此，何况若区区者。话又说回来了，既"为人役使"，也得有免于服役的时候。以退休之身又服役了十余年，能说不该"告老"吗？准此，从今一九八五年始，一概谢绝这一差使，套一句老话："知我罪我"，只有听之而已……

此后生活肃静了很多，有学生怕老师闲来无聊，纷纷建议他写史怡情。席慕蓉登门劝他作回忆录，台静农叹息一声："能回忆些什么呢？前年旅途中看见一书涉及往事，为之一惊，恍然如梦中事历历在目，这好像一张封尘的败琴，偶被拨动发出声音来，可是这声音暗哑是不足听的。"

书法外，台静农喜欢作梅花。见到老先生一卷墨梅真迹，是文气也是福气，底色真干净，不俗不甜，绵里藏针藏骨，有风致有情味，圈圈点点中无俗尘气，比他的字越发见墨如面。当年张大千称赞并不虚枉。

台静农很受年轻人喜欢，学生亲近他，常来谈论文学、历史、戏剧……一涉及政治与现实，台静农则闭口不谈、王顾左右，只是偶然流露出某种情绪：时代真变了。

从前写小说还得坐监牢，现在写小说，可以得到大笔奖金！

朋友孩子也喜欢台静农。故人之子李渝前来拜访，主人不在，李渝独自翻书读史至傍晚，然后悄悄研好墨，带上门走到大街上。台静农去世后，李渝回忆那次未曾谋面的拜访，深情说：温州街的屋顶，无论是旧日的青瓦木屋还是现在的水泥楼丛，无论是白日黄昏或夜晚，醒着或梦中，也会永远向我照耀着金色的温暖的光芒。

台静农对屈原、嵇康、阮籍情有独钟，常言："痛饮酒，谈离骚，可为名士。"若是天热，说喝酒祛暑；若是天冷，便说喝酒可以御寒。无论冬夏，总有理由劝人喝酒。学生眼中，台先生酒量甚好，又能节制，未尝见过他醉……谈及饮酒醉否时，台静农引胡适名句："喝酒往往不要命。"晚年自家挂一对联：浪漫劲松越，谈笑仙佛间。

台静农一辈子抽烟喝酒，不爱蔬菜水果，违反养生之道，却也长寿健康，一九九〇年十一月九日去世时，已是米寿。那是一身正气一身文气使然。一九四九年前南飞的那些文儒，如今早已过去，成为旧史里漂泊山河的一帧夹页。风吹浮世，一番番，红了几度夕阳。

叶灵凤

喜欢叶灵凤这个名字。名字是作家的标签，相貌是作家的符号。很多作家长得缺乏风范也就罢了，像样点的笔名也不会取，实在是不应该的。二流相貌先天注定，末流名字不可容忍。黄永玉最初发表作品时用本名黄永裕，沈从文建议改为黄永玉。永裕不过是小康富裕，有商贩市井气，永玉则光泽明透，一字之改，气象有了意味有了。

相貌能看出五官背后的分量。俞樾、章太炎、陈寅恪这样的老先生，提着菜篮子在巷子里孑然而行，也会让人觉得此老非同凡响。鲁迅、胡适、周作人、沈从文、于右任、李叔同，个个都有匹配自己文章学问的长相。

从名字上说，张爱玲三个字有烟火气，符合《传奇》《流言》的容。钱锺书三个字感觉博览群书，配得上《管锥编》文章。傅雷名字力重千斤，翻译巴尔扎克非其莫属。老舍两个字几乎是市井人生的缩写，《骆驼祥子》《四世同堂》的封面配上老舍著格外熨帖。叶圣陶三个字的组合，古奥朴素，有家常陶器味道。茅盾两个字，小说气十足。巴金名字洋气，又藏着中国味道。废名之名奇崛，文章也略有废城气息。

叶灵凤不管是念出来还是写出来，都让人觉得阴柔气颇重，十分风花雪月。叶灵凤也的确风花雪月，青年时代写的小品文，一篇篇文章，千字上下，感觉像刚出笼的猪肉小笼包子，又甜腻精致像小点心。

叶灵凤属于创造社成员，下笔成文，颇有创造腔。创造社的人写作文章，主张自我表现和个性解放，常常信口开河。小说《穷愁的自传》写道："照着老例，起身后我便将十二枚铜元从旧货摊上买来的一册《呐喊》撕下三面到露台上去大便。"十二枚铜元想必可以买不少手纸，叶灵凤何苦来哉，表面上侮辱了鲁迅，实质上却挫伤了自己。澳洲土著狩猎时用一种叫回力镖的武器，掷出去后会弹回来，一不小心就会伤到自己。有人说叶灵凤骂鲁迅，用的即是回力镖。

此前叶灵凤主编《戈壁》杂志，发表一幅名为《鲁迅先生》的讽刺漫画，附说明："鲁迅先生，阴阳脸的老人，挂着他已往的战绩，躲在酒缸的后面，挥着他'艺术的武器'，在抵御着纷然而来的外侮。"鲁迅不快如鲠在喉，先是讽刺叶灵凤青年貌美，齿红唇白，是天生的文豪。后来在《上海文艺一瞥》中又封叶灵凤流氓画家。提到版画时，鲁迅总会把叶灵凤拎出来冷嘲热讽一番，演讲时几次拿他开刀："新的流氓画家出现了叶灵凤先生，叶先生的画是从英国的毕亚兹莱剥来的，毕亚兹莱是'为艺术的艺术'派，他的画极受日本的'浮世绘'的影响。"又说，"还有最彻底的革命文学家叶灵凤先生，他描写革命家，彻底到每次上茅厕时候都用我的《呐喊》去揩屁股，现在却竟会莫名其妙地跟在所谓民族主义文学家屁股后面了。"

鲁迅作柔石悼文还忍不住这样一笔点过：一本《谷虹儿画选》，是为了扫荡上海滩上的艺术家，即戳穿叶灵凤这纸老虎而印的。鲁迅的冷嘲热讽，叶灵凤可以无动于衷或者视若无睹，后来的一些鲁迅著作注释里，公开把叶灵凤当作汉奸文人，着实让其耿耿于怀。

叶灵凤比很多创造社同人的才气明显要大，有闲适派头，但作文多浮滑气。在性格上与文章上，鲁迅与周作人各有面目，但他们几乎不约而同地一致讨厌红袖添香夜读书式的才子气。《乡愁》一文中二十一岁的叶灵凤这样写道："并不是故园寥落，不堪回首，也不是蜀道难行，有家归未得。家园是雍雍穆穆，依旧保持着世家的风度；假若立意回家，而遥遥长途，也只消一列征车，指日可达……是三年漂泊，书剑无成，无颜归见家园父老？还是燕然未勒，锦衣未就，不甘这样默默地言旋？"行文带文艺腔，但也有掩藏不住的灵性与光华。

说个题外话，才子气在写作者那里，本是好事，不足为怪。一个人年轻时候，学养与见识不足，写一点感觉，抒发一下情绪，甚至卖弄文采，无可厚非。怕的是到老才子气未脱，好像中年小生，一脸褶子下的青春，演技再高唱腔再美也让人觉得滑稽。

叶灵凤散文，不乏涂脂抹粉的描述，有某种女性化的东西。李欧梵曾说，叶灵凤很想成为一个沪上有名的花花大少，赢得很多女人芳心，可是，没有邵洵美帅，也没有人家有钱，偏偏就存了那样念头。所以，他没有邵洵美浮纨，有的只是介于浮纨和颓废之间的气质。这是发生在二十世纪三十年代的事，那时候，叶灵凤很年轻。

二十世纪三十年代，施蛰存主编《现代》杂志，曾托叶灵凤向郭沫若约稿，写一篇关于创造社的文章。郭沫若作长文《离沪之前》在《现代》杂志上分三期连载。发第一期时，目录上郭沫若的名字放在周作人之后，叶灵凤告诉了远在东京的郭沫若，郭通知《现代》杂志不要续载，他要马上出书。施蛰存为难，连载预告已经出去了，只好在排印当期杂志上附加一行小字，申明郭文因即出单行本，下期不再续载。同时又求叶灵凤解释，说目录虽是周先郭后，正文却是先郭后周。这才让《现代》继续刊载。施蛰存只好在新一期杂志上再次声明：本刊上期刊登郭沫若先生《离沪之前》，本拟不再续载，现承好多读者来函要求继续刊登，因此又在本期上出现了。

有了前车之鉴，施蛰存和杜衡怕再有变故，联名去了一封婉转、恭敬的信。郭沫若复信说所争非纸面之地位，"仆虽庸鲁，尚不致陋劣至此。我志在破坏偶像，无端得与偶像并列，亦非所安耳。大致如此，请笑笑可也"。施蛰存显然不这么看，他将上引短札视为郭沫若《争座位帖》，感慨大作家不容易伺候！在这件事情中，叶灵凤扮演了一个颇不光彩的角色，有失身份。

一九三八年，广州沦陷，叶灵凤随即去了香港定居，从此以创作随笔和收藏图书出名，基本停止了小说创作。在香港三十多年中，除了编辑副刊之外，叶灵凤积极参加抗日活动。日军占领香港期间，其一度被捕。其后编过杂志，写过《甲申三百年祭》和《苏武吞毡》之类的应时文章，更配合国民党地下工作人员，搜集抗战资料。

叶灵凤曾去北京参加国庆观礼和李宗仁记者招待会。写过一组随笔《文艺行脚》，记录见闻，沈从文陪同观赏湖南民间工艺美术展览会，阿英陪同逛琉璃厂，徐迟陪同参观中国文联大楼，看到揭批丁玲、冯雪峰的大字报。因为是局外人，叶灵凤客观谨慎地写出了一个香港文化人在特定年份里对内地文艺界状况的观察和感受，为那个时代留下了难得的另一种声音。

萧红迁葬广州，叶灵凤亲送骨灰到深圳。诗人戴望舒曾走六小时寂寞的路途凭吊萧红墓地，陪他一起去坟头放上一束红山茶的，也是叶灵凤。

作为小说家、出版人与报人的叶灵凤逐渐被忘记，今人熟悉的是其读书随笔。叶灵凤的读书随笔或说读感或记逸事或谈经历，笔触直抵趣味，内容闲散，读来快意。叶灵凤是知名藏书家，买书藏书读书是日常事。平静日子如是，烽火漫天、朝不保夕时候亦如是，香港陷入日寇之手的困境中不改书本本色。他曾引宋人一段话以明志：

> 饥以当食，寒以当衣，孤寂以当友朋，幽忧以当金石琴瑟。

手头收存有不少叶灵凤集子，一律装帧艳丽，封面设计容易让人想到上海滩的美人招贴，当然还有香烟广告之类。想必出版人还是受鲁迅流氓才子一说影响。

叶灵凤晚年写的几本小书，谈书论学，日月风云，民俗人情，山川草木，花鸟虫鱼，烦躁祛净，无一丝烟尘。有一册随笔《香港方物志》，既是科学小品，又是文艺散文。叶灵凤希望将当地的鸟兽虫鱼和若干掌故风俗，运用自己的一点贫弱自然科学知识和民俗学知识……用散文随

叶
灵
凤

123

笔形式写成。这本书有闲情，无闲气，淡淡的文采中摇曳着知性之美，入了化境，很适合枕畔翻读。

叶灵凤收藏清嘉庆版孤本《新安县志》，实际上就是香港志。香港官方和一些外国人欲以巨资购买，那时香港尚属英辖，他认为这样有价值的文献不能落在外人手里。叶灵凤去世之后，遵其遗愿，这部书被送到广州中山图书馆。罗孚陪叶太太去广州，把书送到中山图书馆。

叶灵凤晚年承认当初对鲁迅态度不够友好，专程去鲁迅纪念馆凭吊，表示歉意，替《星岛日报》组织文章纪念鲁迅。我有回翻到高中语文课本，鲁迅文章里有对叶灵凤的注解："当时一个庸俗无聊的文人。有一个时期常为刊物和文艺书籍设计封面或者作插图，大都是模仿甚至剽窃谷虹儿的作品。"对这样一个文化人，用简单脸谱概而化之，又武断又粗暴，似乎并不恰当。

汪曾祺

纪录片中，汪曾祺出来讲话，外穿西服，里面套一件深色毛衣。七十多岁的老人，顾盼间双目有神，一眼能把人看穿，像通灵的猴子。看汪曾祺的相片，这样的感觉并没有，摄影与摄像还是有区别的。这个看法也并非我的首创，早前即有人写文章说汪曾祺捂嘴偷笑显猴相。汪曾祺一九二〇年出生，恰恰又属猴。

汪曾祺多次言及一位善于画猴的人。小说《皮凤三楦房子》中道："堂屋板壁上有四幅徐子兼画的猴。徐子兼是邻县的一位画家，已故，画花鸟，宗法华新罗，笔致秀润飘逸，尤长画猴。他画猴有定价，两块大洋一只。"另一处写："朱雨桥回来，地方上盛大接待。朱雨桥吃了家乡的卡缝鳊、翘嘴白、槟榔芋、雪花藕、炝活虾、野鸭烧咸菜；给双亲大人磕了头，看看他的祖传旧屋，端详了徐子兼的画猴，满意得不得了。"散文《我的父亲》中说："兴化有一位画家徐子兼，画猴子，也画工笔花卉。我父亲也请他画了一套册页。有一开画的是罂粟花，薄瓣透明，十分绚丽。一开是月季，题了两行字：'春水蜜波为花写照'。"徐子兼的画见过，设色素雅，老派文士气息深厚。

汪曾祺为文亲切、家常，有喜气作底子，底色虚室生白，看了不累。很多人读汪曾祺，心想，这样的文章，我也写得来。其实汪曾祺的作品，大不容易。那是绚烂后返璞归真，没有经过绚烂，不能返璞也不能归真，尤其在文学艺术上。繁华落尽见真淳，总归要有繁华的资本。汪曾祺认为年轻人写东西不妨华丽一些，把想象力尽量放开，恣肆酣畅一些，淋漓尽致一些，不要过早地归于平淡。所谓标新立异二月花，删繁就简三秋树，以后随着年龄增大，自然会平淡下来，简约下来。

汪曾祺有昆明情结，五十年后忍不住回忆成文《昆明的雨》。一篇千字文记人事，写风景，谈文化，述掌故，兼及草木虫鱼、瓜果食物，可谓以小见大，见大情致。文章雅洁如行云流水，得了昆明雨意之美，沾得些许水汽。

读汪曾祺文章，能看出艺术家特质：容易多愁善感，机智中带有感性，观察力特别敏锐。可以想见文章背后的人感受细腻丰富，审美趣味高雅。给人的感觉虽有点阳春白雪，却不至曲高和寡。汪曾祺这个人内心非常坚强，外表却平和沉静。对于能够在自己心灵深处唤起共鸣的事物，会全身心为之感动，并热烈地向往。这些都非常具有艺术家的特质。

很多作家的写作是在做加法，汪曾祺经常用减法。枝叶少到不能再少，让文章生出了奇相，干净透明。减法的写作有得有失，得是成就了今天的汪曾祺，失是汪曾祺写不了长篇小说。叶兆言当年在出版社做编辑，去汪曾祺那儿约稿，长篇短篇散文，什么都要。故人之子，汪先生不好责怪他冒失，只是笑着说写不了长篇。

汪曾祺写过一篇《颜色的世界》，我读文章时猜测，他应该喜欢蓝色。从心理学上说，喜欢蓝色的人，对于那些对形状、颜色、质感等把握不好的人，他们会觉得很愚蠢。同时，会尽量避免与不懂得体察别人心情、事事以自我为中心、不考虑别人感受的人接触。

听过这样一个故事：有个文学青年到汪宅拜访，为了每日聆听教诲，居然住到了汪宅。汪家居所不大，他心甘情愿睡地下室，一住多日，每天一大早就举着把牙刷上楼敲门。可是此人没有才华，东西写得不行。汪曾祺无法忍受，有天一大早，此人举着牙刷上楼敲门。汪曾祺打开门，堵在门口说：一、你以后不要再来了，我很忙。二、你不允许在外面说我是你的恩师，我没有你这个学生。三、你今后也不要再寄稿子来给我看。

汪曾祺文字茂盛，肥沃，有春天草地气息。一个生活在城市的人，读他的文章，可以接一点地气。而他的文章，往小处说，有小我，朝大处说，接通了中国文脉。二十世纪八十年代初，新时期文学刚刚萌芽，世界文学刚刚介绍进来，中外经典文学的记忆开始艰难恢复。文坛内外从漫长的休克期苏醒过来，汪曾祺以《异秉》《受戒》《大淖记事》等小说出现在文坛上无疑是个异数。

汪曾祺开始写作，在二十出头，六十岁后方才密集发表文章。他出过两本很著名的书，初版于一九八五年的小说《晚饭花集》与初版于一九八九年的散文《蒲桥集》。这两本书的文字却给我们五四的、老派的、非常中国的感觉。

汪曾祺写自然审视人性，写风物观察历史，在田园回望家国，借文字独抒性灵。《果园杂记》《葡萄月令》和《星斗其文，赤子其人》之类的散文，异常地白，仿佛白开水。读完之后，觉得白开水里似乎加了点什么东西，引人一遍遍反复体会。很多时候不是我们在读汪曾祺，而是汪曾祺在读我们，他用自身的文体，训练读者的阅读习惯与趣味。这样的作家并不多，不少人虽然也具有此种特质，可惜创作状态不稳定，没有形成气候。

汪曾祺其文在他生前未曾大红大紫，那是一种慢热的文学，凭借历久弥新的艺术力量终于吸引无数人瞩目。很多年过去，当年那些热闹的文学早已花凋枝头一树空，只有汪曾祺兀自行云流水花满楼。

把文章收拾得干净的人很多，写得蕴藉摇曳的，首推汪曾祺。一行两行情意绵绵，一页两页依旧情意绵绵，十页八页，还是情意绵绵，情意仿佛老酒，绵绵的是味，是春天细雨打湿的青绿。

汪曾祺谈萝卜、豆腐、韭菜花、手把肉，皆娓娓道来，从容闲适。入眼则津津有味，满嘴噙香。凡是读过的人应该都会承认，这些食物过去不曾被人这样写过。更重要的是，遭遇了一种异常丰沛而娴熟，但全然陌生的文体。这文体好像早就存在，又没有谁在当时写作生态中见过这样的文学物种。菌子已经没有了，但是它的气味还留在空气里。我们嗅到了汪曾祺菌子的气味，让人迷惑的是，一开始谁也不知道这是一个什么样的菌子，也就是说汪曾祺的文章里有神秘性。

汪曾祺做过编剧，创作上，借鉴了很多戏剧技巧，使文本散发着神秘的张力。熟悉他的人都知道，这是个触摸到了时代风云的作家。风云过后，看透了历史这部大戏，入乎其内，超然于外，把自己修炼成陶渊明式的人物。

个人风格而言，汪曾祺不像沈从文深情。《受戒》里的小英子和翠翠、三三有些神似，读来却仿佛风俗画中人物，不够亲切。汪曾祺写小说，让生活与艺术始终隔一扇屏风，这是他的特色。汪曾祺写散文，又完全让生活与艺术融为一体，这又是他的特色。

汪曾祺的语言没有很多人推崇的那么干净，以《葵·薤》一文为例，几乎每行都有个"的"字。在老派人眼里，这实在太怪，太白话。在新派人眼里，又觉得多余，不够简洁。另外主语的过度使用，使得句子节奏一顿一顿被隔开了，让人读起来感到啰唆。当然喜欢的人，可以说这样的句式里透着自信。从另外的角度说，一杯清水里倘或多了两只小虾，多了几丝水藻，本身就是种美。

汪曾祺身上有名士气。友人说，那年受邀到徽州游玩，汪先生出门买烟，掏出裤袋所有的钱，往柜台上一推，说买两包烟。卖烟的人拿够烟钱，又把这一堆钱往回一推，他看也不看，收钱入袋。有回弄丢了工作证，要求单位给补办，老先生写了申请：

报　告

请准予补发工作证。

我的工作证记得是放在家里，但最近翻箱倒柜，一直找不到。我因急用（有一笔较多的稿费待取），需要工作证，特请予补发。

我生性马虎，常将证件之类的东西乱塞，今后当引以为戒。

早在西南联大时，汪曾祺画过一张马其顿地图，老师作业上批："阁下所绘地图美术价值甚高，科学价值全无。"名士心性可见如斯。一九九三年，汪曾祺给家乡官员写过一封要求归还祖屋的信函也是如此：

> 近闻高邮来人云，造纸厂因经济效益差，准备停产。归还我们的房屋，此其时矣。我们希望市房管局落实政策，不要再另生枝节，将此房转租，另作他用。

> 曾祺老矣，犹冀有机会回乡，写一点有关家乡的作品，希望能有一枝之栖。区区愿望，竟如此难尝乎？

汪曾祺能做几样拿手菜，是个美食家，多次在文章中自夸。文章之外，汪曾祺通书画，见过他不少真迹，一幅梅花最清雅，难得是红梅。略有一丝轻媚，像是祖父庭院之物。红梅容易俗，近乎桃花。汪先生一枝老红梅，红晕点点，宣纸上旧痕也点点，点点都是旧味。

汪曾祺去世后，出版社编纪念文集，收录了很多人的怀念文章，厚厚一大本，纸页间无尽的伤感。大家都知道，这样的老先生走一个少一个。如今很多年过去，怀念汪曾祺的人也一个接一个远行，开始让我们怀念了。

孙犁

　　立秋后，雨水颇多，友人托我给一本解读《菜根谭》的书作序。读到这一句："文章做到极处，无有他奇，只是恰好；人品做到极处，无有他异，只是本然。"这恰好与本然正是得体。孙犁不喜欢《菜根谭》，认为不过是变样的酬世大观。《书衣文录》中这样写道：

　　　　既非禅学，也非理学。两皆不纯，互有沾染，不伦不类。这是读书人，在处世遇到困扰时，自作聪明，写出的劝世良言及格言之类的东西，用之处世，也不一定行得通。青年人之所以喜欢它，也是因为人际之间，感到困惑，好像找到了法宝，其实是不可靠的法宝。

　　到底是孙犁，刚毅又执着，温和也挑剔，诚挚且诚恳，一脸傲岸难掩满腔真情。早些年在天津工作过一阵子，当时孙犁尚健在，零零散散在报端看到他的消息，一笑一嗔念念不忘。

耕堂是孙犁的书房，晚年他用过几种斋号，有芸斋、幻华室、善闇室、风烛庵，声名响亮的还是耕堂。芸斋有脂粉气，幻华室略嫌做作，善闇室带凄声，风烛庵有悲意，苦过了头，统统不如耕堂大方。孙犁出身农家，布衣本色，一生不改。犁是农具，耕是农活，笔耕也是在砚田里劳作，耕堂二字有志趣有追求有操守有襟怀。

耕堂文章亲切，字句晃动着《朝花夕拾》里鲁迅的影子，也有苦雨翁的味道。孙犁不喜欢《菜根谭》，见智见仁，不必深究。

《荷花淀》的开头那么柔美，想不到接下来居然是战争场面，更想不到这是一九四五年写于延安的作品。"月亮升起来，院子里凉爽得很，干净得很，白天破好的苇眉子潮润润的，正好编席。女人坐在小院当中，手指上缠绞着柔滑修长的苇眉子。苇眉子又薄又细，在她怀里跳跃着。"怀里跳跃着五个字有风动柳叶之美，这样的句子像极了废名的行文："冬天，万寿宫连草也没有了，风是特别起的，小林放了学一个人进来看铃。他立在殿前的石台上，用了他那黑黑的眼睛望着它响。"从文学风格看，孙犁与废名、沈从文兴盛的田园派小说有一脉相承的渊源。不过受延安文艺思潮影响，孙犁行文质朴，民俗民间的氛围更多，不像田园派小说过于文人气。

孙犁

玩味《荷花淀》，孙犁在意识形态和风俗画之间摇摆，好在个人趣味常常引得笔触荡向后者，因此成就了这篇小说。孙犁很多小说，有风俗画影子，革命诗意化，生活浪漫化，使得他塑造的人物干净透明。

孙犁和汪曾祺经常被放到一起谈，其实是底色迥异的两个作家。相同的是他们都写出一手漂亮的中国文章。读书日记里做过对比：汪曾祺有水汽，孙犁则一味淡墨；一个是行书的行云流水，一个则是草书的飞白枯干。

汪曾祺幽雅质朴，孙犁则幽雅质朴中有意境深沉。汪曾祺是泉眼无声惜细流，一江春水向东流。孙犁是半江瑟瑟半江红，无边落木萧萧下。汪曾祺是纷乱尘世中的清清箫音与缓缓笛声，孙犁则是离群索居时的幽幽埙咽和淡淡琴韵。文章气象上，汪曾祺文脉沿袭沈从文，底色是欢喜与天真的，宁静、松软、茂盛，如盛夏夜航船。孙犁的小说，则是战火消停中的一片幽静。汪曾祺俨然一湾溪水，孙犁隐隐一脉山峰。

关于孙犁和汪曾祺，没有见过两人交往实录，但他们是互相关注的。孙犁晚年小说多纪事，用真人真事，真见闻，真感情，平铺直叙，从无意编故事，造情节，不能与汪曾祺相比。汪曾祺也说孙犁的小说清新淡雅，表现农村和战争题材别具一格。晚年越发趋于平淡，用完全白描的手法勾画一点平常的人事，有时简直分不清这是小说还是散文，显然受到了中国笔记很大的影响，被评论家称为笔记体小说。

孙犁的性格，属于狷介一类，正直孤傲、洁身自好。二十世纪八十年代的孙犁为人处世安安静静，通过纸笔喷出身体内核的岩浆。汪曾祺不是这样，尽管有一些狂，更多还是名士气。狷者有所不为，名士气则是超凡脱俗、气定神闲。

孙犁生性安静，偶尔近乎孤僻，从延安出来的作家，如此性情几乎绝无仅有。年轻时候孙犁在村里教书，不住集体宿舍，找户人家，睡在临时搭起的门板上。晚年风风雨雨过后，俗世的人情在老人眼里变淡了也变远了，对迎来送往更无兴趣。孙犁说自己于朋友情分甚薄，无金兰之契结，无酒食之征逐，无肝胆之言语，无密昵之过从。

孙犁反感随意砍削他的文字，坊间传言，其文章不能妄动一字。有朋友当年编发过他一组文章，杂志印出后有一处字误，孙犁专门从天津捎过话来表示了意见，因为是年轻人，给了谅解和安慰。还有朋友说从孙犁那里取稿子，他总要嘱咐："把稿子搁好在提包里，免得路上丢失了。发排以后，要仔细校对，多看几遍，不要出错。"对文字有殷殷之情。

孙犁喜欢水仙，骨子里有贾宝玉情结，藏得很深，闲愁或多情只淡淡的几笔。当然也有例外，像《石榴》《忆梅谈〈易〉》和《无花果》这样追述自己情感的文章，清丽流连，常见旖旎。这几篇文章中，石榴、梅和无花果对应着三种情感。

因病到青岛休养，疗养院打扫卫生的乡村姑娘，摘了无花果给孙犁吃。朴实的姑娘将一颗无花果分成两半，一半自己吃了，一半给他吃。

这时，我突然看到她那皓齿红唇，嫣然一笑。

……

吃了这半个无花果，最初几天，精神很好。不久，我又感到，这是自寻烦恼，自讨苦吃，凭空添加了一些感情上的纠缠……

这样的文字里有含蓄的多情。

老境后的孙犁淡泊，无竞无争，抱残守阙，以安以宁，有点遁入空门意味。此时忆人之作，行文冷静，站在岸边追忆河流的往事。经过浩劫的一批作家，动乱之后，下笔难免带些哭腔，或控诉或埋怨，孙犁超越了这些，以云淡风轻的旷达与朴素追忆年华。

一个作家往往囿于成名作，后期努力常被忽视。孙犁早期《荷花淀》《风云初记》之类影响甚大。就艺术性而论，孙犁后期作品更好。佛是修出来的，好文章也是修出来的。孙犁晚年文章进入老境，不讲究辞藻，不追求华丽，洗尽铅华。他的高明在于同样写人间的悲与欢、爱与憎，一方面符合当时意识思潮，一方面脱尽官方模式，处处散发着山乡村野的泥土味。

家有来客，晚年孙犁常送本《风云初记》或者《芸斋小说》，说一生，全在这两本书里。到底是小说起家的，一生都珍爱自己的小说。

孙犁有一等见识二等胸襟。一个作家能否走远，最终决定其高下的是见识与胸襟。只有一等见识，才能写一等文章。只有一等胸襟，才有一等境界。读孙犁《耕堂读书记》，文章淡然天成，无一丝头巾习气，铅华洗尽，炉火纯青，可惜常有得失，斤斤计较。

孙犁晚年差不多接近乡儒的生活状态，读古书，写大字，静养清修，散漫而疏放，风雅自任，畅志于清旷之乡，写出一篇又一篇地道的文章，一章一节接通了中国文脉。读书界将他晚年写出来的十本书统称"耕堂劫后十种"。劫后余灰，秋风打残荷，帘卷西风、人与菊花相映黄，那是老先生一生最后的追求。

初版十种，书衣干净，版式朴素，像老人洗得褪色的中山装。文章之美自不必说，书名也老派，润心润肺，《晚华集》《秀露集》《澹定集》《尺泽集》《远道集》《老荒集》《陌巷集》《无为集》《如云集》《曲终集》，集集是一般风景，集集有不同味道。《曲终集》后记："人生舞台，曲不终，而人已不见。或曲已终，而仍见人。"对写作者孙犁而言，人散曲未终。唐人钱起诗云：曲终人不见，江上数峰青。孙犁的峰青是文字之山。

读孙犁，即便夏天，也俨然身临月明星稀的秋季或者一地冷霜的冬日。岁月是安稳的，这安稳是历经磨炼后的返璞归真。进入孙犁文字，如商山早行，鸡鸣环绕，茅店旁边的野地上，一个老人独行在板桥上，月色淡淡，薄霜微寒。孙犁品书读人，见识一流，"耕堂劫后十种"接通了道，不仅是文章之道，更有人性深层的道。

读孙犁渐渐深了，越发觉得人生实难。一辈子风和雨，阴情难测，孙犁留下的妙文辞采带着那么多无奈的憾意让人追念。友人转赠一册老先生题签的小说集《琴和箫》，四十年前的旧版书，蓝墨色字迹淡了老了，情意却越发深了。多少回深夜翻阅，读行文读造句也读故事读曾经的心意，几缕耕堂的笔迹与书香幽幽飘进了寒舍。

张中行

张中行应该算是周作人的弟子，在北京大学读书，正儿八经听过人家讲课。志向不同，兄弟尚且割袍，遑论师生。张先生晚年接连写了几篇回忆文章，确信周氏文章好，可传。有段文字将周氏兄弟放一起，表面看是比较，何尝不是自己志趣的借题发挥：

> 单说散文，我觉得最值得反复吟味的还是绍兴周氏弟兄的作品。何以这样觉得？我讲不出道理，正如情人眼里之出西施，没有理由，就是爱。还有进一步讲不出道理的，是老兄的长戈大戟与老弟的细雨和风相比，我更喜欢细雨和风。也想过何以这样分高下，解答，除了人各有所好以外，大概是冲淡更难，含有更深沉的美。

有人将张中行归于京派学人一路，认为这类人独立，低调，有两个特点：一是有闲，二是有钱。相对富裕，可以不顾及生存问题，专心于学问。张中行显然不是这样，除了晚年有限的二十来年风光，一生并不如意。

同代人相比，张中行工资一直偏低，二十世纪五十年代到八十年代，从未变过，退休前是一百二十多块钱，退休后不到九十块钱。张夫人没有收入，家里还有岳母和四个女儿需要养活，日子过得紧巴巴的。因此张中行身上有京派学人不常见的惜物之情，"伤哉贫也"的气息触目可见。周作人也哭穷，但那穷是讲究生活而不得的烦恼。

退休后，张中行一度回到河北乡下。偶尔还务农，背粪筐捡粪，轧场时牵牵毛驴。住在破房子里，冬天没有暖气，房间气温低至零下，夏天酷热，犹如蒸笼。年近古稀的老人，居然还有闲情写毛笔字，在旧报纸上抄碑临帖，读古文，然后默默写作。一个人在如此恶劣的条件下用学问与文章将日子过出诸多情调，肯定不是隐忍，而是发乎心性的书生本色与志趣。

我喜欢张中行，首先在于文章好，然后是学问大。《顺生论》《禅外说禅》等书，文采斐然，学问精深。学问大了会阻塞才情，很多学问家，晚年文章几乎不忍卒读。学问是眼界，才情是心性，学问能改变心性，学问大了，心里会轻视文章。

据说西南联大时期，有次跑警报，刘文典不屑地骂沈从文:"陈先生(陈寅恪)跑是为了保存国粹,我跑是为了保存《庄子》,学生跑是为了保留下一代的希望,可是该死的,你什么用都没有,跑什么跑啊?"这里面固然有不对脾气,更有学问与文章的隔膜。

张中行学问与文章相得益彰。腹有万卷诗书,守着一仓粮食,下笔作文却只拿出一点小米煮成稀饭,这是写作者的节操。看多了暴敛穷奢的笔墨,不由得喜欢那一份抱朴见素。人造的江河流水总容易厌倦,倒是古道旁的溪水,流淌着清亮,让人沉迷,忍不住流连再三。

张中行并非天才,但他从传统文化中汲取营养,涉笔见古,笔下正宗的中文,像是绕过了五四时期文学。有论者说:"左翼文学的血气和激烈之音,在他看来是速朽的存在,不必于此多用力气。人不能离开根本的问题而求救于玄学和乌托邦的冲动。他甚至对鲁迅那样的作家的表现亦有怀疑,以为过于跟着风气走,于生命是个大的损失也是对的。倒是周作人的冲淡,废名的神异,俞平伯的平实,让他颇为快慰,自己呢,也暗自觉得那是一条光明的路。"

不少人说张中行负暄系列是当代《世说新语》。从内容说,读来识得不少博雅之人,见到不少情重之言,如入高士之林,扑面风度翩翩,其中不少段落,写得入木传神,看得气爽神清,如见其人。但张中行文风没有多少六朝风格，走笔一片老年气象。老年气象，就是絮叨，绕来绕去。喜欢的人爱其态度从容言语亲切，不喜欢的人骂他拖泥带水夹缠不清。是不是可以这么说：张中行写作是导游体，游玩时，每到一个景点，就停下来，前前后后，上上下下说一通。一把年纪的人，性情更加敦厚温柔，总想为后人提醒点什么，难得一片苦心。

张中行文章像草书，这草书不是狂草，而是章草，偶尔又夹杂草书飞白，笔下出现大段闲话。这是作书人巧妙的添油加醋，细雨和风，含有深沉美，与《世说新语》是截然不同路子。

耄耋之龄爆得大名，张中行生活态度依旧，夏天经常光着膀子，穿白色汗衫，其中有一件上还印有"人民教育出版社"字样。穿着普通，文章卓越，出入文坛，大家气度。凭一本《负暄琐话》形成潮流，到去世前，相继有近十本书问世。垂暮之年创作力如此丰盛，让人惊奇此老手勤，著述之丰，高山仰止。但也有些文章，滋味寡淡如三泡之茶，几近白水。

个人口味，更喜欢张中行未成名时候的作品。大寂寞被大文化滋养着，如斜阳篱下之风，散淡温煦，日之夕矣，羊牛下来。成名之后，下笔成文亦有好处，是日之夕矣，牛羊下括。到后来，声誉日隆可以率性而为，率性固然大美，但下笔漫漶，自身特点放得太大，好的一面坏的一面皆如此。

张中行洞察人心世道，一辈子与书为伍，但不是迂夫子。他的思维方式更接近道家和释家，对文化人诸种打量不同于一般学术臧否，也不同于贩卖掌故作文史闲谈，写名流不取仰视，写凡夫不做俯察，一律寻常目光。行文时经营之意藏得深，底气足，角度和看法都有特别的地方。譬如写周作人一九三九年元旦遇刺，只擦破点皮，高兴得跳了起来，张中行笔底按语："这是修养败于天命的一例，因为就是生死大事，最好也是不忘形的。"此语下得着实沉痛，却又无可辩驳。

张中行的见解不一定深刻，但清醒。他的文章不一定好读，但耐读。笔下意思藏得深，要慢读，慢中才能品出意味。张中行活出那么大年纪，阅历非常人所比。行文烟火味道不多，淡淡然如清茶，看不出曾经风霜。可以说是睿智，也可以说是麻木。

不少朋友接触过张中行，有人爱文及人，冒昧写信求赠签名本。张中行题签亲自寄上，一副老派人的和气。这样周到这样体恤如今怕是不多了。

见过不少关于张氏生平的文章，印象是：一生坎坷，晚年风光。一生坎坷是真坎坷，晚年风光是真风光，关键是淡对一生坎坷，关键是淡对晚年风光。可以说其精神深处，做到了对世俗功名的淡然，他的淡泊是真淡泊。

张中行与杨沫有过一段婚姻，让人津津乐道。离婚后，他娶了比自己大一个多月的李芝銮。晚年张中行添衣问老妻，吃饭不知饥饱，老妻不给盛饭，必是饱了；穿衣不知冷暖，老妻不让添衣，必是暖了。当年《青春之歌》洛阳纸贵，古调虽自爱，今人多不弹，倒是张中行文情渐涨。

废名

　　作家里漂亮的不多，美文与美貌不是冤家就是对头。自古美貌少美文，从来美文妒美貌。废名文章极美，相貌着实一般。周作人说他貌奇古，其额如螳螂，声音苍哑，初见者每不知其云。不难看出，废名不仅长相一般，说话也不好听，声音苍哑。废名之貌奇古，有罗汉像。寺庙罗汉尊者，面目不同，多奇相，废名或是其中一个投胎。

　　其额如螳螂，很多朋友听来不知所云。废名前额正中发际线向下凸一尖，俗称美人尖，形状正像螳螂头部。小时候在乡下生活，见过很多螳螂。

　　周作人论人，多有怪论，譬如写刘半农头大，眼有芒角。叶兆言先生说头大好理解，眼有芒角，不明白怎么回事。芒角是指植物尖叶，刘半农上眼皮下垂，眼睛显得细长，正像芒角，锋芒锐气十足。所以周作人说他生气勃勃，至中年不少衰。老派人文章，好藏锋，用尽曲笔。

第一次读废名，是旧杂志上的《桃园》。行云流水、简约幽深的文字，恬淡自然梦幻般的意境，与以往阅读经验中的现代文学作品相去甚远，仿佛一杯上等炒青，香幽中飘逸着淡淡的苦涩。后来陆续读到《废名散文选集》等书，那种清新流利、含蓄自然、毫无雕饰与做作的文字，不经意间呈现出圆熟的透明与纯净，如唐人绝句。静静的，骨子里有轻微的哗动，柔中带刚，有雾气的朦胧，也有秋冬夜里灯窗照路的亲切。

废名语言被视为圈内的美文。鲁迅赞扬废名《竹林的故事》冲淡为衣。除此之外，他的文字还有声乐美，构思奇特，用词用句和一般人不一样，有文体意识的作家一读就会喜欢佩服。

废名影响了很多人，比如沈从文、张中行、汪曾祺、孙犁。从沈从文的作品里解读废名，很有意思。沈从文学习废名，但他作品的气息是喷发的扩张的，废名往回收，几乎一味内敛，这正是沈从文成就高于废名的原因吧。沈从文的作品里有大江大河波涛汹涌，废名的字里行间只能看到一湾小溪泉水叮咚。沈从文的写作接通了地脉，风俗民情世态人生，无所不有。

废名的笔下多为儿童，但他的作品不是儿童文学。废名喜欢用儿童的眼光看世界，这儿童的世界又是一个成年作家刻意精心营造出来的。读废名，能看得清一个小孩的轮廓，文气里透出的那一种活泼干净与烂漫天真，使人无端深信确实有一稚人儿喃喃自语。汪曾祺是废名的知音，他说废名的小说是中国式的意识流，有李商隐的天马行空与温飞卿的轻艳。

废名的散文与小说分界模糊，《桥》《竹林的故事》《桃园》《菱荡》，几乎是散文化了的小说。这一点沈从文与汪曾祺受废名影响最深，只是废名文字更为纯净，沉浸于个人情绪的表达与文字的抒发上。正因如此，废名没有沾染五四时期的文艺腔。文艺腔几乎是新文学的通病，像朱自清、叶圣陶、丰子恺，包括俞平伯，早期不少文章都免不了拿腔作调。废名是特例，出手不凡，二十多岁出版短篇小说集《竹林的故事》，处女作就进入成熟期。

废名写得出一手漂亮文章，说话做事，经常一意孤行，露出偏执，让有些人看不起。废名写过一本《阿赖耶识论》，专门探讨佛学中的唯识论，寄给周作人，没能得到回应，这令他很失望。诗人卞之琳说废名"把一部好像诠释什么佛经的稿子拿给我看，津津乐道，自以为正合马克思主义真谛。我是凡胎俗骨，一直不大相信他那些顿悟……无暇也无心借去读，只觉得他热情感人"。

张中行说废名"同熊十力先生争论，说自己无误，举证是自己代表佛，所以反驳他就是谤佛。这由我这少信的人看来是颇为可笑的，可是看到他那种认真至于虔诚的样子，也就只好以沉默和微笑了之"。

废名几乎生活在自己天地里，自娱自乐，对世事颇为自我。他写文章仿佛小孩子吃零嘴，好吃，真好吃，再吃一点，还要吃。差不多是这样态度吧。

一九四六年，废名去北大国文系担任副教授。第一堂课讲小说，废名自诩对《狂人日记》的理解比鲁迅深刻。废名授课不大在意学生听或者不听、懂或者不懂，放任自己思绪飘飞，时而眉飞色舞，时而义愤填膺，时而凝视窗外，时而哈哈大笑，常常挨个儿扫视学生的脸，希望看到同样的笑意，这里面也是孩子气的天真。有学生评价说这种类型的课确实很少，它超乎于知识的接受，也超乎于一般人说的道德的熏陶，而是一种说不清楚的感应和共鸣。用感应和共鸣其实也可以解读废名文章。

吴小如师从废名，写文章追忆："我听他的课时，已成家，有了孩子，家里经常有事要办。一天，我从天津赶回学校，那天讲宋诗。他问我怎么不来听课。我说，家里有事。他要我下课后到他宿舍去一下。我想，他肯定要狠狠地批评我了。不料，去了之后，他说：我来为你讲这一课。我很感动，废名先生待我太好了。我那时年轻，写过批评他的文章。在我没听他课的时候，他就认识了我。"

废名的思维是跳跃的，空灵、敏捷、情深而专注，笔端之美，使人迷恋。"冬天，万寿宫连草也没有了，风是特别起的，小林放了学一个人进来看铃。他立在殿前的石台上，用了他那黑黑的眼睛望着它响。"这些话，写得极模糊，焦点游移极其有趣，先是俯视，然后缓缓抬头，遇见特写的额头下黑黑的眼睛，又有声音……如果没有沉静的心，写不出一个少年对美的惊讶。

废名表达情感委婉雅致，语调和谐，有时带有方言，读来颇为绕口，但备感亲切。或许受旧学影响，废名下笔难免略带古风，加上有对佛学和玄学的理解，得以超脱。废名又以诗人的气质在文章中大量留白，使得作品每每具有水墨效果，令人想到齐白石晚年的水墨。

废名对自己作品有狂热的绝对的喜欢与自信，称赞学生："你的文章最好，像我的文章，不仅形似，而且神似，优美，简练，清新。"优美，简练，清新，夫子自道出自己的风格。小说《桥》描写盛夏烈日暴晒时浓荫下乘凉，用日头争不入形容凉意，废名感慨真是神来之笔，真是世上唯有凉意了。写文章就要写出这样的句子才叫大手笔……"这句写得多么妙不可言啊！无人能超过！"神态得意，充满了喜悦和自信。

废名写出了自己的文体，他没有写史之心，更没有写碑之心，只有童心与自然心。废名是难得的真性情，郁达夫也真性情。但郁达夫是成年男人的放浪形骸，是名士风流。废名是赤子之心的一片烂漫，君子坦荡荡。

梁实秋

说到闲适雅致，通透平实，兼得文章之美，梁实秋要坐把交椅。《雅舍小品》有闲气，闲是闲情，气是气韵，气韵闲情基本是梁实秋的文风。当然，周作人文章也有气韵闲情，但多了艰涩，甚至有淡淡苦味。梁实秋是闲适深远，周作人则显得苦味深远。

不记得哪个前辈在文章中曾不屑一顾谈起中国作家，说他们居然不懂莎士比亚。英国得天独厚的是文学之光华，一个莎士比亚可使英国永远亡不了国。《伊利亚特》太幼稚，《神曲》太沉闷，《浮士德》是失败的，都比不过莎士比亚。这两句话是木心说的吧，前不久刚在书中读到。在中国，翻译《莎士比亚全集》的第一人是梁实秋。

因为鲁迅《"丧家的""资本家的乏走狗"》一文，我最初把梁实秋当作新文学反面人物。时过境迁，感觉鲁迅火气稍大了。梁实秋后来说，鲁迅一生坎坷，到处碰壁，所以很自然地有一股怨恨之气，横亘胸中，一吐为快。怨恨的对象是谁呢？礼教，制度，传统，政府，全成了泄愤的对象。他是绍兴人，也许先天有一点刀笔吏之风，为文极尖酸刻薄之能事……这些话不无道理。他接着说："作为一个文学家，单有一腹牢骚，一腔怨气是不够的，他必须要有一套积极的思想，对人对事都要有一套积极的看法，纵然不必即构成什么体系，至少也要有一个正面的主张。"此番高论值得每一个从事文学的人深思。

梁实秋早期专注文学批评，坚持将描写与表达抽象永恒不变的人性作为艺术观，批评鲁迅对外国作品的硬译，不同意他主张的苏俄文艺政策，认为文学无阶级，不应该把文学当作政治工具，反对思想统一，要求自由。鲁迅是斗士，与天斗与地斗与人斗其乐无穷，有些孙行者的味道。梁实秋是名士，吃喝玩乐读书会友，悠闲自在，文章也是闲情雅趣十足，差不多是吴承恩笔下的散仙。

梁实秋文字功力一流，其译文也是很好的汉语，后来花了四十年光阴独译《莎士比亚全集》，被视为经典，晚年用七年时间写出百万言《英国文学史》。这是对鲁迅近于死译的反驳，也是对死译之风断不可长的身体力行。

如果不是与鲁迅争论，梁实秋或者不会有那么大俗世影响。成学术争议，败也学术争议。本来不过简单学术之辩，在特殊年代上升为阶级斗争。鲁迅成了显学，逐渐被神化，他口头笔下的褒贬给当事者带来完全不同的命运。梁实秋这类人被扫到地上，灰头土脸了几十年。

客观说，梁实秋和鲁迅应该算同路人，大致方向相同，只是在为人处世上有分歧，骨子里都是书生，对政治不大感兴趣。梁实秋生前不大提与鲁迅的是非，有一次女儿问：当年和鲁迅都吵些什么？他平静地说并没有什么仇恨，只不过对一些问题看法不同。

梁实秋启蒙了我的写作。写散文随笔多年，时常会想到梁实秋的写作态度与方式——学贯中西，下笔行文没有洋气的生涩与古气的沉闷，全然名士风度，超脱冷静，讲究趣味。现在很多人写散文，泥沙俱下，不知所云，没有梁实秋那样的气派与追求，显然也是一个原因。

梁实秋是典型的才子，行文花气袭人，笔锋常带情感，如在山阴道上。文学史上谈到白话散文，梁实秋是绕不开的。《雅舍小品》影响很大，海内外出了几百个版本。梁实秋写生活中一些稀松平常之事，观察入微，感怀独到。其文好在自然，写得率真，兴到笔随，取材随意，用笔不着力，读来轻松可喜，仿佛江南小巷、流水人家。让人感到不足的是，一百多篇文章只用一种写法，一口气写下去，字里行间犹存报章气，隽永不足。

当年迷梁实秋，觉得他天真，有人情味，没有朱自清式文艺腔，也不见说教面孔，文章处处散发着喜气。他将一切看透，却愿意在尘世中活着，带着温煦的微笑。越了解这人世，越离不开它的热闹与温暖，越是入世。《中年》一文又生动又形象：

> 哪个年轻女子不是饱满丰润得像一颗牛奶葡萄，一弹就破的样子？哪个年轻女子不是玲珑娇健得像一只燕子，跳动得那么轻灵？到了中年，全变了……牛奶葡萄要变成为金丝蜜枣，燕子要变鹌鹑，最暴露在外的是一张脸，从"鱼尾"起皱纹撒出一面网，纵横辐辏、疏而不漏，把脸逐渐织成一幅铁路线最发达的地图……

梁实秋家境优越，早年不仕不商读书为乐，性格平和。梁实秋的平和让他在文坛广结善缘，和胡适、闻一多、徐志摩、冰心等人的友谊，被视为文人相亲佳话。

梁实秋有自然心性。在青岛时，和闻一多结伴同游崂山。在靛缸湾瀑布前面，闻一多喟叹风景虽美，不能令人发思古之幽情。梁实秋指着山上的怪石，说那就是千年万年前大自然亲手创造的作品，还算不得古迹吗？充分显现了两人禀赋个性的差异：闻一多好古，梁实秋专注眼前。闻一多倾心于人文，而梁实秋更接近自然。

后来闻一多被暗杀，梁实秋正与朋友下围棋，一时激动，拳击棋盘，一只棋子掉到地板缝里，再也没有抠出来。一九六七年，梁实秋出版了《谈闻一多》纪念专著，写闻一多在清华求学、游美及返国教书，一直到抗战发生几个重要时期的经历。书页间有两个朋友的高山流水，有两个高士的惺惺相惜。

梁实秋有一张与胡适的合照。胡先生穿短袖衬衫一脸温和一脸文气一脸儒雅，似略有心事。梁实秋则把袖子卷起，藏起下摆，双手后背，一脸灿烂，见喜气。胡适去世后，梁实秋多次发表谈话和文章，深表伤痛。有人问有何感想，他脱口道："死者已矣，但恨不见替人。"

梁实秋认为天赋人权，不可侵犯，最不能容忍独裁。说生平最服膺伏尔泰一句话："我不赞成你说的话，但我拼死命拥护你说话的自由。"梁实秋评判世间万物，小心翼翼下结论，认认真真提看法，从中可以看出其人生态度如何。

梁实秋一生历经北伐、抗战、内战，可谓坎坷。这大概是他容易知足的原因所在。再看《雅舍小品》，篇篇温煦，不染乱世的硝烟与恐慌、颓唐。小品文的盆栽趣味收万象于笔底，流畅自然，有滋有味。有些文章写得含蓄，读完却让人触怀乃至伤感。行文固然偶有迂腐，略显做作，但性情人作性情文章，人性隐恶、喜感，乃至积习，总能让人会心。

《槐园梦忆》中写发妻程季淑的声音、发式、衣着，细致温柔，充满老北京味道。程季淑体贴，是贤内助，旧式的婚姻，相濡以沫后变成了难以离弃的亲情。但两个人思维高度不一样，大概正是因为如此，程季淑去世不到半年，梁实秋就与比自己小近三十岁的韩菁清坠入爱河，谈了一场轰轰烈烈的黄昏恋。对老派文人而言，现代意义的男欢女爱，相知相吸，想必更迷人吧。

一九八七年十一月三日，梁实秋突发心脏病。住院时，小量输氧已经不够。梁实秋扯开小氧气罩大叫：我要死了！我就这样死了！医生终于同意给予大量输氧，发现床头墙上大量输氧的气源不能用，于是拔下小量输氧的管子换床。在这完全中断输氧的五分钟里，梁实秋死了，留下最后五句绝笔之一是：

我还需更多的氧。

鲁迅雕塑，张德华制。

大野多鈎棘長天列
戰雲幾家春嫋嫋
萬籟靜喑喑下士惟
秦醉中流輟越吟
風波一浩蕩花樹已
蕭森

丙申秋　竹峰弟來京
屬書　魯迅此詩　丹青書

陈丹青书鲁迅诗

早子離家二里遙
攜籃趕上大雲橋
今朝不吃蘇花粥
荷葉包來茨菇糕

丙申秋合肥竹峰再嘱錄
周作人于油画学
丹青书

陈丹青书周作人《儿童杂事诗》

159

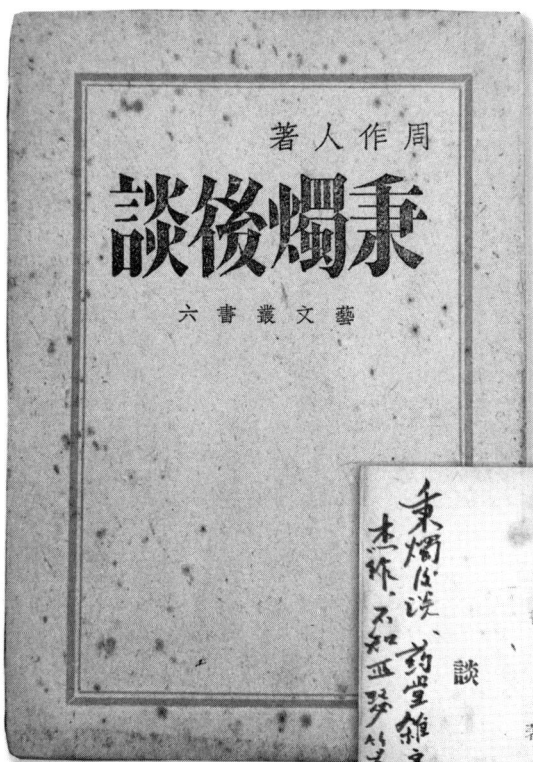

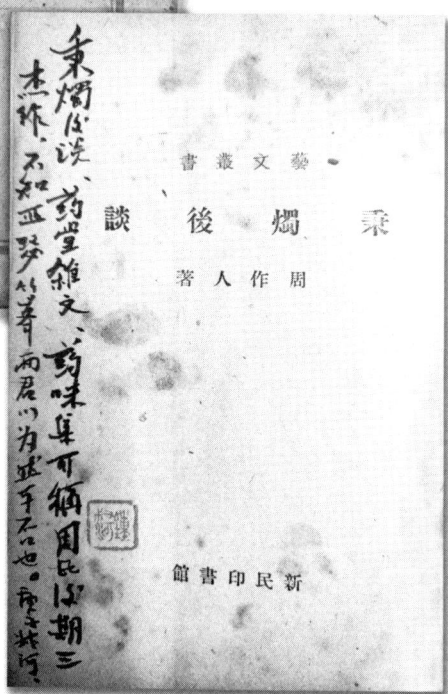

民国初版《秉烛后谈》，扉页为锺叔河先生题记。

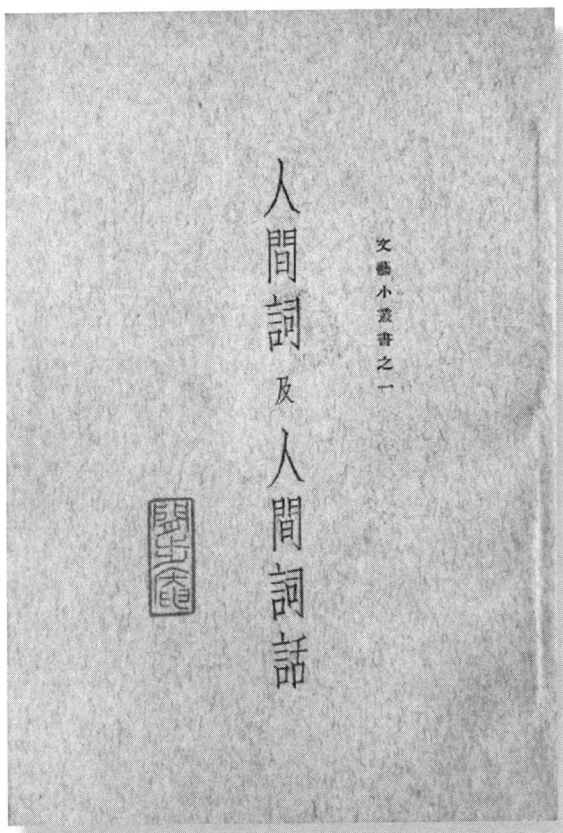

《人间词及人间词话》，封面闲步庵即沈启无之号。

章士钊书法

林琴南书画小品

荼懷端賴曲生開 掌雲地高天
酒一盃未免有情難遣此
本來無物落塵埃 搗核馬
上聊賒驟桃葉檳江去不回
醉死何妨人笑輔 曲幽劉阮
慈庸才
而逢夫 三月一日對酒興歌 墨人劍

荆歌书郁达夫诗

民间有此一说白菜不如白菜此语于真喜欢听于从小到大似乎没有离开过此物宜乎老人谱题而有云都说牡丹为花之王此菜乎此菜乎

珊瑚墨记

王祥夫临齐白石《白菜图》

165

凌晓星临陈师曾《北京风俗图之赶大车》

静農先生墨梅

丙戌孟夏 荳橋

台静农墨梅

167

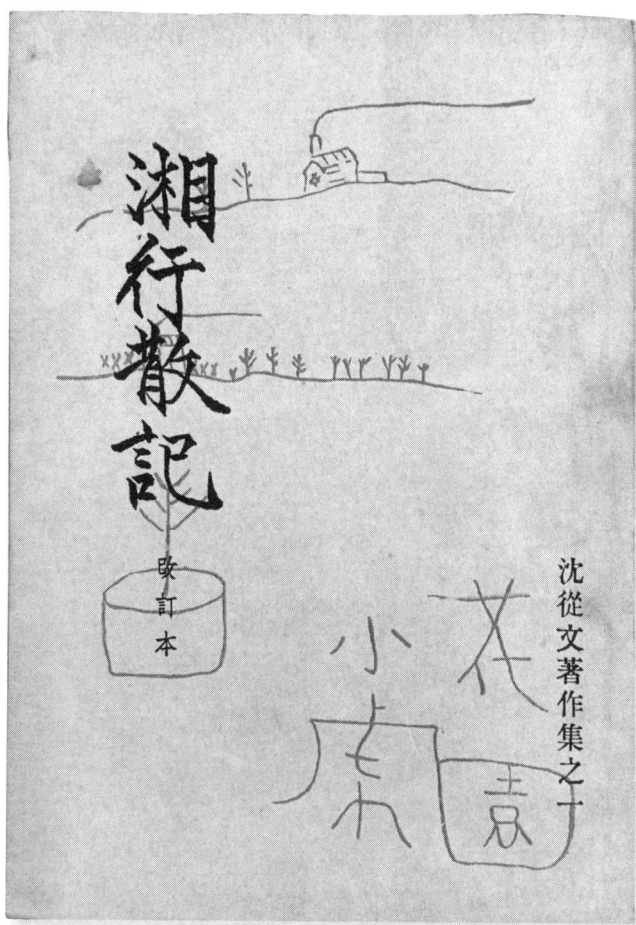

民国版《湘行散记》，封面画出自沈从文儿子沈虎雏之手。画还在，书还在，沈先生早已走远，那个画小虎花园的人也去世多年。书比人寿，悲欣交集。

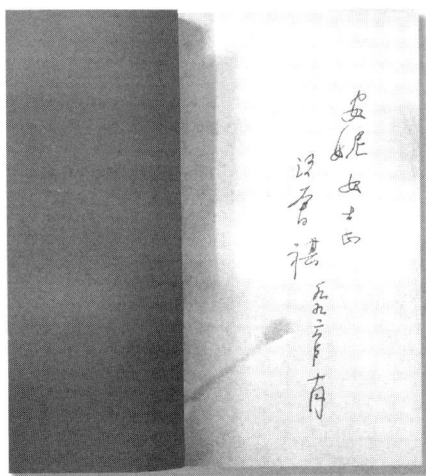

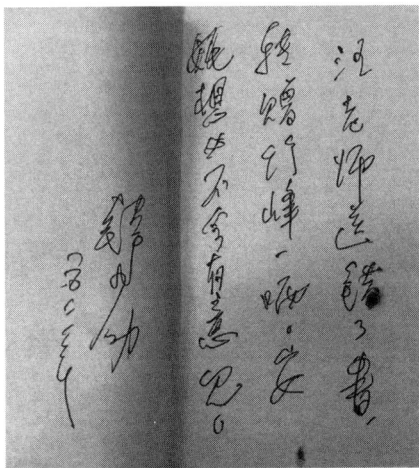

韩少功先生转赠汪曾祺签名本初版《蒲桥集》

觀察叢書
15
龍蟲並雕齋瑣語
王了一 著

上海 觀察社 發行

一九四九年初版《龙虫并雕斋琐语》，上海观察社发行，
《观察》的主办人是储安平。

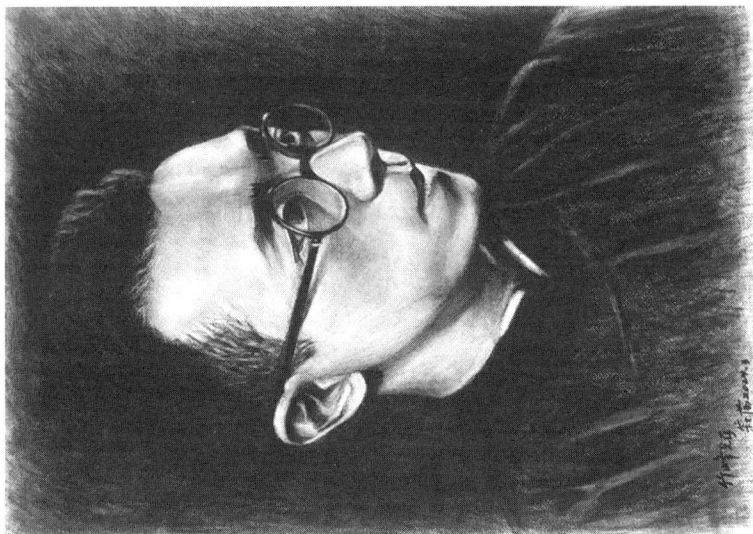

胡适像，李寂荡绘。

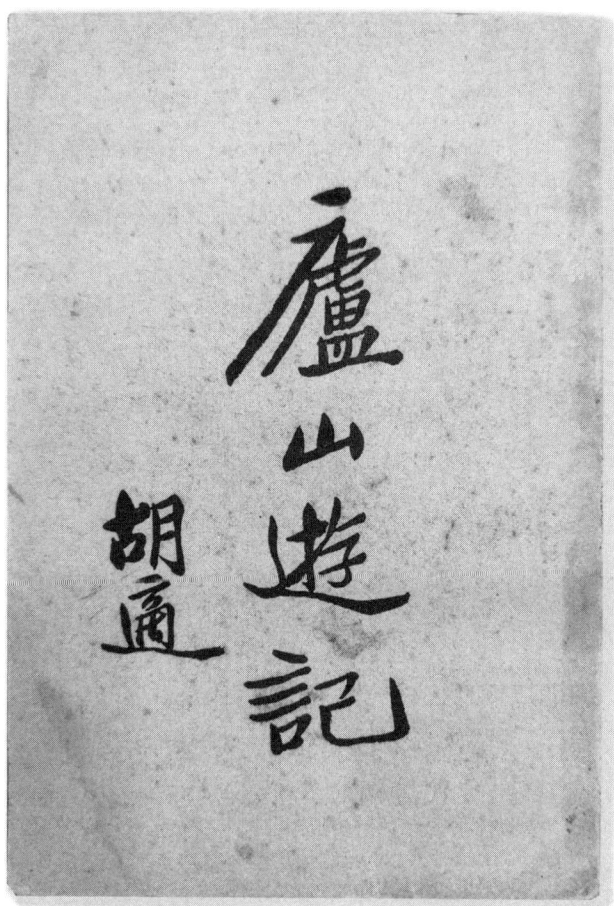

庐山游记
胡适

一九二八年春，胡适与友人从上海出发前往九江，在庐山游历三天，作得此《庐山游记》。胡适品味风物，勘误史实，治学求是究根，笔下不时有小心的求证，教人疑而后信，考而后信。书名为胡先生自题。

青木正儿著作《中国古代文艺思潮论》，一九三三年北平人文书店版，王俊瑜译，周作人作序并校阅，钱玄同题签。

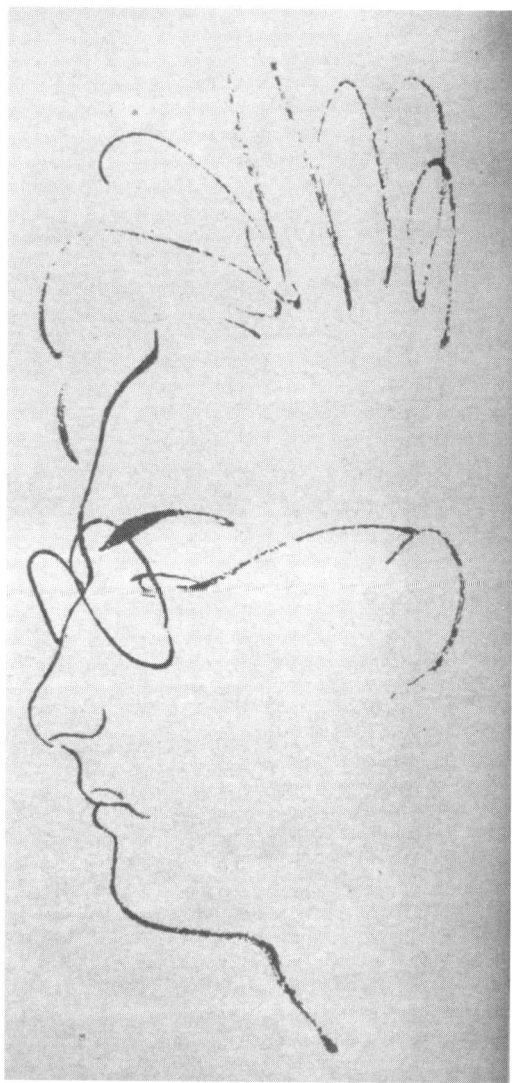

张弦作章衣萍像，此图出自一九三三年上海合成书局初版《秋风集》。

下午五四过了

即时晴行游上午天态气度图

对青年教师也不是

江心计什么青年蒲书小镇中国意识

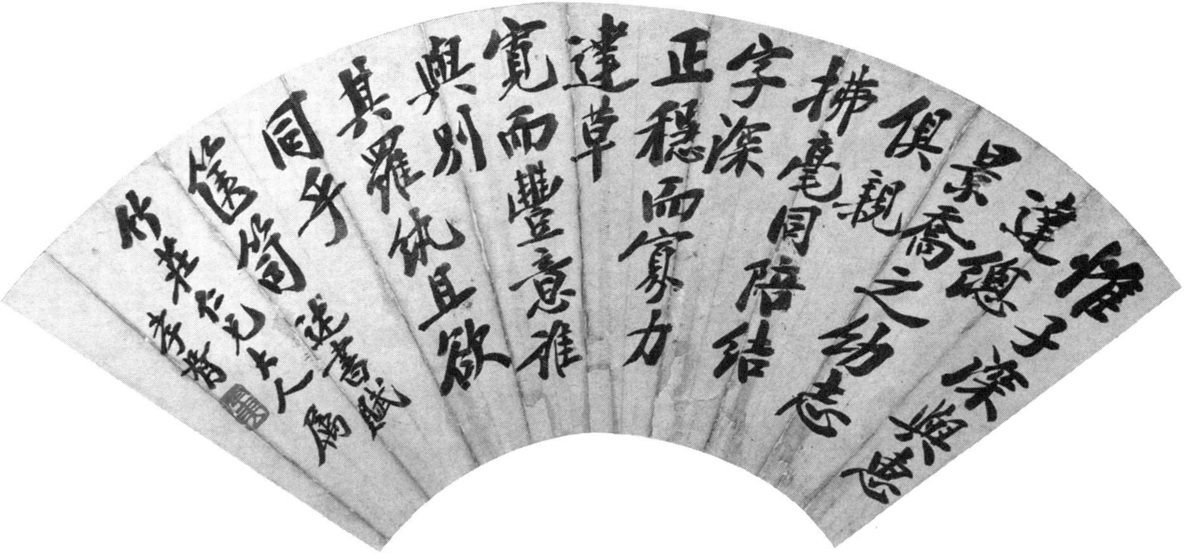

郑孝胥书法

得失塞翁马

襟怀孺子牛

叶兆言书联，叶圣陶先生晚年经常写这两句话。

王力

　　民国文体家，两个人未曾深入，一个俞平伯，一个王力。此二人后来热衷学术，没能在文章道路上走远。这是中国学术的幸运，也是中国文章的损失。王力身上有些名士风度，两耳不闻窗外事，对时事不感兴趣。俞平伯童心未泯，给人感觉不够认真。王力正相反，在学问路子上，锱铢必较。俞是出世的，王是入世的。俞平伯活得像个艺术家，王力更像个有社会责任感的人文学者。

　　文体多半靠天赋，有前世注定的意思。学术差不多可以修，有今生努力的味道。朱光潜说梁实秋《雅舍小品》对文学的贡献在翻译莎士比亚之上。言下之意是说翻译别人可以取代，文章则非你莫属。

　　王力写过一篇《与青年同志们谈写信》的随笔，感慨十年动乱，相当多的青年人信奉读书无用论，不懂得认真学习和正确运用语言文字，写信常常闹笑话。后来这篇文章被选入教材，我念书时学过。现在想起来，还记得文章写得苦口婆心，一派谆谆教诲。

现在人知道王力，基本是其语言学家身份，忘了文章好手的面目。抗战时期，王力在报纸上写一点小品文。旧学功底好，又懂外语，下笔成文，干净简洁，飘然出尘，潇洒入世，谈及古今中外，从饮食男女到琴棋书画，从山川草木到花鸟虫鱼，字里行间有青铜器的色泽与青花瓷的清丽，在古典文化堂奥间左右逢源。后来这些文章结集出版，是为《龙虫并雕斋琐语》。因为这本书，谈到白话散文，常常尊王力为一家。

王力以雕龙手雕虫，举重若轻，若良庖烹小鲜。行文幽默，甚或尖刻，不时道苦，近乎赖皮。以古说今，兼之骈文，常有源头之活水。他的散文，说好是因为有特色，才气横溢，那些文字在中国古典一脉河水中浸润已久。说可惜是没有继续文章之路，文白交织略嫌拗口，用典太多，没能写出更炉火纯青的作品。

王力掉书袋且带学究气。掉书袋和学究气都是作文的忌讳，王力的了不起在于让文章从头到尾贯穿了浓郁生活气息，让人在书房美文中品味人间滋味。《龙虫并雕斋琐语》和《雅舍小品》异曲同工，都是人生百科式的入世之作。拙作《衣饭书》前言写过这样一段话：

> 中国文章的羽翼下蜷伏着几只小鸟，一只水墨之鸟，一只青铜器之鸟，一只版画之鸟，一只梅鹤之

鸟。不是说没有其他的鸟，只是不在中国文章的羽翼下，它们在草地上散步，它们是浮世绘之鸟，油画之鸟，教堂之鸟，城堡之鸟……王力的散文正是青铜器之鸟，其古意，有旧家具的木纹之美，如今回过头看那本《龙虫并雕斋琐语》，不能说多好，但毕竟是中国文章的产物，亲近之心还是有的。

王力最初的工作是小学教员，一个月拿三五十个铜钱，吃饭都不够。日子虽过得艰难，王力却表现出极强的能力，学友见他年轻有为，集资送去上海念大学。一九二六年，考入清华大学，在梁启超、王国维、赵元任门下。赵元任当时在清华讲语言学，王力毕业后留学法国，奠定了终身学术方向。他的看家本领是研究文言文，对中国古汉语有独到领悟。其书法和旧体诗在那代人中出类拔萃。他所处的年代，中国传统文化被西方侵蚀，他一手好中文就显出古典的魅力。

有人采访王力，说他目光温和，笑容亲切，举止安详，表现出一个渊博的学者的优雅风度。见过王力的照片，有学者气质，总是身着深蓝色中山装，有时候还会在左胸口袋插一支钢笔。

人的相貌会被身份左右：徐志摩典型诗人模样，郁达夫一副小说家派头，齐白石生成一张中国水墨脸，梅兰芳则是中国戏剧之脸，于右任有草书风范，晚年李叔同一派高僧气度。徐悲鸿长出了西洋画的味道，尤其年轻时候，有巴黎艺术家风度，穿西服不打领带，结一个黑领花。胡兰成早年有才子相，晚年骨肉棱角淡了，柔了，现出学者风范。

王力能听音辨人。二十世纪八十年代，有记者去见他，刚落座，王力说，你是苏北人，哪个县我可不知道。又对同去者说，你是客家人。来客诧异。王力笑着说："我是研究语言学的啊。"王力任岭南大学文学院院长，梁羽生在岭南大学读书，没有上过他的课，因为性喜文学，常到他家中请教，屡屡见此绝技。和新来的学生谈了几分钟，王力往往能一口说出人家籍贯。这样的故事现在人听来，好似传奇，其实不过学术大家的牛刀小试。

王力懂得法文、英文、俄文。学生问：我研究汉语史，你为什么老要我学外文？他回道：你要学我拼命学外文。我有成就，就多亏学外文，学多种外文。不知道这番话对那个学生可有启发。在王力看来，所谓语言学，无非把世界各种语言加以比较，找出它们共同点和特点。这几乎是常识。但常识需要一个人太多的付出与尝试。

王力身上能看到老一辈学者的努力。清华任教时，学校规定工作五年可以休息一年，王力利用休假到越南研究东方语言。在越南一年研究了越南语、高棉语，并写出专著。越南语言代表团来中国，向王力学习写汉语史的经

王力

验。他们发现王力居然对越南语历史也很清楚，又请教写越南语史，王力先生只好又讲了一个上午。

王力曾被关进牛棚，按照他的说法是，对牛弹琴可以，但不能研究语言学了。走出牛棚后，不敢公开研究语言学。那时候开门办学之风盛行，王力东奔西走向工人讲授语言学言不尽意，他只好把更多心思放到写书上。写书仿佛地下工作，至亲好友也不让看到。客人敲门，赶快藏起稿纸，陆陆续续，写出《同源字典》《诗经韵读》《楚辞韵读》等著作。王力心情黯然，对夫人说："我写这些书，现在是不会出版的。到了出版的那一天，这些书就成了我的遗嘱了。"这样的叹息，几乎是那一代知识分子共有的情绪。

除文章与学术外，王力还翻译了不少法文作品。在不太长的时间里，出版多部纪德、乔治·桑、左拉、莫洛亚等人作品，还起意要翻译法国戏剧家莫里哀全集。可惜这些书稿，战中毁了大半。叶圣陶评价王力翻译："信达二字，钧不敢言。雅之一字，实无遗憾。"雅之一字，几乎贯穿了王力一辈子。文章、学术、翻译，均体现了第一流的文字功夫。王力的著作，不仅在学问知识上对人有帮助，文章本身也是很好的汉语教材。

说起王力翻译的中断，有个小插曲。当日清华大学惯例，专任讲师任职两年升为教授，王力未得如意，找系主任朱自清理论，朱先生觉得他不务正业，笑而不答。王力反躬自问，翻译虽然出色，专业毕竟弱了，集中精力发愤研究汉语语法，不久写出一篇《中国文法学初探》的论文，任教第四年，升为教授。

王力治学严谨，有人向他请教明人《哭海瑞》诗中第二联"龙隐海天云万里，鹤归华表月三更"的隐喻所指，他表示，"我也讲不好"。

王力学术在一九八〇年前一直是显学，家传户诵。由于"附共"，海外出版他的著作和署名，在翻印时都给篡改了。《汉语音韵学》一书就曾改名为《中华音韵学》，著者改为王协，也有改为王子武的。晚年王力多次说"暮年逢盛世，人生大快意事"之类的话。说还有好多书要写，可以再写一百本书，真想多活几年啊！写诗自道：

漫道古稀加十岁，还将余勇写千篇。

王力生于一九〇〇年，死于一九八六年。熟悉他的朋友说，老先生喜欢吃清水煮豆芽，不放盐，蘸点醋，不像《龙虫并雕斋琐语》的文章。

王力

胡适

魏晋人重行止容貌，陶侃因苏峻作乱欲杀庾亮，被其风姿神貌倾倒，一见如故，不仅饶他一命，还谈宴竟日，爱重顿至。时人称长史王濛相貌，司徒蔡谟说："恨诸人不见杜弘治耳！"王羲之赞叹杜弘治面如凝脂，眼如点漆，如神仙中人。

行迹猎气息，面目知心相，差不多是传统。曹操见匈奴使，自以形陋，使魁梧英俊的崔季珪替他，自己捉刀立床头。英雄虽扮为侍卫，眉宇间的英气无法遮掩。令人问魏王何如？匈奴使答："魏王雅望非常，然床头捉刀人，此乃英雄也。"曹操听后，派人追杀他。

以貌取人大抵有些传统。有古人美须髯，容仪端正，步履有定则，人望之辄起敬。戏台上公主招驸马，首要条件是容貌齐整。现实中也如此。洪武年，有一士子为御史弹劾，本当重处，朱元璋伟其貌，竟生怜惜之心，从轻发落。朱棣选妹婿，见某状貌伟丽，不问功名，不问出处，就定了心意。朱棣取官也曾以貌选，说人的相貌应该与其名相称，得贤名者必貌美，貌陋者必心险。下诏访求人才，送京录用，特别要求容貌魁岸。有人凭一副好相貌借力送上青云，也有人貌不称心，折了前程。

景泰年间，朝廷令国子监甄别六馆生，年老貌寝、学艺疏浅者，斥为民。此亦咄咄怪事。奉化一个人在京与试，因为相貌平庸，身形矮小，虽然成绩优异，也未能列选。后世听来常常当作笑话。

明清两朝，清华之选，如翰林、科道等官，以及御前供事衙门，通政司、鸿胪寺等，属于中禁之任，对任职者，常取声音洪亮、丰姿笃厚、长躯伟干者。

元朝画家王蒙对相貌非常满意，揽镜自夸：我父亲生出儿子，怎这等好相貌。文人之于相貌好恶很有意思，清人金农作《团砚铭》："砚如此不恶，面如此便俗。侏儒侏儒多饱栗，今之相者兮果无作"，作诗谓"圣代空嗟骨相癯"，令人想到郊寒岛瘦。相貌透露气象，明人曾鲸绘王时敏二十五岁画像，目光端凝，英气逼人，贵气逼人。

老子、孔子、屈原也有画像，后人凭想象描摹出一幅幅大德之尊，当不得真。古人容貌传承依靠画笔依靠文字，文字不过写意，画笔往往失真。罗聘与袁枚私交甚笃，曾为随园主人画像。袁夫人以为不像，罗聘说吾画其神也。罗聘所画袁枚，侧身持一菊，上有画主题跋，风趣见理：两峰居士为我画像，两峰以为是我也，家人以为非我也……我亦有二我，家人目中之我，一我也，两峰画中之我，一我也……

先贤容颜缈不可寻，零星逸事别有深意者，时见有人称引。潘岳妙有姿容，好神情，《世说新语》说他："少时挟弹出洛阳道，妇人遇者，莫不连手共萦之。左太冲绝丑，亦复效岳游遨，于是群妪齐共乱唾之，委顿而返。"无独有偶，汪精卫北伐前在广州演讲，女学生掷花如雨。汪精卫的照片见过不少，黑白中难掩俊逸。胡适评论汪精卫的外貌是我见犹怜，叵耐做贼，辜负了一张好脸。

叔本华认为外表是表现内心的图画，相貌表达并揭示了人的整个性格特征。郁达夫脸庞清瘦，他的样子有深沉而缭绕着挥之不去的苦恼。徐志摩典型文艺美少年，浓得化不开的文风正适合他。

鲁迅有相论，说尼采一脸凶相，叔本华一脸苦相，王尔德穿上他那审美的衣装的时候，已经有点呆相了，而罗曼·罗兰似乎带点怪气，高尔基简直像个流氓。鲁迅有法家相、墨家相，中年后，五官渐如木刻，眼神奕奕，面带秋寒，十分冷峻，有诗书沉淀后的修养，那种深邃和犀利是逼人的，比旁人看得更深看得更远。

胡适也有相论，说世间最可厌恶的事莫如一张生气的脸，世间最下流的事莫如把生气的脸摆给旁人看，这比打骂还难受。胡先生总是一脸和煦一脸安详。

以貌论，废名太奇，茅盾太瘦，鲁迅太矮，徐志摩太嫩，穆时英太粉，钱玄同太憨，老舍太正，李叔同太古，巴金太薄，朱自清太板。沈从文英俊清秀，年轻时文化分量不够，老来自有风采。丰子恺晚年须发花白，清瘦脱俗，是大人物模样。李叔同有古意，于右任仙风道骨像胖罗汉，各自都有不俗的样子。论起来，还是胡适最好看，看照片，胡先生的模样比文章更养眼更迷人更舒服。鲁迅当然有文豪气质，论风流潇洒，还是胡先生略胜一筹，相貌堂堂，一张干净的书生之脸，周正儒雅，一副文雅的书生之躯。

张中行记忆里的胡适，是个风流潇洒的本土人物。中等以上身材，清秀，白净，学士头，留前不留后，中间高一些，穿长袍，好像博士学位不是来自美国。温源宁如此描述四十四岁胡适，天庭高，两眼大，光耀照人，毫无阴险气，嘴唇丰满而常带着幽默的踪影。气色虽然不甚红润，不像养尊处优的老爷，但也不像梁漱溟一般的瘦马相，只有一点青白气色，这大概是他焚膏继晷灯下用功之遗迹。衣服虽不讲究，也不故表名士气。一副相貌，倒可以令佳人倾心影。非怪近年关于胡适情事的书一本又一本，中国向来不乏逐艳之夫逐艳之妇。鲁迅说英雄也吃饭，也睡觉，也战斗，自然也性交。今人独对英雄性交津津乐道。

画像不论，照片里胡适风采非凡。有帧摄于二十世纪五十年代的相片，一干人机场送行。老先生手拿礼帽，笑容可掬，气质非凡，把周围一遭人通通比下去了。陈诚容貌不俗，站在胡适一旁，输了一截文采，少了些许风华。

梁实秋和胡适有过合影，各有各的文化分量，气质上，梁先生还是弱了一点。胡适的面相，永远书生本色，有沉潜有坚毅。有些文人穿长衫好看，譬如郁达夫。有些文人穿西服好看，譬如郭沫若。胡适例外，长衫西服，穿在身上一律熨熨帖帖，有种置之度外的斯文通脱，一般人穿不出那一份举止从容，穿不出那一份意气风发。

对摄影好感不多，向来有些偏见，相机功莫大焉，留下了中国文人模样，让我们看到鲁迅的胡子、胡适的布衫、徐志摩的西服、郁达夫的长袍、周作人的眼镜、林语堂的烟斗、辜鸿铭的辫子、齐白石的拐杖。无缘真容，翻翻照片也是好的。若不然只能从文字里读相貌：

> 嵇康身长七尺八寸，风姿特秀。见者叹曰："萧萧肃肃，爽朗清举。"或云："肃肃如松下风，高而徐引。"山公曰："嵇叔夜之为人也，岩岩若孤松之独立；其醉也，傀俄若玉山之将崩。"

再好的文字涉及相貌，不过望梅止渴。胡适有张大笑的照片，透过纸页仿佛能听见哈哈之声不绝。老先生坐那里，像老太太。我心里叹息，快活成神仙了。有个很奇怪的现象，凡是杰出的男人，晚年相貌都像老太太。沈从文如是，胡适如是，俞平伯如是，张中行如是。我这么写的意思是说杰出的人不会争强斗狠，不会刻薄刁钻，杰出的人要善良要温和要感受灵敏要内心丰富，这才能保证作品的温暖性、神性和文艺性。

见过胡适与蒋介石合影，做交谈状，胡适的文气轻轻松松抵住了蒋介石的诡谲。老先生跷着腿，一脸随意，透着风流与俏皮。领袖森严遇见了学术气度，竟也无能为力，只好双手放在膝上老老实实。再看一些文人与政要相会，文化的头颅快要低到尘埃里了，微微哈腰者有之，挂着廉笑者有之，故做挺立者有之，都缺乏风骨。好相貌若缺乏风骨，就少了光泽。

胡适现存最早的照片为十七岁生日所摄，一脸精气，一脸静气。另外有一张二十三岁的读书照，精气静气之外，多了意气。

有民国相士将陈独秀与胡适比较，认为胡适坐立行走酷似仙鹤，其贵非陈可比。对比看胡适不同时期的照片，岁月的风霜在他身上留下或深或浅的人生印记，但无论是青年、中年还是老年，都是衣着讲究，眉清目秀，风神依旧潇洒依旧贵气依旧。有人说这是因为历史给了他那么高的地位，谁也不是天生领袖，地位要靠自己挣来的。

早些年胡适去见宣统，就表现得略失水准。一九二二年五月十七日胡适日记："今天清室宣统帝打电话来，邀我明天去谈谈。我因为明天不得闲，改约阴历五月初二日去看他。"溥仪所为，只是玩笑，也没叫太监关照一下守卫的护军，所以胡博士走到神武门，费了不少口舌也不放通过。后来护军半信半疑请奏事处问询，这才放他进来。皇帝召见，胡适不敢怠慢，进宫之前，做了一番准备。胡适后来说：我不得不承认，我很为这次召见所感动。我当时竟能在我国最末一代皇帝——历代伟大的君主的最后一位代表的面前，占一席位！

一个人的文化地位，往往会直接影响到交往。话题远了，索性荡开一笔。杜拉斯有次在外吃饭，法国总统走了进来……吃完饭，有人走过来对她说："总统想跟您打个招呼。"杜拉斯回："让他过来。"总统过来坐下，杜拉斯抓住他的手一言不发，过一会说："弗朗索瓦，我有件很重要的事要对你说……""玛格丽特，我在听呢！"杜拉斯十分严肃："弗朗索瓦，你知道，我现在在世界上比你出名得多。"一阵沉默。密特朗总统回："没错，玛格丽特，我知道得很清楚……"杜拉斯问："除此以外，一切都好吗，弗朗索瓦？"

人的性格有地域性。鲁迅得绍兴师爷之刁辣，陈独秀有安庆古城人的倔。朱自清长在扬州，下笔成文不乏水乡灵气。福建人林语堂，自有南方人的活络。梁实秋长在北京，得大城法度。东北人萧红、萧军，文字里时见干瘦的寒意。胡适是徽州人，骨子里有徽商与生俱来的智慧与圆融。

胡适著作近年行情看涨。按照胡塞尔一个好的怀疑主义者是个坏公民的观点，大胆假设、小心求证的胡适，恐怕永远是坏公民。好在民国作家里，坏公民太多，胡适还有鲁迅、林语堂、李健吾、郁达夫诸位先生陪着。胡适到底是怎样的人呢？最近十年来，看到一些相对客观与冷静的评价，将胡适放回他生存的时代和语境中，不像过去那样贴上标签。

民国大文化人多。章太炎、鲁迅、周作人、梁漱溟、蔡元培、叶圣陶、陶行知自不必说，华罗庚、苏步青、吴大猷、严济慈、吴学周、朱家骅、李四光、竺可桢、侯德榜、茅以升、童第周、金岳霖、顾颉刚、王世杰、马寅初、傅斯年，个个堪称大家。之所以把名单写这么长，是提醒我要记住他们。说到亲切平易，胡适当属第一。一九二九年三月，胡先生给好友陶孟和女儿写信，父辈关爱柔情似水：

小芳：

我到家了，家里的人都想念你。

你现在已上课了吗？你是很好的孩子，不怕没有进步，但不可太用功。要多走路，多玩玩，身体好，进步更快。你有空时，望写信给我，随便你说什么，我都爱看。

请你代我问爹爹妈妈的好，并问妹妹弟弟的好。

适之

这样的书札有情有趣，浅浅的白话，看了真舒服。文笔淡得不能再淡，像旧纸上宋元人勾出的远山。字也漂亮，行书有楷书工整，楷书存行书笔意，一颗颗饱满青葱仿佛新剥的蚕豆，养眼又怡神。

胡适一辈子提倡白话。幼子胡思杜声明与父亲断绝任何往来，通讯社发电报说胡思杜没有缄默的自由，胡适告诉记者说，应该翻译成没有不说话的自由。

不少人鄙薄胡适文章浅白，浅则未必，白有苦心，连篆刻藏书章和名款写的也是胡适的书、胡适的印。多年迷他的书，有几本更是一翻再翻。

《中国古代哲学史》《白话文学史》《四十自述》都只作了半卷，黄侃调侃胡适是著作监，写书常常绝后。我却从这几本书里获益颇多，言辞恳切，平白的句子写学问，胡适笔下的孔孟老庄、民歌诗词很亲切，可圈可点；而他写起过去的足迹，更有洋洋喜气和文气。

初版《四十自述》封面不知谁的字，略显轻飘。后来换成钱玄同题签，安稳了很多，凝重了很多，很老到很敦厚，又不失精神，是作传人四十岁的样子。再后来，胡适亲自写了书名。钱玄同的书法好，但少了那份风流和跳脱，不如胡先生清新。

很喜欢《四十自述》中绩溪上庄民国往事，让人感到一种迷幻的向往。胡适津津乐道徽州民俗，其中有民间礼赞，轻简可喜，也是他一辈子底色。开头写家乡的庙会太子会：

> 昆腔今年有四队……昆腔子弟都穿着"半截长衫"，上身是白竹布，下半是湖色杭绸。每人小手指上挂着湘妃竹柄的小纨扇，吹唱时纨扇垂在笙笛下面摇摆着。

太子会上胡适母亲冯顺弟父亲胡铁花出场了，才有了后来的故事……往昔点点滴滴在文字里鲜活，童年少年青年胡适一路走来，温良淳厚、谦谦君子的模样一天天成长，一步步走进那个时代。回看来路，那些为人的自尊，那些为文的性情，属于士子的矜持，腾挪吞吐中生而为人的自信自尊自主自重。不同的年代，相同的困扰，相同的潦倒，多少世俗影子在字里行间重叠。

胡适身上，总有种温柔的硬朗，铮铮宛然，一路摇摇晃晃到了中年。照片上四十岁的胡适大多笑意盈盈，风度翩翩。孔子说四十不惑，但凡人的生命总在惑中悟，悟中惑。

读鲁迅文章，得意处恨不得去大先生手下磨墨。倘或做朋友，可能还是胡适更好。真羡慕他家里那些常客，徐志摩、林语堂他们。胡适为人宽厚、热情、真诚，没有鲁迅尖刻，没有郁达夫放荡，没有徐志摩多情，没有郭沫若激烈。

北京的周末，胡适的家中永远高朋满座，名媛雅士与贩夫走卒欢聚一堂，畅谈无羁。对穷困的人，接济钱财；对走入歧途的人，晓以大义。即便礼貌性的问候，胡适也报以周到的致礼。每个从胡家辞别的人，都觉得不虚此行。胡适的朋友，或自称是他朋友的人，实在太多，以致林语堂在《论语》上宣布：杂志作者不许开口我的朋友胡适之，闭口我的朋友胡适之。

有个卖芝麻饼的台湾小贩，空闲时读些有关政治的书，写信向胡适请教，问："英国为君主制，美国为民主制，实质上是否相同？在组织上，英国内阁制与美国总统制，是否以英国的较好？"胡适不仅回信，还写道："我们这个'国家'里，有一个卖饼的，每天背着铅皮桶在街上叫卖麻饼，风雨无阻，烈日更不放在心上，但他还肯忙里偷闲，关心国家的大计，关心英美的政治制度，盼望'国家'能走上长治久安之路——单只这一件奇事，已够使我乐观，使我高兴了。"小贩常到胡适办公室去看他。胡先生出门，先写信通知他，免得人家跑冤枉路。后来小贩以为自己生了鼻癌，胡适写信给医院，表示愿意代付一切费用。

胡适身上多人情味。人情味是天下至味，一个人缺乏人情味总让人疏远。有些人让人敬而远之，胡适让人敬而亲之。一九六一年在台湾师范大学演讲的胡适老了，但潇洒依旧，温柔依旧。天气薄寒，有女生坐在窗口旁，老先生走下讲台，亲自把窗户关上，轻声叮咛一句：冷吧？

鲁迅逝世后，很多人袖手旁观孤儿寡母的惨窘，许广平为出版《鲁迅全集》四处奔走，最后只好求助胡适，得以鼎力来助。发脾气易，发善心难；发态度易，发慈悲难。像胡适那样平和待人，谦和做事，则有十分之难。

胡适文章并不算大好，但见识一流，保留着世事如麻中的清醒，做人如此，治学如此。有人指责他学问领略偏浅，学问浅未必，文辞浅倒有一些。胡适文字干净澄澈，可以说浅。换个思路看，也有着水一样的清新、温厚与明白。读胡适文章，有脚踏实地的平静。一辈子写常识，写自己知道的东西，老老实实，过得一天是一天，进得一寸是一寸，这是大智慧。

晚年临事，胡适常说"容忍比自由还更重要"，多次写成书法，小行楷堪称神品，一笔一画透着贵气，下角一枚印章，也清雅。有年台湾新闻上报道胡适谈话，记者全凭个人猜想，有许多不属实的地方。胡先生怕记者受处分，把那些不当言辞全部担当起来。

民国人下笔成文往往浓盐赤酱。与剑拔弩张相比，胡适的蕴藉是另一种风度。他身上的蕴藉，在于对文化的回味。胡适做过很多学术工作，考证《红楼梦》，考证《再生缘》，考证《醒世姻缘传》，考证《水经注》，用平白文字来写不同风味的古典、不同境况的人生，拂开岁月烟尘，还原旧时面目，借梳理古人之文来表达自己对生活对人生的情怀与意趣。以学术为引子，接通性格性灵，基本是故事新编衍生出的另一种经典。

胡适经历丰富，兴趣广泛，在历史学、哲学、考据学、教育学、伦理学、红学诸多领域都有深入研究，提倡文学改良而成为新文化运动的领袖，改良文言文，他有功劳。与陈独秀同为五四运动的轴心人物，当过北京大学校长、台湾"中央研究院"院长，甚至还出任中华民国驻美大使，一九三九年还获得诺贝尔文学奖提名。胡适一生，在各个生活梯道上滑来滑去，偶尔还跌进了政治洪流，但终生不脱书卷气，不改文人面目。邯郸路上容易为名利羁绊，流于圆溜世故。胡适始终不失局外人的清醒，他谈政治，谈人权，谈自由，谈民主，谈法治，谈文学……终其一生，他还是不离学林。

从美国归来，生活在捧杀与棒杀的光影中，胡适说话谨慎，下笔谨慎，做事谨慎，走路也谨慎。捧也好，棒也好，胡适还是胡适。没有他，民国文化天空多么寂寞，鲁迅多么寂寞，徐志摩多么寂寞，林语堂多么寂寞，周末无处诉说的人们多么寂寞。

一九五六年二月，有人在北京怀仁堂和一帮知识分子闲聊："胡适这个人也真顽固，我们托人带信给他，劝他回来，也不知他到底贪恋什么！"查胡先生年谱，六十五岁的他以下几事或可一记：

一月开始写《丁文江的传记》，三月十二日晨三时写完。

二月八日去芝加哥演讲。

四月二十九日，复信杨联陞，指点他译《王莽传》。

六月二日下午七时，在纽约讲演《新文学·新诗·新文艺》。

十月二十三日，答记者问，强调彻底言论自由。

十月二十六日，复信给严耕望，就唐曹溪能大师碑谈石刻的史料作用。

十一月六日，作《封演〈封氏闻见记〉》读书札记。十六日晚，在加利福尼亚州世界问题学会发表《自由中国的世界重要性》演说。

十二月九日，在美国傅汉思夫妇家里用张充和旧藏晚学斋用笺留墨，一气写了三十多幅书法，是贯酸斋《清江引》和自己早年一首《生查子》：

> 前度月来时，仔细思量过。今夜月重来，独自临江坐。风打没遮楼，月照无眠我。从来没见他，梦也如何做。

人家贪恋此间文墨滋味，高山流水啊。

郑孝胥颇有书名，其字雄健豪放，浊气稍稍重了，有人说胡适写字学他。我倒是觉得他的字没有胡先生文气，没有那种清亮，更没有那种通脱。胡适的字也学苏轼学魏晋行书学宋明小楷，出入自得，不激不励，笔画不苟，比苏轼纤弱，比魏晋行书内敛，比宋明小楷娟秀，气韵是白话文的简洁，格调还是古典。胡适墨色线条通灵放达，有从容的韵致，超逸峭拔，难怪会有那样端正的心性，几场婚外恋云遮雾罩，稍稍在文字里透露那么一点点情意，那么一点点佻巧。

一九六二年二月二十四，胡适在酒会上突然辞世，现场一片哭声。苏雪林第二天从报上看到消息，眼泪夺眶而出。张爱玲惊愕不已，赵元任热泪涟涟，王叔岷脸上满脸的悲戚与忧伤。狱中的雷震满眼泪水，做了一晚的梦，先是大哭，蓦然惊醒。很多人看见报纸讣告，眼就流泪，不自禁哭了。

胡适死后，清理遗产，台币不到五万，美金一百余元。遗嘱中，财产由两个儿子共享，至死也不愿意相信次子胡思杜自杀身亡。生命的离去不可挽回，骨肉的分别更让人惆怅。最后一次见胡思杜，已经是十好几年前的事了，父亲最终没有等来曾经承欢膝下的孩子，孩子也没能等到温情脉脉的父亲。胡适入殓时，相伴一生的小脚太太江冬秀以他美国女友韦莲司小照陪葬。

胡适晚年，常说贤者不虚生，写条幅自勉："不做无益事，一日当三日，人活五十岁，我活百五十。"胡先生享年七十一，他活了二百一十三岁，留下的文字已活了半个多世纪。其人虽古，其文永在。

刘文典

　　青年刘文典清新可喜，不像后来中年落拓颓靡。晚年骨相出来了，消瘦到不能再消瘦，凛然决然毅然，一脸置之度外，一脸听之任之，有性情有分量。某种意义来说，相貌即人。《无常经》里说世事无相，相由心生，有什么样的心境就有什么样的面相。以貌取人，也会走眼，譬如刘文典。见过他一些照片，或站或坐，有流氓习气。一帧照片，刘文典坐在那里，拍的是侧影，一缕头发盖着眼镜，是破落子弟相。

　　刘文典长衫特别长，扫地而行。偶尔也穿皮鞋，又破又脏，从不擦油。当年有学生说他憔悴得可怕……四角式平头罩上寸把长的黑发，消瘦的脸孔安着一对没有精神的眼睛，两颧高耸，双颊深入；长头高兮如望平空之孤鹤，肌肤黄瘦兮似辟谷之老衲；中等的身材羸瘠得虽尚不至于骨子在身里边打架，但背上两块高耸着的肩胛骨却大有接触的可能。状貌如此，声音呢？不听犹可，一听连打了几个冷噤。既尖锐兮又无力，初如饥鼠兮终类寒猿……

周作人说刘文典面目黧黑，昔日嗜鸦片，又性喜食肉。及后北大迁移昆明，人称之为二云居士，盖言云南火腿与云南烟土皆名物，投其所好也。好吸纸烟，常口衔一支，虽在说话也粘在嘴边。如此形象，岂止不修边幅。中年刘文典的模样，让我想起小说中那人出场时的情景：一个衣衫褴褛的少年左手提着一只公鸡，口中唱着俚曲，跳跳跃跃地过来。

宰予能说会道，孔子对他印象很好。后来宰予大白天不读书听讲，躺在床上睡觉，孔子骂朽木不可雕。另一个弟子澹台灭明，字子羽，体态和相貌很丑陋。孔子认为他资质低下，不能成才。但他修身实践，处事光明。子羽游历到长江，跟随弟子有三百人，声誉很高。孔子听说此事，感慨：以言取人，失之宰予；以貌取人，失之子羽。

民国学生写《教授印象记》，说俞平伯五短身材，秃光脑袋，穿着宽大的衣服，走路蹒蹒跚跚，远远看去，像护国寺的一个呆小和尚。陈寅恪内穿皮袍，外套蓝布大褂青布马褂，头戴一顶两边有遮耳的皮帽，穿着棉裤，足蹬棉鞋，右手抱个蓝布大包袱，走路一高一低，相貌稀奇古怪，纯粹国货式老先生。冯友兰口吃，想说的话说不出来，脸憋得通红。总有一些跳出世俗外的那种人，奇人奇才生奇相奇貌，有奇言奇行奇举止。

民国那代人，论名气，论学问，论影响，数好几根指头才轮到刘文典。论资排辈，他是比较靠后的人物。但其一身故事，以讹传讹，竟成传奇，论者纷纭。张中行《负暄琐话》也不能免俗，好在老先生通透，不像一般人添油加醋。说一九二八年，刘文典任安徽大学校长，学潮事件触怒当局。蒋介石召见他，说了既无理又无礼的话，据说他伸指骂："你就是新军阀！"蒋介石大怒，要枪毙他。坊间不少人将这段往事尽情渲染，还说刘文典脚踢蒋介石，我总觉得臆想过多。

　　写文章信口开河，查无实据，损了立论，不让人信服。当年纪昀评《聊斋志异》是才子之笔，非著书者之笔。事关小说，庙堂学士见识不同乡野先生，也属正常。但纪昀末一句话有大见识："今燕昵之词，媟狎之态，细微曲折，摹绘如生。使出自言，似无此理；使出作者代言，则何从而闻见之，又所未解也。"时下报刊常见文史随笔，通篇如在现场，仿佛时空腾挪，潜回去亲眼见了一般。

　　刘文典这些年颇受推崇，不排除他学识素养引人瞩目，更多的是民众对传奇趋之若鹜。刘文典一身传奇，一身名士气，不像民国人，倒像是明朝人。先前对他印象欠佳，说来可笑，这反感首先源自气短。倘或人家当年真对沈从文那么不屑一顾，看见我等文字，不知如何冷笑呢。

刘文典好读书，其书必属好版本，坐车时一手夹书阅览，又一手持卷烟。烟屑随吸随长，车行摇动，却能不坠。在西南联大，刘文典上课前先由校役沏一壶茶，外带一根两尺来长的竹制旱烟袋，讲到得意处，一边吸旱烟，一边解说文章中的精义，下课铃响也不理会。解说《海赋》时，不但形容大海的惊涛骇浪，汹涌如山，叫学生特别注意文字，说不论文章好坏，光是看这一篇许多水旁的字，就可令人感到波涛澎湃瀚海无涯，宛如置身海上一般。

吴宓喜欢听刘文典的课。刘文典每当讲到自以为独到时，总会抬头看向后排，问：雨僧兄以为如何？吴宓照例站起来，恭恭敬敬一面点头一面说："高见甚是，高见甚是。"底下学生不禁窃笑。

一九三七年，北平沦陷。日方多次劝诱刘文典出山，被断然拒绝。日本人两次去刘家搜查，也遭横眉冷对。刘文典会说日语，却以发夷声为耻，不置一词。四弟刘管廷在冀东日伪政府谋到差事，刘文典十分气愤，同居一寓，以有病为由不与同餐，说新贵往来杂踏，不利于著书，把他赶走了。刘文典常以国家民族是大节，马虎不得。在友人帮助下，辗转来到西南联大，聊到周作人落水，他气愤地说：连我这个吸鸦片的二云居士都来了，他读过不少的书，怎么那样不爱惜羽毛呀！

手头有《刘文典全集》。第一册：《淮南鸿烈集解》。第二册：《庄子补正》。第三册：《说苑斠补》《〈大唐西域记〉简端记》《三馀札记》《群书校补》《宣南杂志》《学稼轩随笔》，学问做得又古又僻，让人高山仰止。

刘文典得意对庄子的理解，一九三九年，出版了十卷本《庄子补正》，陈寅恪作序："先生之作，可谓天下之至慎矣……此书之刊布，盖将一匡当世之学风，而示人以准则，岂仅供治《庄子》者之所必读而已哉！"对此，刘文典颇感自得，毫不掩饰地宣称古今真懂庄子的，两个人而已。一个是庄子本人，第二是他自己。充满书生气的扬扬自得，自得得可爱，自得成了传奇，并不讨厌。

《庄子》前人注本很多，刘文典《庄子补正》是集大成之作，在校订原文、辨析古本异文正误、考释字词名物、辨识通假字、训释疑难字及古代名物方面，下了大心血。他的书是我读《庄子》的入门之作，也是常读之作。

刘文典让人佩服的是治学态度，给胡适写信，大叹苦经："弟目睹刘绩、庄逵吉辈被王念孙父子骂得太苦，心里十分恐惧，生怕脱去一字，后人说我是妄删；多出一字，后人说我是妄增；错了一字，后人说我是妄改，不说手民弄错而说我之不学，所以非自校不能放心，将来身后虚名，全系于今日之校对也。"一字对错，可以查上万卷书，校勘古籍，字字讲究来历，校对这些琐碎小事也不假他人。私信里的刘文典更真实更性情，看他和胡适的通信，语及借钱者十几封，语及病死者近十封，言语或悲戚，或狂妄，或窘迫，皆有潇洒之气，豁达之心。

刘文典知识渊博，治学严谨，写文章征引材料，强调查证原文，以免灾梨祸枣。有学生向他借阅一本有关玄奘取经的书，发现书的天头地脚及两侧空白处布满批注。注文除中文外，还有日文、梵文、波斯文和英文。刘文典认为文学创作不能代替真正的学问。有人偶及巴金，他沉思片刻，喃喃自语：我没有听说过他，我没有听说过他。

现在人提到刘文典，总以狂盖棺论定。实则狂之外，他扎扎实实读书，正正经经治学，认认真真著述。《庄子补正》前后竟花去十五年的时间。在西南联大，有学生请教作文，刘文典以观世音菩萨五字回之，解释说："观乃是多多观察生活，世就是需要明白世故人情，音就是文章要讲音韵，菩萨就是救苦救难、关爱众生的菩萨心肠。"学生闻言，无不应声叫好。凭此五字，见了刘文典，我要拜上一拜的。

刘文典文笔上乘，《庄子补正》有小序，文风浅白，得明人笔意，骨子里有魏晋文章法度。行文沉痛，有为父的慈爱，又有为学的凛然，丧子之大悲，立言之谨慎，尽在其中：

亡儿成章，幼不好弄，性行淑均，八岁而能绘事，十龄而知倚声。肄业上庠，遂以勉学病瘵。余忧其疾之深也，乃以点勘群籍自遣。庄子之书，齐彭殇，等生死，寂寞恬惔，休乎天均，固道民以坐忘，示人以悬解者也。以道观之，邦国之争等蜗角之相触，世事之治乱犹蚊虻之过前。一人之生死荣瘁，何有哉！故乃玩索其文，以求微谊，积力既久，粗通大指。复取先民注疏，诸家校录，补苴謏正，成书十卷。呜乎！此书杀青而亡儿宰木已拱矣。盖边事棘而其疾愈深，卢龙上都丧，遂痛心呕血以死也。五稔以还，九服崩离，天地几闭，余复远窜荒要，公私涂炭。尧都舜壤，兴复何期，以此思哀，哀可知矣。虽然《庄子》者，吾先民教忠教孝之书也。高濮上之节，却国相之聘，孰肯污伪命者乎？至仁无亲，兼忘天下，孰肯事齐事楚，以忝所生者乎？士能视生死如昼夜，以利禄为尘垢者，必能以名节显。是固将振叔世之民，救天下之敝，非徒以违世，陆沉名高者也。苟世之君子，善读其书，修内圣外王之业，明六通四辟之道，使人纪民彝复存于天壤，是则余董理此书之微意也。

先前感觉刘文典属杂家一路，庄子道家之旨，治其书会陷入钱穆说的不深探其义理之精微，不熟玩文法之奇变，专从训诂校勘求之，所得皆其粗迹。从《庄子补正》的小序看，可知他是庄子解人，非泛泛清儒高头讲章可比。

一九四四年，刘文典发表《日本败后我们该怎样对他》一文。预知日本战败在即，他主张对外要宽大，不索赔款，不割土地，但必须追回琉球岛屿，并设想以日本文物赔偿中国文物的损失。这最后一条，大概只有他这样的学人才会想到。关于放弃索赔，他说国家民族的事，要从大处远处想，不能逞一时快意，不可学法国内阁总理乔治·克莱蒙梭那样狭隘的报复，就是为利害上打算。他主张对于战败的日本务必十分宽大。理由是中日关系，是东洋和平的础石，应付处理稍有失当，就会种下将来无穷的祸根。如此具有战略远见，政治家里怕也不多。可惜这些建议未能全部实现。

民国有几个人被戏称为疯子：章疯子章太炎，黄疯子黄侃，刘疯子刘文典，陈疯子陈子展。这疯并无贬损意思。刘疯子文典，生于一八八九年，死于一九五八年。

茅盾

　　参加拍卖会，看见一幅茅盾书法立轴，清癯入骨，秀气里藏不住傲骨，儒雅得仿佛柳公权附体董其昌，或者欧阳修附体杨凝式。茅盾晚年和老朋友在信上闲聊，说他的字不成什么体，瘦金看过，未学，少年时代临过董美人碑，后来乱写，老了手抖，目力又衰弱，写字如腾云，殊可笑也。老先生谦卑矜持，不显山露水。

　　印象中，茅盾给不少杂志题过刊名，一律精瘦模样，筋道，有钢丝气。字很潇洒，一看就知道是行家，有功夫，比书法家多了文人气书卷气风雅气。徐调孚说："茅盾书法好，写稿虽然清楚，字并不好，瘦削琐小，笔画常不齐全，排字一走神会排错。"我倒是愿意做一回茅盾文稿的排字工，苦点累点没关系，写在原稿纸上的笔墨养心养眼也怡人。

　　有一年偶遇茅盾任职《人民文学》时期的同事，老人家八十多岁，谈起茅盾，赞不绝口，开口沈先生如何如何，闭口沈先生如何如何。去他家里，要多随便有多随便。说沈先生脾气好极了，为人随和，永远温文尔雅，放手让他们组稿、编辑，关心杂志社小同志的生活。说沈先生手稿清清爽爽，改字用笔涂掉然后画一根线牵着替换的内容，像穿了西服打了领带一样漂亮雅致……这些我信。

茅盾，原名沈雁冰。

茅盾小说看了很多，一些短篇格调尤在《子夜》之上。偶尔翻翻他的《春蚕》《秋收》《寒冬》之类，一笔一画勾画悲伤，跌入泥沼不得起身的描写太深刻，心头不禁酸楚。那些农工士商出身不同，曲折相似，同样凄惨同样痛苦，压迫、无助、绝望，最终失去一切或者死亡。并非作者无情，实在是世俗无情社会无情。《林家铺子》的开头真好：

> 林小姐这天从学校回来就噘起着小嘴唇。她掼下了书包，并不照例到镜台前梳头发搽粉，却倒在床上看着帐顶出神。小花噗地也跳上床来，挨着林小姐的腰部摩擦，咪呜咪呜地叫了两声。林小姐本能地伸手到小花头上摸了一下，随即翻一个身，把脸埋在枕头里，就叫道："妈呀！"

和谐之家，在时局动荡、经济萧条，各色盘剥下终于破了安宁，林老板逃亡不知下落。结尾时，警察斜着眼睛，假装是调弄那孩子，却偷偷地用手背在张寡妇的乳部揉摸。十个指头做出来的钱，丢在水里了，也没响一声！多少人都疯了，因为走投无路。

有年在旧书摊买到两本茅盾的文学评论，如椽大笔大开大合，熬夜读完，让人心怀敬意。萧红《呼兰河传》，书前有茅盾一九四六年八月题序，有识见有性情有体温，诗意的笔墨评价道："它是一篇叙事诗，一幅多彩的风土画，一串凄婉的歌谣。"结论性的定评，很准确，很恰当。近人文章里很少能看见结论，更不要说定评。王顾左右，东拉西扯，客客气气，几乎成了当下的文风。过去不是这样，茅盾的文学评论，枪挑脓疮处很多，需要一针见血的，绝不点到为止。一来是文风性情使然，二来也是见识问题。

一九三二年，阳翰笙小说《地泉》三部曲再版，特意请茅盾写序。茅盾事先就说，《地泉》用革命文学公式写成的，要写我就毫不留情地批评：在描写人物时用了脸谱主义手法，结构和故事情节出现了公式化现象，在语言上用标语口号式言辞来表达感情。因此，从整个作品来讲，《地泉》是不很成功的，甚至是失败的。

民国很多作家写文章，敢下结论。现在人之所以不敢下结论，主要还是怕献丑。鲁迅的《中国小说史略》，几十个字交代一本书，所谓艺高人胆大，评《三国演义》

如此论述："至于写人，亦颇有失，以致欲显刘备之长厚而似伪，状诸葛之多智而近妖。惟于关羽，特多好语，义勇之概，时时如见矣。"这样的才气这样的胆气这样的语气让人神往。

二十世纪二十年代初，商务印书馆主办的《小说月报》改版，开始发表新文艺作品，茅盾是主编。他执掌后的杂志，成为新文艺最大阵营之一。

一九四五年，茅盾五十大寿，重庆《新华日报》为其祝寿，文化界由郭沫若、老舍、叶圣陶、洪深、陈白尘、巴金等十四人发起，声势浩大，成为四十年代最重要的文坛大事之一。各路英雄人马纷纷写文章祝寿祝福，情形如《红楼梦》中大观园的夜宴，与《隋唐演义》各路好汉给秦琼母亲做寿有一比。

茅盾一生条理分明：做人第一，读书第二，写作是游艺，从来没有颠倒过。他当编辑，体贴作者，笼络了一批优秀作家，在文坛上地位高、人缘好。

看《子夜》，就知道作书人了解上海社会，对金融市场尤为熟悉。当年《良友》杂志想要介绍上海证券交易所，编辑请茅盾操刀，他一口答应，很快写出一篇香粉弄华商交易所的素描文章，经纪、散户都写活了。

《子夜》是大的，像诗里说的那样，如五岭逶迤腾细浪。茅盾有作大书的气魄，格局大，野心更大。几条线，又充满又丰满，并行不悖。恶的归于恶，愚的归于愚，乱世英雄，新旧交替，黑暗的时代，就是子夜。书中人物饱满，构架宏大，开篇即大手笔，心理描写糅合诸多细节，让人感叹时代变迁，人情冷漠。茅盾单用一年的起落，道尽中国百年风雨飘摇。遗憾有些虎头蛇尾，似乎力有不逮。

前些时候准备重读《子夜》，几乎读不下去。有报纸副刊编辑老友骂我，说那是中国现代第一部现实主义长篇小说，瞿秋白都称赞。瞿秋白称赞我知道，一个人有一个人的口味趣味，读小说是闲事雅事乐事，给自己找不快我不干。

三十岁后，巴金、老舍、赵树理的很多小说都读不下去了。他们的创作谈、回忆录倒经常翻翻，翻出沧桑也翻出很多陈旧故事陈旧人物，也不乏旧文人趣味，跟他们穿长衫的照片一样斯文。

茅盾去世，巴金写悼念文章，怀念之意且不去说，忆旧之情也不去说，一些小细节、小场景有意思：

一九三七年"八一三"抗战爆发，文艺刊物停刊，《文学》《中流》《译文》《文丛》等四份杂志联合创办《呐喊》周报，我们在黎烈文家商谈，公推茅盾同志担任这份小刊物的编辑。刊物出了两期被租界巡捕房查禁，改名《烽火》继续出下去，我们按时把稿子送到茅盾同志家里。不久他离开上海，由我接替他的工作。我才发现他看过采用的每篇稿件都用红笔批改得清清楚楚，而且不让一个笔画难辨的字留下来。

据说茅盾记忆力不错。开明书店老板章锡琛请茅盾、郑振铎、夏丏尊及周予同等人吃饭。酒至半酣，章锡琛对茅盾说："听说你会背《红楼梦》，来一段怎么样？"郑振铎拿过书来点回目，茅盾随点随背，一口气背了半个多小时，一字不差。但我总感觉这一类笔墨多是小说家言，可以聊充饭桌茶楼间的谈资，不能当真。

茅盾散文格调不如巴金《随想录》，但气息够足，常常有抑制不住的情感，力量巨大，一腔绝望又充满希望地滚滚而来。茅盾的小品文，《白杨礼赞》之类不论，不少篇章写得摇曳多情，读来口舌生香，行文有鲁迅《野草》风格，只是隽永不及，激情有余，损了文格。

手头有《茅盾诗词集》，精装本，竖排版，天地开阔，红色的八行笺里印着古典一脉的春风杨柳，虽嫌做作，但气度清华疏旷，雅致又风流。茅盾那批老民国，偶然写点旧诗词，格调不低，说白了还是旧学底子好。

茅盾

朱自清

当年读书的时候，教材上选了不少朱自清文章。究竟人家成就有多大？通常听到的是，散文写得好。这种说法显然太民间，朱自清不至于这么简单的。

朱自清生于江苏东海，原名自华，号秋实，投考北大改名自清，取《楚辞》"宁廉洁正直以自清乎"。当时家道中落，警策自己不要同流合污。

读来的印象，朱自清先生好脾气出了名，性格平和，故取字佩弦，希望像弓弦那样将自己绷紧。《韩非子》上说西门豹性急，故佩韦以自缓。董安于之性缓，故佩弦以自急。韦，皮条也，物性柔韧。弦，绷紧，性刚劲。

当年鲁迅从上海回北平省亲，各大高校闻讯纷纷派人邀请演讲。朱自清以清华大学中文系主任的身份亲自出马，两人好不容易见面，却被拒绝。朱先生不死心，三天后又去一趟，仍然被拒绝。鲁迅与朱自清没有矛盾，只是对清华没有太多好感。鲁迅倔强，个性崚嶒，做事不愿意通融。所以他死之前，遗言是一个也不饶恕。

朱自清给人感觉自我要求高，偶有呆气，极斯文，女儿给他送衣服，也回礼说谢谢。吴组缃曾写过，有学生电话打到朱家，说有几本书要看但找不到，让朱自清速去图书馆帮找找。学生差遣老师犹如使唤仆人，实在太没规矩，也怪朱先生平常脾气太好。

以前没少读朱自清散文，将其当典范，现在重读，看出些瑕疵，气息还是喜欢的，生活的味道生活的态度颇有意思。近来读书，有个体会，要说好散文，不能一味从散文家中去找。散文家下笔成型，易有匠气。即便一个人篇篇都是好文章，也会因笔调不变而显得无趣。譬如朱自清。

很长时间，朱自清差不多成了散文的代名词。随便找个人，说一个普通散文家的名字给他听，十有八九不知道，朱自清不同，他的名字几乎家喻户晓。

朱自清做人认真，中规中矩，写文章也认真，唐宋人典雅多了一点，魏晋明清风流偏淡。有志写文章的人读读他的作品，行文章法历历在目，不像阅读鲁迅、周作人那般神龙见首不见尾。有人英译朱自清散文，译完一读发现单薄，远不如原文流利。他不服气，改用稍微古奥的英文重译，顿时好多了。明白了朱先生外圆内方，文字尽管浅白，心思却很深沉，译笔只好朝深处经营。

朱自清很多文章，譬如《背影》《祭亡妇》，读来自有一番只可意会不可言传的东西，父亲缓缓离开的背影让后世打量了近百年。这类文章好在平淡朴实，动人处不在才情而在真情。朱自清很多文章被选入学生课本，喧嚣一时，论者纷纭。这些文章都是他早期之作，辞章华丽清澈。

长在扬州，朱自清下笔成文不乏水乡灵气。青年时候朱先生喜欢描绘感官美，《匆匆》《春》《荷塘月色》《桨声灯影里的秦淮河》诸篇，写由物入心的变化与感受。《荷塘月色》中有一段可以论证：

> 叶子出水很高，像亭亭的舞女的裙。层层的叶子中间，零星地点缀着些白花，有袅娜地开着的，有羞涩地打着朵儿的。正如一粒粒的明珠，又如碧天里的星星，又如刚出浴的美人。微风过处，送来缕缕清香，仿佛远处高楼上渺茫的歌声似的。这时候叶子与花也有一丝的颤动，像闪电般，霎时传过荷塘的那边去了。叶子本是肩并肩密密地挨着，这便宛然有了一道凝碧的波痕。

朱自清善用女性意象，这段文字中就有"舞女的裙""出浴的美人"，洋溢着旖旎的气息，创造出纯洁感性的意境。语言优美，意境清幽，有人情味，也有仙境。在另一名篇《绿》中，结尾更深情地写道：我从此叫你"女儿绿"，好么？

朱自清与徐志摩一样，字里行间有柔美气。徐志摩有西方建筑味道，朱自清偏于中式园林的婉约与含蓄。朱自清的含蓄在他早期散文中体现得淋漓尽致，写月光泻下来，雾浮起在水面上的，梦也是笼着轻纱，极尽风流。即便写心情也是"这几天心里颇不平静"，有点到为止的泄露，还有"热闹的是他们，而我什么也没有"，含蓄地排遣郁闷。后来的文章，朱自清一洗早年柔美，变得格外朴素。哪怕是答记者问，也娓娓道来：

> 《标准与尺度》，由上海文光书店印行，不久可以出来。这是复员以来写的一些短文集起来的，其中有杂文、批评、书评等，所说的大概都离不了标准与尺度；书里恰好有一篇《文学的标准与尺度》，因此就取定了书名。从前作文，斟酌字句，写得很慢。这本书里的文章写得比较的随便，比较的快，为的读者容易懂些。

陶渊明任彭泽县令时，送儿子一名长工，附家书："汝旦夕之费，自给为难，今遣此力，助汝薪水之劳，此亦人子也，可善遇之。"想起朱自清，脑海中不禁忆及这则典故。朱自清和陶渊明一样，善良、体贴、关心平民。

一个朱自清很不喜欢的人借钱，借出去之后，又不甘心，转而向日记发牢骚，骂那人下流坏。这种有悖常理的做法却是朱自清的性格。后来成为知名学者也如此，有学生请他讲演，题目都给拟好了，朱自清不高兴，但还是去了。

一九四八年二月，病中的朱自清看到吴景超夫人龚业雅的散文《老境》，萧瑟况味触动他写下了首七律：

中年便易伤哀乐，老境何当计短长。

衰疾常防儿辈觉，童真岂识我生忙。

室人相敬水同味，亲友时看星坠光。

笔妙启予宵不寐，羡君行健尚南强。

诗中弥漫衰飒之气，传抄到俞平伯、叶圣陶那里，大家都为之不怡。朱自清在日记里曾注明关键在第五句"室人相敬水同味"，夫妻相敬如宾不奇怪，淡漠如水怕不是一种正常状态。朱自清大概同夫人关系不是很好，日记时有透露，有一条则说"与竹及两个孩子共进早餐，我为食物冷而不满，竹生气并叮叮当当地摔家什。为此不快，也很伤心"。这是一九四七年四月十七日所记，竹是妻子陈竹隐，她脾气不好，常常不记得朱自清十二指肠严重溃疡不能吃冷食。

儿子说朱自清四十多岁以后脾气有些暴躁，小孩子都不敢惹他。一天饭后，有位宁太太来找陈竹隐，两人大谈物价飞涨，朱自清在看报，吵得他无心阅读。恼怒之余，故意怠慢，不同客人谈话。这幕冷战情景在寻常人家的客厅随时上演，也是人之常情吧。朱自清去世后，陈竹隐任劳任怨照顾孩子，晚年，默默整理丈夫的文稿与资料。

一九二〇年，朱自清北大哲学系毕业，在中学教了五六年书，一九二五年任清华中文系教授，做过系主任。一九三一年留学英伦，漫游欧陆，次年回国，回清华。抗战爆发随校南迁，任西南联大教授，胜利后回北平。一九四八年因胃溃疡病逝。第二年，世人赞扬他一身重病，宁可饿死，不领美国的救济粮。

重病是真的，拒领面粉也是真的，事关气节。说朱先生穷得饿死，另有故事。当年物价飞涨，大米白面贵得惊人。国民党为了照顾大学教授，给他们配发了特供证，价钱要比市价低很多。吴晗组织北大清华教授签名抵制内战等民主活动，朱自清积极参加。吴晗又组织了一个抵制特供制度，这时朱自清胃病很严重，身体虚弱，只能吃些细粮，吃粗粮则呕吐。到了朱家，还未说完来意，朱先生随即签字，把那个特供证取出来交了。吴晗找了人签名参加他的活动，很多人家不让进门，说有孩子，恕不参加。最后签字的有一百多人，只有朱自清饿死了，其他人因为能吃粗粮，活了下来。

胃溃疡要调理饮食，稍不注意，就会呕吐，使人大受折磨。翻开朱自清一九四八年日记，没有看到他为食物短缺而苦恼的记载，相反，多的倒是："饮藕粉少许，立即呕吐""饮牛乳，但甚痛苦""晚食过多""食欲佳，终因病患而克制""吃得太饱"。拒绝特供，又不能吃粗粮，饮食得不到保障，朱自清身体每况愈下。

一九四五年夏天，吴组缃见到四十七岁的朱自清，霎时间愣住了。他忽然变得那等憔悴和萎弱，皮肤苍白松弛，眼睛也失了光彩，穿白色西裤和衬衫，格外显出了瘦削劳倦之态……眼睛可怜地眨动着，黑珠作晦暗色，白珠黄黪黪的，眼角红肉球凸露了出来。他在凳上正襟危坐着，一言一动都使人觉得很吃力。

朱自清是狷者。《国语》云：小心狷介，不敢行也。狷是说性情正直，洁身自好，不与人苟合。国家多难，文士清寒，古今常事。朱自清死后，装殓遗体，找不到一件没有补过的衣服，学生们失声悲哭。此事至今听来，仍觉凄然。

有年大雪，一对年迈的夫妻风中相互搀扶，缓缓前行，相视而笑。没有打伞，走着走着就白了头。朱自清先生老了也是那样吧。

林语堂

　　鲁迅去世四天后，林语堂说："鲁迅与我相得者二次，疏离者二次，其即其离，皆出自然，非吾与鲁迅有轩轾于其间也。吾始终敬鲁迅；鲁迅顾我，我喜其相知，鲁迅弃我，我亦无悔。大凡以所见相左相同，而为离合之迹，绝无私人意气存焉。"这番话说得磊落，十足大家风度。

　　humor 一词的翻译，王国维始译欧穆亚，李青崖意译为语妙，陈望道译为油滑，易培基译为优骂，唐桐侯译为谐稽。林语堂译为幽默，并解释道："凡善于幽默的人，其谐趣必愈幽隐。而善于鉴赏幽默的人，其欣赏尤在于内心静默的理会，大有不可与外人道之滋味。与粗鄙的笑话不同，幽默愈幽愈默而愈妙。"林语堂后来写幽默文章，办幽默杂志，也被称作幽默大师。

　　林语堂以中国文化研究蜚声海外。当年美国人讲究效率，民众求名求利。林语堂在书中把中国人传统生活以及蕴藏在平淡日常的人生哲学娓娓道来，引导人如何品味和享受生活，一时风靡纸贵。《吾国吾民》译成西班牙文后，他在南美的知名度也非常高。当时巴西有位贵妇，钦慕林语堂，得了一匹马，居然取名林语堂。此马参加马赛，巴西各报以大幅标题登出"林语堂参加竞赛"。比赛结束，这匹马没有得名次，报纸标题就成了"林语堂名落孙山"，而夺标的马倒没有消息。消息传到美国，有人以此事告之，林语堂微微一笑，说并不幽默。

一九三三年十二月八日，林语堂做《关于读书之意见》演讲："人生在世，幼时认为什么都不懂，大学时以为什么都懂，毕业后才知道什么都不懂，中年又以为什么都懂，到晚年才觉悟一切都不懂。"林语堂就是林语堂，这样率直这样渊博这样通透。

林语堂写小说据说只能用英文，有人说他中文好到无法译成英文，英文也好到无法译成中文。林语堂英文作品大出风头，张爱玲十分羡慕，写信给朋友说要比他更出风头，穿最别致的衣服，周游世界，在上海有自己的房子。张爱玲妒忌林语堂，觉得他不配，他中文比英文好。有论者道破天机："林语堂名成利就，羡煞了爱玲小姐。如果她是拿林语堂在《论语》或《人间世》发表的文字来衡量他的中文，再以此为根据论证他的中文比英文好，那真不知从何说起。林语堂的英文畅顺如流水行云，开承转合随心所欲，到家极了。"

读过林语堂原版小说的朋友告诉我说，那英文真好，写得谨慎。谨慎是对的，林语堂中文也谨慎，谨慎中不脱风行水上的潇洒。

林语堂写有八部长篇小说，我读过《京华烟云》《红牡丹》《风声鹤唳》三本。这些小说让人想起中国世情一路，从《金瓶梅》《红楼梦》到张恨水。那些小说原用英文写成，读来难免有某种异域风情，好像西人穿汉服讲汉语，时常有怪异的地方。相比之下，我更喜欢林语堂随笔，文风汪洋恣肆，天马行空，放荡放松，有大荒中自由自在的探险之乐，像放风筝，空茫无际的感觉给人无穷无尽的想象，文章写到那样肆意，不妨自满。

民国一代作家，林语堂和郁达夫为文最为放肆。郁达夫的放肆是文人无忌，林语堂则亦庄亦谐，不顾一切，俗极而雅。林语堂以风雅做底子写世俗文章，文化底蕴厚实了，俗语俚语也有士风。

林语堂好像从来不在意世事洞明人情练达：他的渊博是他的洞明，他的世故是他的练达。当年郭沫若指责林语堂叫青年读古书，他自己连《易经》也读不懂。非但中文不好，连英文也不见得好。林反驳说："我的英语好不好，得让英国人或美国人，总之是懂英语的人去批评。你郭沫若没有资格批评我的英语。至于《易经》，郭沫若也是读的，我林语堂也是读的。我林语堂读了不敢说懂，郭沫若读了却偏说懂，我与他的区别就在这里。"他还说："欲探测一个中国人的脾气，其最容易的方法，莫过于问他喜欢林黛玉还是薛宝钗。假如他喜欢黛玉，那他是一个理想主义者。假如他赞成宝钗，那他是一个现实主义者。有的喜欢晴雯，那他也许是未来的大作家。有的喜欢史湘云，他应该同样爱好李白的诗。"

写文章，林语堂讲灵气讲学问之外，还有一点邪气。这是旁人不及处，邪气最不好把握，重了走火入魔，轻了油腔滑调。斯诺当年请鲁迅写出中国当代最好的杂文家五名，鲁迅写下林语堂的姓名，次序在自己前面。林语堂文章漂亮，有山高月小之美，像冷色调的画。

林语堂骨子里有中国魏晋文人那种不与世俗苟同的做派。郁达夫、废名也具邪气，都不似他刁钻尖刻。夏志清曾说，有些人只懂西文，中国文化毫无所知，文章写不好。有些人国学根底深厚，西洋学问白纸一张，写的文章也难令人心服。像林语堂这种，应该是他心中的完美人选吧。

林语堂言谈风趣。有一次，林氏宗亲会邀请他演讲，希望借此宣扬林氏祖先的光荣事迹。这种演讲吃力不讨好，不夸赞祖先，同宗失望，太过吹嘘，失了学人准则。林语堂上台后，不慌不忙说：我们姓林的始祖，据说是有商朝的比干，这在《封神榜》里提到过。英勇的有《水浒传》里的林冲，旅行家有《镜花缘》里的林之洋，才女有《红楼梦》里的林黛玉。另外还有美国大总统林肯，独自驾飞机越大西洋的林白，可说人才辈出。

林语堂晚年从美国返台湾定居，自己设计房子，用几根西方螺旋圆柱，顶着一弯回廊，环绕一个东方式天井。他把在台北阳明山家中书房，命名为有不为斋。他受儒家有为的影响，也欣赏道家无为。生活态度以有为为中心，但往往行不为之事。自撰对联曰："两脚踏东西文化，一心评宇宙文章。"那时候的林语堂，作文进入流水行云境地。一生阅人多，游历多，人世沧桑，晚年写《无所不谈集》，真真绝妙好文。

看林语堂照片，好风仪。年轻时目光炯炯，有谦逊有温情也有狡黠有桀骜。中年后戴一副黑色圆框眼镜，眼神里多了迷离，也多了落拓不羁。至老头发一丝不乱，穿着长衫手握烟斗坐在凳子上一团和气。老民国风流才子，没得说的。

钱玄同

钱玄同貌古，看照片，目力有神，炯炯状，透过镜片，精光四射。其人有北相，青铜黑土味，不像南方人。钱玄同是浙江湖州人氏，那里人说话娉娉袅袅，十分悦耳。想到钱玄同，脑海立刻冒出梅兰芳。心想那么个人物说一口吴侬软语，在民国学林倒也独树一帜，真像舞台上改装易容的梅先生。

读来的印象，钱玄同颇痴，愚顽得近乎可爱，说是新文学阵营里的斗士，很多地方纯然老夫子。章衣萍《枕上随笔》中写他生平不懂接吻。一日，和几个朋友在周作人家闲聊，钱问：接吻是男人先伸嘴给女人，还是女人先伸嘴给男人？两口相亲，究竟有什么快乐和意义呢？座上有客，欣然回答：接吻，有女的将舌头加诸男的口中者，有长吻，有短吻，有热情的吻，有冷淡的吻。钱玄同听了，喟然叹曰：接吻如此，亦可怕矣。

钱玄同丝毫不同，分明心异，鲁迅曾戏称钱玄同为金心异，其号疑古倒是说明个性。他是文学革命的功臣，却有勇少谋，话一往深刻里说，就露出过激显得浅薄。钱玄同当年积极主张汉字改革，认为汉字难认、难记、难写，不利于普及教育、发展国语文学和传播科学技术知识，主张废除汉字。因此颇有些人看不起他，胡适也说玄同议论多而成功少。鲁迅批评他胖滑有加，十分话常说到十二分。周作人评价钱玄同："若是和他商量现实问题，却又是最普通人性世故，了解事情中道的人。还说文章和言论，平常看去似乎颇是偏激，其实是平正通达不过的人。对人十分和平，相见总是笑嘻嘻的。"话虽褒扬，也说明此公言论只顾一时痛快吧。

文章与人情从来就未必一气一体。钱玄同说话容易矫枉过正，难改一个浅字或者说书生意气。知道其为人的朋友，大多懒得较真。但也有一语中的处，他说周作人之弊在于安于享受，其文章自然就没有昂扬的气息，更别说殉道感。

钱玄同大抵性情中人，述而不作，无心文章，晚年曾被人讥讽没落。我总觉得不斤斤、不汲汲也是一种风度。

钱玄同早年认为人到四十就该死，不死也该枪毙。一九二七年九月十二日，正当他四十周岁，胡适、刘半农等朋友准备在《语丝》杂志上编一期《钱玄同先生成仁专号》，并且撰写了讣告、挽联、挽诗和悼念文章。专号后来没有编成，胡适不罢休，作了首《亡友钱玄同先生成仁周年纪念歌》开他玩笑：

> 该死的钱玄同，怎会至今未死！一生专杀古人，去年轮着自己。可惜刀子不快，又嫌投水可耻，这样那样迟疑，过了九月十二。可惜我不在场，不曾来监斩你。今年忽然来信，要做"成仁纪念"。这个倒也不难，请先读封神传。回家先挖一坑，好好睡在里面，用草盖在身上，脚前点灯一盏。草上再撒把米，瞒得阎王鬼判，瞒得四方学者，哀悼成仁大典。今年九月十二，到处念经拜忏，度你早早升天，免在地狱捣乱。

鲁迅后来在《教授杂咏》里戏谑钱玄同："作法不自毙，悠然过四十。"鲁迅逝世后，钱玄同作纪念文，对昔日老友的疏离颇为介怀。如鲁迅所说，时光可惜，多少知交也落得默不与言，难相往来。

钱玄同是白话文运动主将，古文家林纾曾作文言小说《荆生》《妖梦》攻击他。《荆生》写三个书生：一为安徽人田其美，影射陈独秀；二为浙江人金心异，影射钱玄同；三为狄莫，影射胡适。小说写三个人在陶然亭畔饮酒放谈，骂孔孟，骂古文。伟丈夫荆生进来把他们痛打一顿，咆哮："尔敢以禽兽之言，乱吾清听！"田其美刚打算抗辩，荆生用两个指头按住他的脑袋，如用锥刺，然后用脚践狄莫，狄腰痛欲断。金心异近视眼，荆生把他眼镜取下扔了，金则怕死如刺猬。文白相争，各有怪招。这类小说今人读来，真真无聊。

中国语音文字学方面，钱玄同有突出贡献：

审定常用字（历时十年，合计一万两千多字）。

创编白话文教科书。起草《第一批简体字表》（两千三百余字）。

提倡世界语，拟定国语罗马字拼音方案。

此外，钱玄同执教近三十年，开设过古音考据沿革、中国音韵沿革、说文研究等课程，为中国语言学界培养了大批英才。

这些年，民国人物颇受追捧，但钱玄同一直是冷门人物。潜心学问、安贫乐道的学者，时过境迁，默默湮没在洪流中。虽属于新文化阵营里的人物，骨子里还是旧派名士，钱玄同给儿子信中有这样一段：

> 吾家三世业儒，故料量田产及经营米盐之事非所谙悉。我才尤短，更绌于治生之道，此致近年生活日趋贫困。你有志求学，作显亲扬名荣宗耀祖之想，自是吾家之孝子顺孙。数年以后，领得学位文凭，博得一官半职，继承祖业，光大门楣，便足以上对祖先，下亦慰我老怀，娱我晚景矣……我虽闭门养病，但自

幼读孔孟之书，自三十岁以后（民国五年以后），对于经义略有所窥知，故二十年来教诲后进，专以保存国粹昌明圣教为期，此以前常常向你们弟兄述说者。今虽衰老，不能多所用心，但每日必温习经书一二十页，有时卧病在床，则闭目默诵，此于修养身心最为有益，愿终身行之也。

从荣宗耀祖到保存国粹，字里行间，还是老派人习性。

钱玄同口才出众，讲课深入浅出，条理清晰。他身材不高，戴近视眼镜，夏天穿竹布长衫，腋下夹黑皮包，到处高谈阔论。张中行当年在北大求学，以口才标准排名次，胡适第一，钱玄同第二，钱穆第三。张中行回忆：

上课钟响后，钱先生走上讲台，仍抱着那个黑色皮书包，考卷和考题发下之后，他打开书包，拿出一沓什么，放在讲桌上，坐在桌前一面看一面写，永远不抬头。我打开考卷，看题四道，正考虑如何答，旁坐一个同学小声说，好歹答三道就可以，反正钱先生不看。临近下课，都交了，果然看见钱先生拿着考卷走进注册科，放下就出来。后来才知道，期考而不阅卷，是钱先生特有的作风，学校也就只好刻个"及格"二字的木戳，一份考卷盖一个，只要曾答卷就及格。

钱玄同无为而治的方法，到燕大时行不通了。燕大由美国人主事，人家较真，学校规定，不改试卷扣发薪金。钱玄同一听，把钞票和试卷一起退回，附信：薪金全数奉还，判卷恕不从命。

上课时，钱玄同不看学生有无缺席，笔在点名簿上一竖到底，算是该到的全到了。学生来去自由，爱来不来，悉听尊便。钱玄同为人随和，与学生称兄道弟，写信每称对方为先生，说先生只是男性的通称。有学生起了误会，说钱先生不认他为弟子，是摒之门墙之外的意思，钱玄同后来只得改口了。

钱玄同怕狗，每次去刘半农家，倘或看见那条小黑狗在门前蹲点，必定等刘家孩子把狗引走，才敢进门。黑狗，可谓其一生最惧之物也。

钱玄同书法好，棱角磨圆了，像扬州八怪里的金农，秀润富态。写经体亦好，换了古人头面，筋骨不改，翰逸神飞，透着一些风流一些俏皮。晋人写经体数钱玄同写得好，娥媚妍丽，无一丝败笔，确是精品。学生魏建功忍不住模仿，加一点隶书笔意，娥媚妍丽。同人人文集，每每请钱玄同题签，我买过一些民国老版书，纸张发黄了，钱先生字里精神不老，体端气雄，字字抖擞。钱玄同自言真书或胜于篆书，为人题签，真书果然多一些。

鲁迅不喜欢钱玄同，说他唠叨，极能取巧，又夸而懒，高自位置，托一小事，能拖延至一年半载不报，议论虽多而高，大概是因人废字，鲁迅认为钱玄同的字实俗媚入骨，无足观，犯不着向悭吝人乞烂铅钱也。私信说：疑古玄同，据我看来，和他的令兄一样性质，好空谈而不做实事，是一个极能取巧的人，他的骂詈，也是空谈，恐怕连他自己也不相信他自己的话，世间竟有倾耳而听者，因其是昏虫之故也。

一九三八年，北平沦陷后。钱玄同困居旧京，给老友周作人去信：

> 近来颇想添一个俗不可耐的雅号，曰鲍山病叟。鲍山者确有此山，在湖州之南门外，实为先世六世祖发祥之地，历经五世祖、高祖、曾祖，皆宅居该山，以渔田耕稼为业，逮先祖始为士而离该山而至郡城。故鲍山中至今尚有一钱家浜，先世故墓皆在该浜之中。

抱久病之躯南望故乡，笔下是秋天是冬天。次年，钱玄同魂归道山。这样一个人，只活了五十二岁，真可惜。

郭沫若

　　讲到郭沫若，笼统说法是文学家，也有人说他是考古学家、政治家……像郭沫若这样的人，很难简明定义。那个时代的人一身经历，也都不安本分。这是五四人物与今日作家学者的区别，郭沫若尤为如此。在我心中，郭沫若第一是诗人，也就是说他人格基因是以诗歌为底色的。他在《创造十年》中承认不止一次横陈在藤睡椅上想赤化，典型诗人心性。

　　郭沫若八岁时，与几位同学去寺庙偷桃子。和尚找到学校，查无可查，老师出一上联："昨日偷桃钻狗洞，不知是谁？"声明谁要对出下联可以免罚。郭沫若听罢脱口而出："他年攀桂步蟾宫，必定有我！"十来岁在乐山读书。农民挑粪出城，城门吏以维护卫生为名，要每人交两块钱卫生税。郭沫若又写联说："自古未闻粪有税，而今只剩屁无捐。"这两个故事都显示出他诗人的才华。

　　郭沫若在现代文坛的亮相，是以诗歌为标识的。他的

郭
沫
若

诗集《女神》与胡适《尝试集》同一年出版，但前者是成熟期的东西，后者还只是尝试。在诗歌形式上，郭沫若突破了旧格套的束缚，创造了雄浑奔放的自由体，影响了一大批人，为自由诗发展开拓了新天地。胡适也说自己写诗脱不了旧词曲味道，是裹过脚女人的放脚鞋样，而《女神》完全天足，是新诗人印在大海边新沙上的第一行脚印。

十来岁在乡下遇见郭沫若诗集《女神》《天狗》和《凤凰涅槃》诸篇，纵情肆意，一片汪洋，浪漫漫漶无边，天马行空，读得人心摇意动，神驰不已，仿佛晨起登高，只见一轮红日冲破云层，染得万山霞光无限。郭沫若是得了些《楚辞》意蕴的，也有史家气度。二十多的人，居然有长天列战云的气概与风神，真可谓天赋异禀。快三十年了，诗集中长长短短的句子时常想起，犹如铜铸，留在心里又烂漫又璀璨。同时读到的那本张恨水小说《傲霜花》却印象模糊，只记得重庆街灯依稀，黯淡的人影走来走去。

郭沫若似乎是行为艺术家，理直气壮地扮演刁民，大喊革命已经成功，小民无处吃饭，不仅骂鲁迅，而且痛斥蒋介石，气得人派特务来暗杀他。

一九二八年，郭沫若躲在日本研究甲骨文，写出一部研究中国古代社会的专著，在学界引起巨大反响。有论者说那本书参考摩尔根《古代社会》，用四两拨千斤的巧劲，把王国维的创获挪为己有。不管怎么说，郭沫若在中国古代史方面的研究，终成一家，聪明非常人可比。

郭沫若靠文化成就与聪明才智成为当时文坛领袖。一九四八年，国民党政府组织学者不记名投票评选中央研究院院士，郭沫若未能赴会，也被评上了，他的文化成就在当时差不多是公认的。著名的甲骨四堂、史学五老，亦名列其中。

二十世纪四十年代是郭沫若的黄金岁月，流氓加才子之类的话没人敢提了，大革命失败后离党也被大家淡忘，他的五十寿辰成为文坛大事。《新华日报》头版文章称鲁迅为新文化运动的先驱，郭沫若是主将，带着大家一起前进的向导。如此高评，越发巩固了他文坛的领袖地位。

重庆谈判期间，郭沫若见毛泽东的怀表很旧，立刻把自己的手表摘下相赠。毛泽东珍惜这份友谊，生前经常戴着它。

加缪曾说，重要的不是活得最好，而是活得最多。这话用在郭沫若身上，颇有不一样的意味。加缪说的多，即丰富，郭沫若的确丰富，这丰富又恰恰淡化了他作为一个知识分子的一些面目。

郭沫若的一生，六十岁前后是个分水岭，先是当选中国文联主席，又任中国科技大学首任校长、政务院副总理、全国人大常委会副委员长、中国科学院院长兼哲学社会科学部主任、历史研究所第一所所长、中国人民保卫世界和平委员会主席、中日友好协会名誉会长等要职，又做了好几届中央委员与全国政协副主席，屡屡身居高位。对一个文人而言，晚际近三十年里，郭沫若的变化总是跟不上时代变化，年华老去，才华越挥霍越少，其间困苦寂寞，他人未必懂得吧。

郭沫若骨子里应该是不甘寂寞的，晚年做过些引人注目的事情，写了不少迎合应景的文章。一是向时务低头，二则箭在弦上，不得不发。

一九五八年，郭沫若响应百花齐放、百家争鸣号召，实打实写了一百首咏花诗。写完了，觉得不对，因为百花是泛指，一百种花并不能代表百花。因此再写了一首诗，歌颂百花之外的一切花。这些诗，寡淡平白，不见灵光，像是戏谑之作。

只从政治上评价郭沫若，未免简单。他太复杂，内心充满矛盾，这种矛盾在七十岁前后达到顶点，特别是两个儿子的非正常死亡让他想了很多，又无法表达出来。郭沫若经历了炼狱，炼狱里谁能风度翩翩，置之度外呢？与同时代人比，郭沫若是时代风云的马前卒。读郭沫若的文字，屡屡觉得他孜孜不倦不断改变自己思想的苍白，也感觉他此时的虚弱无力。

郭沫若并不明白，做文人可以任性一点，狂放一点。也许因为诗人的原因，郭沫若后来很长时期把政治当作美学，津津乐道，这可以说是他的悲剧。

郭沫若和鲁迅未曾晤面，他后来伤心地表示这种遗憾。事实上他二人内心深处，彼此间似无好感。鲁迅眼里的郭沫若不过才子加流氓。传统读书人眼里，才子只是民间故事中识几个字弄些淫词艳曲的轻薄文人。郭沫若视鲁迅为封建余孽，是一位不得志的"法西斯"。鲁迅逝世后，郭沫若一改前嫌，评价不断升级，说鲁迅比孔子还伟大，理由是孔子没有国际间的功勋，盛赞他是中国民族近代的一个杰作，成为民族精神，是中国近代文艺真正意义的开山。悼念活动上，郭沫若不无悲伤地说："鲁迅生前骂了我一辈子，但可惜他已经死了，再也得不到他那样深切的关心了；鲁迅死后我却要恭维他一辈子，但可惜我已经有年纪了，不能够恭维得尽致。"鲁迅在天之灵，面对这样的吹捧，不知做何感想。

战时生活单调，郭沫若的戏剧成为当时很重要的文艺活动。一次他的话剧作品《棠棣之花》在重庆上演，主要演员有江村、舒绣文、张瑞芳等明星。根据剧情，第五幕需要一位演员扮演死尸躺在舞台上。为了正式演出时能在舞台上亲自观察演出效果，郭沫若自告奋勇出演这一角色。整整半个多小时，他神情庄重，态度严肃，直挺挺躺在台上纹丝不动。

一九四八年二月十日，郭沫若气势汹汹地写了篇檄文《斥反动文艺》，痛骂沈从文、朱光潜、萧乾，用词激烈可谓凶狠。两天以后，又写了一篇文章骂胡适，预言胜利必属人民，今日已成定局，为期当不出两年。在同一天的春节联欢晚会上，他公开号召知识分子要甘心做牛尾巴，率领大家痛饮牛尾酒。沈从文胆战心惊回答《新民报》记者提问时，结结巴巴说："郭先生的话不无感情用事的地方，但我对郭先生工作认为是对的，是正确的，我的心很钦佩。"典型的口服心不服，又无可奈何。一九四九年春天，许多文人来到北京谋取差事，一些好友去拜访沈从文，发现他像变了一个人，神情恍惚，全无旧友相逢的喜悦。

一九六八年，郭沫若八子郭世英从三层楼上关押他的房间里破窗而出，以死抗争，年仅二十六岁。妻子当即病倒，悲愤难忍，责备郭沫若为何不及时向中央领导反映。这位古稀老人回答：我也是为了中国好啊。然后强忍悲痛，默默伏在办公桌前，将郭世英在西华农场劳动期间的日记一行行、一页页地誊写在宣纸上，整整抄了八本。我看见过影印件，笔迹刚劲，一丝不苟：

> 爹爹，他曾对我抱有希望，他又对我重新抱有希望了。我看着他显得有些苍老的面孔，心里难受。经受了多少风霜，斗争，斗争，而我——当吸血虫——简直不敢想象！……投入战斗中去吧！加快自己的步子。

透过这些墨迹，不难体味郭沫若抄写这些日记时的心情。历史后台有泪影有剑影，更有太多力不从心，台前观众看不到。

郭沫若的字写得漂亮，诸体皆能，楷书基础是颜体，小楷多具六朝写经笔意，又不乏颜体的宽博之气。郭沫若题字、题词、书赠他人，多数用行草，被尊称为"郭体"，这是书法风格鲜明并有广泛影响的标志。郭沫若行草笔势里，潇洒张放，文思书思不可阻遏，行笔如其人。

郭沫若书艺很高，个性突出、才气毕现。他的字取法很广，有宋四家的影子，结构又颇有徐渭的感觉。有人说沈尹默的字有亭台楼阁的气息，鲁迅的字完全适合摊在文人纪念馆里，郭沫若的字是宫廷长廊上南书房行走的得意步伐。这与古人废蔡京、贬赵孟頫是一个道理。

郭沫若才华横溢，更难得精力横溢，诗文仿佛一生余事。过于富有激情，决定了他在艺术上既不中庸也不无为，决定了达不到传统复归平正的老境（晚年郭沫若叹息人已老，而书不老，可为憾耳）。性格的激情，或可称为风骚之气，诗里面目全非，字里则保持得更为纯粹。如果诗是一个歌者的歌，那字或可说是未脱民国腔调。

郭沫若晚年著作，除了那本《百花齐放》诗集，我还读过一本《李白与杜甫》。获得两个印象，这个人完全卷进了时代旋涡中，其性格的优点缺点鲜明地表现出来。其次是他对语言特别敏感，总能把握住其中稍纵即逝的灵光，语言上布下无数机关，幽默泼辣。旧年读那两本书，总感觉太牵强太荒唐，到底当时太年轻，很多事不懂得。后来再读，《百花齐放》全然口号，寡淡平白，不见一丝大诗人风度，总觉得有太多题外的意思。《李白与杜甫》，书上一些论点一些情绪，腹诽的非常多，但行文到底朴素饱满，读来通畅快意。做杜甫很难，难在辛苦。做李白也难，难在酸楚。孩子气的春光灿烂固然可贵，成年人的委曲求全阿谀奉承，又谈何容易呢。

对于李白《古风》第五十九首最后四句：

众鸟集荣柯，穷鱼守枯池。

嗟嗟失欢客，勤问何所规？

郭沫若说它的寄意，大抵的人（众鸟）都在趋炎赴势（集荣柯），少数穷途末路的人（穷鱼）穷得没有出路（守枯池）。这众鸟与穷鱼自然是方以类聚，各走各的路。

后两句译成现代语，便是：

呵呵，你同样是穷途末路的流浪者呵，

你勤勤问候我，到底要规戒我些甚么？

这里所说的失欢客，郭沫若说暗指杜甫，或许也是芸芸众生吧。

读完《李白与杜甫》，忍不住在扉页题记：

垂老而文气沛然，健笔如铁犁，牯牛拖拽而行，掀开泥田，是春月气息。各人读出一家意思，说是无意思，却也有意思，若说有意思，到底无意思。

深陷泥沼，遥望历史，俯瞰李杜，其中凝结心绪，难啊，难啊。

很多人对晚年郭沫若不屑一顾，或许他是对权力之下的悲剧的麻木。造化弄人，只能说寿多则辱，只能感叹生不逢时。明哲保身谈何容易，四面泥沼里，最怕白衣胜雪。身在井底污秽中，任谁也难脱干净。上吊的颈绳太硬，溺亡的湖水太冷，闭门的绝食太饿，投水的井底太深，得到善终并不容易。我一直对郭沫若持有好感，鲁迅先生说："有缺点的战士终竟是战士，完美的苍蝇也终竟不过是苍蝇。"我宁愿亲近有缺点的战士，苍蝇再完美也避之不及。

不必因人废言，人性阴影太多太浓，每一尊面孔皱褶里都有不为人知的故事和心绪。生命是一条大河，有坦途有拐弯，有深潭有浅滩，有一平如镜有巨浪涛涛，有静水深流有飞流湍急。《大般涅槃经》上说盲人摸象故事，摸到象牙的说大象像竹笋、萝卜，摸到耳朵的说大象犹如簸箕，摸到头的说像大石头，摸到鼻子的说像杆子，摸到腿的说像柱子，摸到脚的说像石臼，摸到脊背的说像一张床，摸到肚子的说像一堵墙，摸到尾巴的说像一根绳子。人生如象，各见其相，人生如山，远近高低并不相同。孔子也叹息识人之难，说："所信者目也，而目犹不可信；所恃者心也，而心犹不足恃。"眼见为实，眼见不一定可信；遵从内心，内心往往也会欺骗自己。

《郭沫若全集》，分《文学编》《历史编》《考古编》三大类，有小说、散文、诗词、评论、剧本，还有研究甲骨文、卜辞、青铜器铭文、金文、石鼓文、诅楚文的各类专著。一些文学作品今日读来，有些地方趣味不同、性格不同、追求不同，共鸣感少了，但《中国古代社会研究》《青铜时代》《奴隶制时代》《史学论集》《管子集校》《历史人物》，一篇篇力有千钧，大开大合，极有洞见。郭沫若对历史稳健缜密又不失浪漫的凝视分析，即使偏见，也有深刻，不是泛泛士人所能。那本《百花齐放》倒是真有些气闷，读完《十批判书》，让人神采奕奕，时局艰难，辗转城乡间，个中章节，虽三五日即成，文字行云流水，但治学严谨，忍不住作诗为记：

笔墨高歌自短长，时风闲事少思量。

为人莫学狗舂米，处世焉能猪咂糠。

百咏固然亏气节，十批还是好文章。

先秦诸子宜深读，岂敢沽名称大王。

老舍

梅兰芳演《晴雯撕扇》，必定亲笔画张扇面，装上扇骨登台表演，然后撕掉。画一次，演一次，撕一次。琴师徐芝源看了心疼，有回散戏后，偷偷把撕掉的扇子捡回来，重新裱装送给老舍。老舍钟情名伶扇子，梅、程、尚、荀四位以及王瑶卿、汪桂芬、奚啸伯、裘盛戎、叶盛兰、钱金福、俞振飞等人书画扇面，藏了不少。

老舍也喜欢小古董，瓶瓶罐罐不管缺口裂缝，买来摆在家里。有一次，郑振铎仔细看了那些藏品之后轻轻说："全该扔。"老舍听了也轻轻回："我看着舒服。"相顾大笑。此乃真风雅也。舒乙著文回忆，老舍收藏了一只康熙年的蓝花碗，质地细腻光滑，底釉蓝花色泽纯正；另有一只通体孔雀蓝的小水罐，也是绝品。

老舍一生爱画，爱看、爱买、爱玩、爱藏，也喜欢和画家交往。二十世纪三十年代托许地山向齐白石买了幅《雏鸡图》，精裱成轴，兴奋莫名。和画家来往渐多，藏品日益丰富，齐白石、傅抱石、黄宾虹、林风眠、陈师曾、吴昌硕、李可染、于非闇、沈周，家中客厅西墙换着挂，文朋诗友誉之为老舍画墙。

老舍爱画也爱花，北京寓所花草按季更换。老舍说花在人养，天气晴和时将花一盆一盆抬到院子，一身热汗；刮风下雨，又一盆一盆抬进屋，又是一身热汗。老舍家客厅桌子上两样东西必不可缺，一是果盘，时令鲜果轮流展出；二是花瓶，各种鲜花四季不断。老舍本人不吃生冷，但对北京产的各种水果有深厚感情，买回来清供。

在济南居住期间，老舍宅院种满花草，夏秋之际姹紫嫣红一片，草木虫鱼无所不备。有回有感而发，在一张全家福照片背面题打油诗：

爸笑妈随女扯书，一家三口乐安居。

济南山水充名士，篮里猫球盆里鱼。

老舍爱画爱花的故事让人听了心里欢喜，这是真正的舒庆春。老舍的面目、茅盾的面目、鲁迅的面目，几十年来，涂脂抹粉，早已不见本相。

有人在乡间当校役，成长期碰到"文革"，没有受过正统教育，被人赞誉文笔好得惊人。作家亦舒说从来没有兴趣拜读此人大作，觉得难有独特的生活经验和观点意见。她认为文坛才子要讲些条件，像读过万卷书，行走万里路，懂得生活情趣，擅琴棋书画，走出来风度翩翩，具涵养气质。话锐利了一点，却有道理。文章品位得自文化熏陶，头悬梁锥刺股，囊萤映雪，乃至朱买臣负薪读书，求的还只是基本功，未必能成大器。文行出处，此四字不能忘。古玩字画吹拉弹唱，读书人懂一点不差，笔下体验会多一些。钱谦益读的书多，气节暂不论，见识不差：

> 文章者，天地英淑之气，与人之灵心结习而成者也。与山水近，与市朝远；与异石古木哀吟清唤近，与尘埃远；与钟鼎彝器法书名画近，与时俗玩好远。故风流儒雅博物好古之士，文章往往殊邈于世，其结习使然也。

文学史上的老舍从米不如时人笔墨中有情有趣。在重庆北碚，有一次，各机关团体发起募款劳军晚会，老舍自告奋勇垫一段对口相声，让梁实秋搭档。梁先生面嫩，怕办不了，老舍嘱咐：说相声第一要沉得住气，放出一副冷面孔，永远不许笑，而且要控制住观众的注意力，用干净利落的口齿，在说到紧要处，使出全部气力，斩钉截铁一般迸出一句俏皮话，则全场必定爆出一片彩声，哄堂大笑，用句术语来说，这叫作皮儿薄，言其一戳即破。这样有趣的人下笔才有真情真性真气，才写得了《赵子曰》，写得了《老张的哲学》，写得了《骆驼祥子》。

少时在安庆乡下读老舍小说，平实而达真实。夏天，暑气正热，天天不睡午觉，洗个澡在厢房凉床躺着细细观赏老舍的文采。围墙外蝉鸣不断，太阳渐渐西斜，农人从水塘里牵出水牛，牛声哞哞，蜻蜓低飞，飞过老舍笔下一群民国学生的故事。小说是借来的，保存了民国面目，原汁原味是老舍味道。只有一本旧书摊买来的《骆驼祥子》，字里行间的气息偶尔有《半夜鸡叫》的影子，读来读去，像一杯清茶中夹杂了一朵茉莉花，不是我熟悉的老舍，后来才知道那是修改本。

老舍书法也好，见过他不少对联，还有诗稿、书信，一手沉稳的楷书，清雅可人。他的大字书法，取自北碑，线条凝练厚实，用笔起伏开张，并非一路重按到底，略有《石门铭》之气象。老舍尺幅楷书，楷隶结合，波磔灵动，有《爨宝子》《爨龙颜》味道，古拙，大有意趣，比大字更见韵味。

老舍早年入私塾，写字素有训练。在拍卖会上见过他一幅书法长条，二十世纪六十年代手书，内容是毛泽东诗词。凑近看，笔墨自然蕴藉，浑朴有味，线条看似端凝清腴，柔中有刚，布局虽略有拘谨，但气息清清静静，落不得一丝尘垢，看得见不屈的个性，看得出忠厚人家本色。

老舍手稿我也见过，谈不上出色，比不上鲁迅比不上知堂，也没有胡适那么文雅，但好在工整。前些年有人将《四世同堂》手稿影印出版，书我虽早已读过，但还是买了一套，放在家里多一份文气，我也看着舒服。那天看到一张便条，规规矩矩的字。想起小时候读叶圣陶、夏丏尊写的《文心》，教小孩子把文章写清通，把字写规矩，将来到社会上即使做一个文员，也可以安身立命。不谈修身不谈文艺，落脚点在安身立命上，这是老派人的恳切。

老舍作品向来偏爱，祥子、虎妞、刘四是他为中国现代文学画廊增添的人物。后来读到民国旧版《骆驼祥子》，真是满纸辛酸。最后，祥子不拉洋车了，也不愿意循规蹈矩生活，把组织洋车夫反对电车运动的阮明出卖给了警察，阮明被公开处决了。小说结尾写祥子在送葬行列中持绋，无望地等待死亡到来。调子是灰色的，但充满血性，是我喜欢的味道——

> 体面的，要强的，好梦想的，利己的，个人的，健壮的，伟大的，祥子，不知陪着人家送了多少回殡；不知道何时何地会埋起他自己来，埋起这堕落的，自私的，不幸的，社会病胎里的产儿，个人主义的末路鬼！

故事在一串形容词中结束。似乎每一个好的故事都是一场生命的陨落，从美好的开始到阴晦的结束，历经一场场挣扎，渐渐灰了心。说老舍幽默，太简单太脸谱，幽默不过引子，概括不了他的风格。《赵子曰》写北京学生，写北京公寓，逼真动人，轻松微妙，读来畅快。写到后半部，严肃的叙述多了，幽默的轻松少了，和《骆驼祥子》一样，以一个牺牲者的故事作结，使人有无穷感喟。老舍的小说，令人发笑，继而感动，终将悲愤，悲愤才是老舍的底色本色。

那天送走妻子，拉着四岁孙女轻轻道别，小孙女天真无邪地说再见，朝爷爷挥挥手。老舍转身离去，第二天，北京郊外太平湖，捞出一具尸体，口袋名片写着："舒舍予，老舍。"家人再见到他时，老人被平放在地上，嘴、鼻流血，上身穿白汗衫，下身穿蓝裤子，脚上黑色千层底鞋子，白袜子干干净净。

说起老舍自尽，沈从文非常难过，拿下眼镜拭泪水。"文革"前老舍在琉璃厂看到盖了沈从文藏书印的书，买下来送回沈家。二十年后，汪曾祺想到老舍，写散文写小说表示牵挂怀念。《八月骄阳》写老舍投湖：骄阳似火，蝉鸣蝶飞，湖水不兴，几位老人闲聚一起，谈文说戏，议论时势。穿着整齐的老舍，默默进园，静静思考，投湖而逝。井上靖一九七〇年写了篇题为《壶》的文章怀念老舍，感慨他宁为玉碎。玉碎了还是玉，瓦全了不过瓦。

人名入联，有绝品，譬如辛弃疾对霍去病。老舍有联语："伏园焦菊隐，老舍黄药眠。"工整俏皮。孙伏园后来俨若菊隐，老舍却如药眠，结局太苦，他的行径也近乎药，可醒人可警世。

巴金

　　手稿几乎销声匿迹。汉字线条一律统一，汉字结构一律统一，汉字气息也一律统一。显示屏上的方块字，干净、体面，只是没有私人体温与个性。写作十年，没留下一篇手稿。手稿在当下已不是作家产物，像是古董。

　　前些时有家文化单位说要收藏我的手稿，找来找去，只有几封写坏的旧信封与一封没有邮寄出去的信件，真是对不起得很。有年在郑州，一位搞收藏的朋友要存我的手稿，用钢笔抄了篇文章，整整四页，可惜写在打印纸上，至今让我耿耿于怀。

　　买过不少作家手稿，当然是影印本。闲来无事，翻翻鲁迅、巴金、老舍、朱自清诸人手稿，有微火烤手之美。影印本惠及手稿的同时，也给手稿做了手术，几十年前出《红楼梦》抄本，胡适批注题字未见踪迹。从作家手稿看出一点性情，能满足我对书写者的好奇。有回在朋友家看卞之琳家书，字写在米黄色薄信纸上，细小纤弱，像蚂蚁搬家，密密麻麻尽是劫后余生的小心翼翼与诗人骨子里的纤弱敏感与自尊，家长里短的一字一句，平添一股惆怅。

我最喜欢毛笔字手稿，墨香已逝，手稿犹在。

快十年前了，在郑州古玩城旧书店搜书。百十家古旧书店，在那里买过不少新文学旧文学著作，也买过不少作家签名送人的文集，有汪曾祺、冰心、巴金。有回见到老舍的手稿、巴金的信笺，没能买下，现在想来后悔。旧书店的老板用宣纸仔细包了一层又一层，小心翼翼翻开，说从笔迹上看，老舍、巴金一手字四平八稳，是个忠厚人。

巴金的字写得认真，一笔一画，清清楚楚，像学生体。晚年手抖，笔力虚浮，越发像学生体。巴金签名有意思，潦草又认真，说不出的味道，偶尔签名赠书友朋辈，落款后盖一枚小指甲盖大的印章，阳文巴金二字，红彤彤鲜艳艳比樱桃好看。见过几枚巴金的印文，不知何人操刀，件件都是奇品：生机勃勃，一纳须弥。

巴金本姓李，笔名取巴枯宁和克鲁泡特金名字首尾二字，还据说巴字是纪念法国亡友巴恩波，金字和其译作克鲁泡特金的《伦理学》有关。李家人相信西医，巴金母亲和几个英国女医师做朋友，她们送来《新旧约全书》，西洋封面西洋装帧西洋排版，巴金很喜欢。后来在家自学外语，进外国语学校读书。这是巴金的底色，巴金的基因。巴金早年认为线装书应该扔进废纸堆，批评郑振铎抢救古书，批评他保存旧物。看见巴金晚年用印章，送人线装书，我心里高兴，这才是中国读书人的面目。巴金九旬大寿时，出版界朋友想送一件有意义的礼物，精制一批《随想录》线装本，老人家很是赞赏。

《家》的开头写大雪，十几岁读过，有些句子竟然背得下来。很多年过去，风散了，雪化了，书中戴金丝眼镜的十八岁青年也成了旧人。十五六岁时，第一次读《家》《春》《秋》，觉新觉民觉慧真好，梅表姐也好，鸣凤也好，都好看，不像张恨水笔下的人物那么新潮那么儒雅那么深情，灰长袍配白围巾黑皮鞋自有一股斯文通透。

巴金小说暌违经年，一九四六年的《寒夜》，平平常常波澜不惊。一九八〇年的老书，深蓝色封面一钩残月，素到不能再素。开始是汪文宣在寒夜中寻找树生，结尾是树生在寒夜中回到旧居。情节亦如寒夜，意境深染悲凉，读来感叹不已，有冷月葬诗魂的凄清美。巴金有一颗敏感的心，善于察觉微小的细节并引发内心波动。

年少时读《寒夜》，压抑难耐，心被揉成一团不忍读下去。那种剑拔弩张，极其细微的悲凉一点点爬进身体每个角落。理想毁灭，挚爱离去，分别前夜偷偷哭泣一直到最后病逝，全部都绝望，小说不留一点出路。

《寒夜》之后，巴金创作也进入寒夜了。一场接一场运动，作家思维跟不上政治风云变幻。"文革"中，巴金被发配到上海郊区农场劳动，"肩挑两百斤，思想反革命"。法国几位作家不知巴金是否还在人世，准备把他提名为诺贝尔文学奖候选人来做试探。日本作家井上靖和日中文化交流协会想方设法寻找他的踪迹。后来，肩膀上的两百斤终于放下，巴金着手翻译俄罗斯作家赫尔岑的《往事与随想》。

巴金不硬译，不死抠，流畅，自然，富于感情，和他创作风格统一。草婴喜欢巴金译文，说既传神又忠于原文，所译高尔基的短篇小说无人能出其右。高莽说巴金译文语言很美，表现出原著的韵味。巴金翻译的《快乐王子》我读过，记得那句：风一吹，芦苇就行着最动人的屈膝礼。

一九七八年十二月一日，上海笼罩在初冬微寒中，七十多岁的巴金颤巍巍写下一篇《谈〈望乡〉》。自此启动了《随想录》的写作，直至一九八六年八月二十日。

我读到《随想录》已经是巴金写完之后的第二十个年头了。黄昏萧瑟，暮气笼罩着北方的城市。暖气不够热，坐在椅子上需要铺个毛毯。看巴金怀念萧珊，怀念老舍，有真情有真意有真气，是地道的白话文，白如雪如棉如絮，但分量不轻，一个个字灌满铅，沉甸甸的。胡适先生看了一定会喜欢。

《随想录》的重点是随想，但归根是录，记录。《广雅》说，录，记之具也。《后汉书》云："融为太尉，并录尚书事。"这个录是总领意思。《世说新语》说陶侃在做荆州刺史期间"敕船官悉录锯木屑，不限多少"，这里的录指的是收集收藏。《孔雀东南飞》里说："君既若见录，不久望君来。"这里的录却是惦记了。过去的旧人旧事忘不掉，这里有一份眷恋。

巴金写旧人旧事，是文人之叹，也是史家之思，还有对人性之美的向往，一篇篇文章平白沉郁，清秀智慧，严明深切。《随想录》虽为实录，不少篇章亦如旧梦重温，其中生死离别，自然情切，有无量悲欣。数百则随笔几乎全用白描，又诚实又坦白，不回避，不矫饰，每个字都是修辞立其诚的注脚。

《随想录》时的巴金，是智者是仁者也是长者尊者。写自身日常冷暖，怎样的麻木，怎样的怯懦，怎样的后悔，还有失落、逃逸，笔锋正而直，丝毫不带斜风细雨。世人写巴金，往往仰视惊叹，巴金偏偏以平常之心平常之情平常之笔写世俗的人和事，这样的文章读了受用终生。

二〇〇五年十月十七日，巴金去世。人走烟消，又飘散了一缕民国余脉。那天，总是不自禁想起往事，想起我在冬日乡村读那本《家》的岁月。

章衣萍

是老书，旧书铺里偶遇的，北新书局民国四版《樱花集》。从前主人惜物，加有牛皮纸书衣。那么多年，书页消褪成南瓜黄，一点火气也无，越翻越喜欢。封面落满片片樱花，清新秀雅，般配书中二十几篇章衣萍文章。

还是老书，朋友寄来《古庙集》。舍下书不似青山也常乱叠，几次搬家，一时找不到了。内容还记得，样子也记得。书前几幅黑白照片，有章衣萍与女友吴曙天合影，二人佩玳瑁边圆眼镜。章衣萍穿长衫，意态风流，细看有倔强有不甘有不平有郁结。吴曙天一脸娇憨，眉目依稀淡淡春愁。

章衣萍以我的朋友胡适之出名，是后来的事。有段时间不得志，寄身古庙，抄经为生，自称小僧衣萍是也，带些脂粉味，活泼泼有梨园气。到底是年轻人，我行我素惯了，到街上看女人，办平民读书处，厮混市井间。虽在古庙，文章却不带破败与消沉，又清新又疏朗又敞亮，娓娓记下文事尘事，读来仿佛在古庙庭院坐听树梢风声鸟语，静看人生几度秋凉。

章衣萍与周作人私交甚笃，知堂写过不少长信给他，不乏体己话："北京也有点安静下来了，只是天气又热了起来，所以很少有人跑了远路到西北城来玩，苦雨斋便也萧寂得同古寺一般，虽然斋内倒算不很热，这是你所知道的。"与周作人一样，章衣萍也博读，只是阅世不够深。好在所思所行不甘流俗，笔底乾坤大，处处是自己的天地、自己的笔意。读周作人要的是老辣不羁的识见学养，读章衣萍取天真温煦的愤世和略带孤僻的性情。

章衣萍曾说："在太阳底下，没有不朽的东西。白纸的历史上，一定要印上自己的名字，也正同在西山的亭子或石壁上，题上自己的尊号一般的无聊。"有的文章句句本色，有的文章处处文采。本色是性情，文采是才气。章衣萍以才气涂抹本色，像孟小冬老生扮相。

如《古庙集》之类，几分周作人的风致与笔意，有谈龙谈虎的影子。章衣萍长于抒情，亦会讽刺，多以趣味胜，只是不及知堂翁老辣自然。知堂翁谈钱玄同与刘半农说："饼斋究竟是经师，而曲庵则是文人也。"周氏自己亦是经师，章氏则差不多是文人。周作人是中国现代文学的古董，白话文散发出青铜器光泽青铜器清辉，笔下尽是知性的沧桑和冷幽的世故，那样不着边际却又事事在理，心思藏得深，如井底的青石。

个人趣味，喜欢章衣萍《枕上随笔》《窗下随笔》《风中随笔》。隽永简洁，意味散淡，三言两语勾勒旧交新知音容笑貌，文仿《世说新语》，写章太炎写周作人写胡适写钱玄同尤其好玩，鲜活可信。如其言鲁迅的章节：

> 有一次，鲁迅说："在厦门，那里有一种树，叫作相思树，是到处生着的。有一天，我看见一只猪，在啖相思树的叶子，我觉得：相思树的叶子是不该给猪啖的，于是便和猪决斗。恰好这时候，一个同事的教员来了。他笑着问：'哈哈，你怎么同猪决斗起来了？'我答：'老兄，这话不便告诉你。'……"

念人忆事如此飘逸如此逼真，又洋派又古典，性情的亮点与浮光时隐时现，比林语堂简洁，比梁实秋峭拔。浅浅描绘旧年旧人的言行，显得才子不只多情而且重义。

一九〇一年冬，章衣萍生于安徽绩溪北村。因父叔辈在休宁潜阜开有中药铺杂货铺，八岁的章衣萍过去读书。潜阜是新安江上游码头，许多绩溪人在那经营小本生意。章衣萍十四五岁入学安徽省立第二师范学校，喜欢《新青年》，崇尚白话，因思想太新被开除，辗转上海南京。半工半读两年，经亚东图书馆老板汪孟邹介绍投奔胡适，在北大预科学习，做胡先生助手，抄写文稿。

章衣萍与诸多文人交往密切，和鲁迅也走得很近。一九二四年九月二十八日午后，经孙伏园引见，章衣萍携女友吴曙天拜访鲁迅，开始交往，稍后协办《语丝》杂志。查《鲁迅日记》，关于章衣萍的记录近一百五十处，直到一九三〇年一月三十一日止。六年间，两人走得很近，仅一九二五年四月《鲁迅日记》中就记他们互访畅谈达十一次之多，且有书信往来。

北新书局请章衣萍编世界文学译本，出版儿童读物，销路颇广，编辑手头渐阔，大喝鸡汤。不料童书《小八戒》因猪肉问题触犯回教团体，引起诉讼，书局一度被封，改名青光书店才得继续营业。鲁迅写诗玩笑：

世界有文学，少女多丰臀。

鸡汤代猪肉，北新遂掩门。

章衣萍成名作是小说集《情书一束》，此书某些篇章据说是与叶天底、吴曙天三人爱情瓜葛的产物。后来章吴情结伉俪，章衣萍又将叶天底写给吴曙天的情书，连上自己的部分，作了几篇小说，收入集子《情书二束》。

章衣萍的文字好，收放自如，缠绵清丽，今时读来，依然有味有趣有情。某些小说，比茅盾、老舍、巴金读来亲切，更多些书写人的体温。茅盾、老舍、巴金读的书多，行文多书卷味。章衣萍不是这样，下笔放荡，多愁善感，有种颓唐美，从灰色人间看人生起落，小人物爱恨苦乐中夹杂着人性的底色，一点也不像他的朋友胡适之。

《情书一束》出版后，章衣萍一时说有人已将书翻译成俄文，一时说此书已有英、法、日等国文字的译本，登报宣称《情书一束》遭禁，使得这本书畅销一时，挣了不少版税。这倒和毛姆有一比。毛姆有次写完一部小说，在报纸上登了一则征婚启事："本人喜欢音乐和运动，是个年轻又有教养的百万富翁，希望能和与毛姆小说中的女主角完全一样的女性结婚。"几天后，小说抢购一空。

章衣萍小说和郁达夫的一样，有天真的颓废，多抒写男女情欲，道学家看了脸红。其实他落笔还算婉约，点染一下就过去了，比后世小说家也含蓄也收敛。看不顺眼，说他是摸屁股诗人。只因《枕上随笔》中借用了朋友的诗句：懒人的春天啊！我连女人的屁股都懒得去摸了。

那些年，章衣萍得意过热闹过。周作人给他辑录的《霓裳续谱》写过序，校点《樵歌》，有胡适题签题序，林语堂、钱玄同、黎锦熙作跋。可惜章衣萍体弱久病，未能在文字路上深一些精一些。一九三五年底，章衣萍只身入川，担任省政府咨议，做过军校教官、川大教授等。在四川期间，断断续续写了一些作品，有论者说多属应酬之作，俊逸少了，清朗少了，无从亲见，不好评价。一九三七年出版的旧诗词集《磨刀集》甚为可读。自序：来成都后，交游以武人为多。武人带刀，文人拿笔。而予日周旋于武人之间，盖磨刀亦不曾也。

章衣萍诗词，自云学张问陶学陆游。张问陶诗书画三绝，是清代性灵派三杰之一，主张"天籁自鸣天趣足，好诗不过近人情"，又说"诗中无我不如删，万卷堆床亦等闲"。章衣萍作诗填词生气自涌，气魄寓意属高古一路。慷慨悲歌处偏向陆游，直抒胸襟则隐隐有明清风致，处处可见性灵的幽光。譬如这一首：

> 漠漠深寒笼暮烟，晚梅时节奈何天。
>
> 不妨到处浑如醉，便与寻欢亦偶然。
>
> 夜永可能吟至晓，愁多何必泪如泉。
>
> 浦江家去三千里，哪有心情似往年？

章衣萍个性强烈，文如其人，其旧体诗词亦如此，大抵是人之常情的妙然展现。再如这一首：

> 敢说文章第一流，念年踪迹似浮鸥。
>
> 悲歌痛哭伤时事，午夜磨刀念旧仇。
>
> 世乱心情多激愤，国亡辞赋亦千秋。
>
> 沙场喋血男儿事，漂泊半生愿未酬。

章衣萍生前出版集子好几十本，小说、散文、随笔、翻译、古籍点校、儿童文学之类均有涉猎。章衣萍的文章，率性意气，放浪不失分寸，许多地方固执得可爱，却抹不掉那几分萧索的神态。他的作品现在看，有些章节写露了，不够含蓄不够熨帖不够精准，年纪不够，人书俱老的话也就无从说起。

一九四七年，章衣萍在四川突发脑溢血去世，终年四十五岁。二〇一五年，五卷本《章衣萍集》出版，却是我编辑成的，当时作书人离世快七十年了。

附录

戊戌年正月十二日，第一次来绩溪，在伏岭村看戏。晚饭后回城，知章衣萍故居距此处不过数里，欣然欲寻，邀二友相往。步于北村，不知章氏旧居何在，过街巷里弄，逢人问路。岔口有村民捧碗闲话，不懂其言，但知其之乐。捧碗闲话，不论魏晋，无关富贵。

到得章氏故居，暮色深浓，老房子霉灰气袭来，少年章衣萍此间出入。人迹不在，楼影犹存。章衣萍之人行世四十有五，章衣萍旧居已过百年矣。一百年后，此旧居或者不在了，章氏文章却难泯灭。再过百年，胡竹峰之肉身亦腐朽成灰，其文章安在？我不知也，但知岁月倥偬。

木心

若论参宰罗马，弼政希腊，训王波斯，则遥远而富且贵，于我更似浮云。

——木心《遗狂篇》

明天又明天

时而昂奋

时而消沉

明天又明天

回想往日平静

如澄碧长空

把事业的无色风筝

奔跑着引高送远

如今手执风筝的牵线

抬头只见你的容仪

——木心《廿一日》

容仪

秋日。午饭后。阳光大热。两人一路闲逛，走过文具店，穿过路口到了博物馆。朋友说他见过木心。

哦？

一九八〇年前后，去上海姨夫家玩。汾阳路上，工艺美术所旁，普希金雕像"文革"时被砸了，还没重建。迎面一个中年人，跨步如飞，穿风衣，太招眼了。那时候，上海街头也不见多少好看的衣服。姨夫和他打招呼，喊老孙。木心姓孙吧。

对，原名孙璞，璞玉的璞。

那眼神真不一般，如一道光射过来。你看，几十年了，还记得。

见过不少照片，眼睛瞳瞳，目光炯炯啊。你们说过话吗？

说了几句，后来又见过。问我读什么书，家是哪里的。

嗯。

姨夫和他熟，说他是怪人，读了很多书。

怪人？唔。你姨夫呢？

早些年去世了。

哦……上车，一阵温热、短暂的沉默。话题转向了别处。

照片上中年木心我见过，戴礼帽，眉眼略藏在阴影里，目光坚毅，一脸决然，嘴唇抿得紧紧的。照片里的木心，直到晚年，眼睛依旧是透亮的。只不过，除了透亮，眼神亦慈亦悲。

木心的模样，真是俊俏，潇洒风流丰神俊朗。相貌好不如气质好，气质好不如风度好，木心是相貌气质风度样样皆好。木心的相貌有名士气，又难得不见轻狂。名士一轻狂，总觉得是摆出样子来愤世嫉俗。可不可以这么说，容颜是木心的另一本艺术册页。木心留存的相片很多，越老越好看，古玉杯盘，光彩溢出。

木心不同时期照片有不同风采，少年清秀，青年敏感，中年儒雅，老年斯文，黑白分明，清清爽爽。有帧一九四六年的照片，穿学生装，戴白手套，斜站着，身边两位穿长袍的男子也颇不俗，但没有十九岁木心的那一份置之度外。这照片初次给木心看，他完全不能辨认。第二天认识了：噫！……是我呢！神气得很呢！

木心照片，越到老越随便家常，那张脸不一般，骨相清峻，两眼到老不昏溃。哪怕生命最后几个月，躺在病床上，眼睛兀自黑漆漆一点。木心说唯有极度高超的智慧，才足以取代美貌。木心老年的相貌有仙风道骨的智慧，目光逼人，眼里有智者之光。

木心旧照，有雪地留影。纪录片中大雪纷纷，木心穿黑色大衣，老得艳亮照人。寒空中的雪，静而优美，凝聚冷冷的力，是木心其人，也是木心之文。木心缓缓走在大雪小园，轻松、潇洒、拄拐，袖子一挥，仿佛看得到他手上卷着一册线装书临风低吟的神情，那时候他是卧东怀西之堂主人。拄拐的木心，失了过去所有的步履，多了过去所无的分量。《红楼梦》里，元春送贾母的即有沉香拐拄。拐低一些，只可以拄，杖要高过人头，累了可以扶一扶它。过去乡下有不少人用拐，多是苦竹或者杂木做成的。

百年以来，那么多作家画家，鲁迅、胡适、周作人、齐白石、于右任、林语堂诸贤都有好相貌，木心也和他们一样。中年的木心，英气勃勃，到老年，英气收敛了，透出圆融的慧气，让人觉得斯文，有说不清的东西在里边。好容仪也是一个人的境界，好容仪是一个人的文章。文章是纸上容仪，容仪是地上文章。

文章

木心把文章当文章来写，《文学回忆录》里涉及学问，也是为文为艺者的自说自话，有一点俏皮，立意甚诚，虽然偶尔王顾左右了，味道还是好的。木心作品多是智者之书，眼界高，得意不忘形。中国文学是木心的餐具，欧洲文学是主食，美洲文学是蔬菜，日本文学是点心，其他的文学是肉食。一个人读了那么多书，打通那些关节。前人栽树，后人乘荫。木心有句话对我写作有警示：

> 如果司马迁不全持孔丘立场，而用李耳的宇宙观治史，以他的天才，《史记》这才真正伟大。

《文学回忆录》有流水汤汤光影粼粼的好，一来是那一段历史的别裁，二则是个人的别裁。说的都是文事艺事，写出来也字字都是自己，样样稔熟于心。木心像只飞在文学艺术星空的大鸟，对一切都平视甚至俯视。

沈从文八十岁生日，有人写诗贺寿，中有一联："玩物从来非丧志，著书老去为抒情。"流寓海外诸多作家，大多如扁舟浮于浪间起伏无定，写文章为怀旧，为衣食，为消遣。木心不大有怀旧气，少有衣食相，也无多少闲雅。木心为美和艺术写作，著书老去为抒情也是有的。

木心的文章越细屑越好，他不写长篇最可惜。常做木心长篇的假设，龙门大佛石质换了玉质。

木心的小说，开门关门，衣食住行，男人女人，写出人生光亮的明灭。唯其家常，方才感人。我们现在写小说，多少作家不会家常，不懂世道人心。张爱玲笔下许多精彩的描写更多的是需要与众不同的感受力，并非观察力，木心的感受与众不同，所以才有木心。

木心是经营出来的，胸中有丘壑，字字句句生香活色，别人不容易学得来。他的天才性发展得很好，尽管晚熟，毕竟熟了。他的文章初看是出水芙蓉，再看则烟波浩渺。每每读他的书，如逛园子，弄不清从哪里进门的，又如何穿径过桥走回廊到初始。像是醒来忆梦，一部分清楚，一部分恍恍惚惚。读木心有时候仿佛梦游，有时候仿佛洗澡。梦游时若有若无，进入人生幻境。洗澡，春夏秋冬都是痛快事。当然，不喜欢洗澡的人例外。

微生尽恋人间乐，只有襄王忆梦中，一个俗世的老夫子，又风趣，又诚恳，又尖锐，又敦厚。偶尔化身李商隐诗中的襄王，这一点很难得。中国人的思想大抵多一些道家、儒家，乐不思蜀，活在当下，文章失却了一份美丽。如果木心不是受了一点佛教影响尼采影响，文章里恐怕要损失好些好看的字面。一些人的文学没有价值，一些人的文学只有价值，木心的文学有文学的价值或者说是有价值的文学。这么说，玄虚了，木心的文学在文学价值之外。

木心的文学我最喜欢《童年随之而去》。

童年随之而去

木心有中国古典审美，有西方古典修养，又有现今的思考。一方面把现代融入传统，另一方面将西方技巧融入汉字表达。木心作品现实感与历史性兼具，文学性与思想性兼具，意识流也是中国式的。他写出了那么富于想象的文本，写满敏感、玄思、哀愁、内敛、悲悯，这是一般作家所没有的。尽管木心笔下没有《红楼梦》的气势，深刻性也不及鲁迅，但他作品切入的角度、独特的行文，仿佛弥漫的一层雾气又贯穿了神性，皆为旁人所无。

《童年随之而去》是小说是散文，是自然生长的文学，仿佛春天竹笋，眼看着一夜之间蹿高了许多。

没有多余的话，开头两句全然罩住文章意思。

> 孩子的知识圈，应是该懂的懂，不该懂的不懂，这就形成了童年的幸福。我的儿时，那是该懂的不懂，不该懂的却懂了些，这就弄出许多至今也未必能解脱的困惑来。

> 不满十岁，我已知"寺""庙""院""殿""观""宫""庵"的分别。当我随着我母亲和一大串姑妈舅妈姨妈上摩安山去做佛事时，山脚下的玄坛殿我没说什么。半山的三清观也没说什么。

前一句跌宕自喜，后一句收回来了。荡得开，收得紧，最后一句滴水不漏。

> 将近山顶的睡狮庵我问了：

> "就是这里啊？"

> "是啰，我们到了！"挑担领路的脚夫说。

> 我问母亲：

"是叫尼姑做道场啊?"

母亲说:

"不噢,这里的当家和尚是个大法师,这一带八十二个大小寺庙都是他领的呢。"

我更诧异了:

"那,怎么住在庵里呢? 睡狮庵!"

母亲也愣了,继而曼声说:

"大概,总是……搬过来的吧。"

庵门也平常,一入内,气象十分恢宏:头山门,二山门,大雄宝殿,斋堂,禅房,客舍,俨然一座尊荣古刹,我目不暇给,忘了"庵"字之谜。

且行且话,文字清凉如清水缓缓润过沙滩,自有一番韵味。褪去才气的锋芒,以对白开始走向内心。不说拉长声音,而用曼声,曼声二字勾出母亲面目。

我家素不佞佛,母亲是为了祭祖要焚"疏头",才来山上做佛事。"疏头"者现在我能解释为大型经忏"水陆道场"的书面总结,或说幽冥之国通用的高额支票、赎罪券。阳间出钱,阴世受惠——众多和尚诵经叩礼,布置十分华丽,程序更是繁缛得如同一场连本大戏。于是灯烛辉煌,香烟缭绕,梵音不辍,卜昼卜夜地进行下去,说是要七七四十九天才功德圆满。

木心

当年的小孩子，是先感新鲜有趣，七天后就生烦厌，山已玩够，素斋吃得望而生畏，那关在庵后山洞里的疯僧也逗腻了。心里兀自抱怨：超度祖宗真不容易。

对话久了，来点议论。对话是点心，议论是蔬菜。我们吃饭，常常是吃菜，讲究的饭更是吃菜。

我天天吵着要回家，终于母亲说：

"也快了，到接'疏头'那日子，下一天就回家。"

那日子就在眼前。喜的是好回家吃荤、踢球、放风筝，忧的是驼背老和尚来关照，明天要跪在大殿里捧个木盘，手要洗得特别清爽，捧着，静等主持道场的法师念"疏头"——我发急：

"要跪多少辰光呢？"

"总要一支香烟工夫。"

"什么香烟？"

"喏，金鼠牌，美丽牌。"

还好，真怕是佛案上的供香，那是很长的。我忽然一笑，那传话的驼背老和尚一定是躲在房里抽金鼠牌美丽牌的。

议论多了，开始对话。"跪在大殿里捧个木盘"云云，有孩子的呆头呆脑与不厌其烦。金鼠牌、美丽牌，都是旧日风物，怀旧气不知不觉间有了。怀旧只能点到为止，多了文章太陈，少了文章太新。

接"疏头"的难关挨过了，似乎不到一支香烟工夫。进睡狮庵以来，我从不跪拜。所以捧着红木盘屈膝在袈裟经幡丛里，浑身发痒，心想，为了那些不认识的祖宗，要我来受这个罪，真冤。然而我对站在右边的和尚的吟诵发生了兴趣。

又是孩子话。孩子话让文章多了喜气。好作家有两颗心：一颗童心，一颗诗心。好作家不能少了天真。

"……唉吉江省立桐桑县清风乡二十唉四度，索度明王侍耐唉嗳啊唉押，唉嗳……"

我又暗笑了，原来那大大的黄纸折成的"疏头"上，竟写明地址呢，可是"二十四度"是什么？是有关送"疏头"的？还是有关收"疏头"的？真的有阴间？阴间也有纬度吗……因为胡思乱想，就不觉到了终局，人一站直，立刻舒畅，手捧装在大信封里盖有巨印的"疏头"，奔回来向母亲交差。我得意地说：

"这疏头上还有地址，吉江省立桐桑县清风乡二十四度，是寄给阎罗王收的。"

没想到围着母亲的那群姑妈舅妈姨妈大事调侃：

"哎哟！十岁的孩子已经听得懂和尚念经了，将来不得了啊!"

"举人老爷的得意门生嘛!"

"看来也要得道的,要做八十二家和尚庙里的总当家。"

母亲笑道:

"这点原也该懂,省县乡不懂也回不了家了。"

我又不想逞能,经她们一说,倒使我不服,除了省县乡,我还能分得清寺庙院殿观宫庵呢。

通过姑妈舅妈姨妈对话反观我心我相。对话如繁花乱开,繁花好看正好在乱上,这一段也好看在乱上。

回家啰!

松弛一下,疏可走马,下面开始密不透风。

脚夫们挑的挑,掮的掮,我跟着一群穿红着绿珠光宝气的女眷走出山门时,回望了一眼——睡狮庵,和尚住在尼姑庵里?庵是小的啊,怎么有这样大的庵呢?这些人都不问问。

家庭教师是前清中举的饱学鸿儒,我却是块乱点头的顽石,一味敷衍度日。背书,作对子,还混得过,私底下只想翻稗书。那时代,尤其是我家吧,"禁书"的范围之广,连唐诗宋词也不准上桌,说:"还早。"所以一本《历代名窑释》中的两句"雨过天青云开处,者般颜色做将来",我就觉得清新有味道，琅琅上口。某日对着案头一只青瓷水盂，不觉漏了嘴，老夫子竟听见了，训道："哪里来的歪诗，以后不可吟风弄月，丧志的呢！"一肚皮闷瘪的怨气，这个暗迄迄的书房就是下不完的雨，晴不了的天。我用中指蘸了水，在桌上写个"逃"，怎么个逃法呢，一点策略也没有。呆视着水渍干失，心里有一种酸麻麻的快感。

书房的桌上用水写逃，课堂的桌上以刀刻早。这一篇文章是木心的旧事重提。鲁迅《朝花夕拾》原名《旧事重提》。

我怕作文章，出来的题是"大勇与小勇论""苏秦以连横说秦惠王而秦王不纳论"。现在我才知道那是和女人缠足一样，硬要把小孩的脑子缠成畸形而后已。我只好瞎凑，凑一阵，算算字数，再凑，有了一百字光景就心宽起来，凑到将近两百，"轻舟已过万重山"。等到卷子发回，朱笔圈改得"人面桃花相映红"，我又羞又恨，既而又幸灾乐祸，也好，老夫子自家出题自家做，我去其恶评誊录一遍，备着母亲查看——母亲阅毕，微笑道："也亏你胡诌得还通顺，就是欠警策。"我心中暗笑老夫子被母亲指为"胡诌"，没有警句。

轻舟已过万重山，人面桃花相映红，虽是文字游戏，中有心绪。

满船的人兴奋地等待解缆起篙，我忽然想着了睡狮庵中的一只碗！

儿童心性，才会想起碗。碗之一事，文章的线头拽回到过去。好文章是迂回的，一览无余少了回味。

在家里，每个人的茶具饭具都是专备的，弄错了，那就不饮不食以待更正。到得山上，我还是认定了茶杯和饭碗，茶杯上画的是与我年龄相符的十二生肖之一，不喜欢。那饭碗却有来历——我不愿吃斋，老法师特意赠我一只名窑的小盂，青蓝得十分可爱，盛来的饭，似乎变得可口了。母亲说：

"毕竟老法师道行高，摸得着孙行者的脾气。"

我又诵起："雨过天青云开处，者般颜色做将来。"

母亲说："对的，是越窑，这只叫盌，这只色泽特别好，也只有大当家和尚才拿得出这样的宝贝，小心摔破了。"

这里有《红楼梦》对白韵味。

每次餐毕，我自去泉边洗净，藏好。临走的那晚，我用棉纸包了，放在枕边。不料清晨被催起后头昏昏地尽呆看众人忙碌，忘记将那碗放进箱笼里，索性忘了倒也是了，偏在这船要起篙的当儿，蓦地想起：

"碗！"

"什么？"母亲不知所云。

"那饭碗，越窑盌。"

"你放在哪里？"

"枕头边！"

母亲素知凡是我想着什么东西，就忘不掉了，要使忘掉，唯一的办法是那东西到了我手上。

"回去可以买，同样的！"

"买不到！不会一样的。"我似乎非常清楚那盌是有一无二。

"怎么办呢，再上去拿。"母亲的意思是：难道不开船，派人登山去庵中索取——不可能，不必想那碗了。

去泉边洗净，藏好。临走的那晚，我用棉纸包了，放在枕边。轻轻的，用藏字、包字，见惜物之情。

我走过正待抽落的跳板，登岸，坐在系缆的树桩上，低头凝视河水。

小时候有了心思，我也低头凝视河水。很多儿童有了心思，多好低头做凝视状。

满船的人先是愕然相顾，继而一片吱吱喳喳，可也无人上岸来劝我拉我，都知道只有母亲才能使我离开树桩。母亲没有说什么，轻声吩咐一个船夫，那赤膊小伙子披上一件棉袄三脚两步飞过跳板，上山了。

文章的锦绣以朴素之笔写来，锦绣在三脚两步飞过跳板，朴素亦在三脚两步飞过跳板。

杜鹃花，山里叫"映山红"，是红的多，也有白的，开得正盛。摘一朵，吮吸，有蜜汁沁舌——我就这样动作着。

蜜汁沁舌，能读出儿童心里之急不可待。沁舌二字味厚。平白无奇的一句话，因为沁字，文气放荡了。立身先须谨重，文章且须放荡。梁简文帝萧纲说的。周作人《文章的放荡》云：文人里边我最佩服这行谨重而言放荡的，虽非圣人，亦君子也。

船里的吱吱喳喳渐息，各自找乐子，下棋、戏牌、嗑瓜子，有的开了和尚所赐的斋佛果盒，叫我回船去吃，我摇摇手。这河滩有的是好玩的东西，五色小石卵，黛绿的螺蛳，青灰而透明的小虾……心里懊悔，我不知道上山下山要花这么长的时间。

河滩好玩的东西，五色小石卵，黛绿的螺蛳，青灰而透明的小虾冲淡不了山上的碗。

鹧鸪在远处一声声叫。夜里下过雨。

是那年轻的船夫的嗓音——来啰……来啰……可是不见人影。

鹧鸪叫，雨声，船夫的嗓音，都是声音，声声入耳，天地万物来了。

他走的是另一条小径，两手空空地奔近来，我感到不祥——碗没了！找不到，或是打破了。

两手空空，奔，皆船夫之心。

他憨笑着伸手入怀，从斜搭而系腰带的棉袄里，掏出那只盌，棉纸湿了破了，他脸上倒没有汗——我双手接过，谢了他。捧着，走过跳板……

棉纸湿了破了，他脸上倒没有汗。这是小说家的观察。一段动态的文字，写得极静。更静的笔墨跟着来了：

一阵摇晃，渐闻橹声欸乃，碧波像大匹软缎，荡漾舒展，船头的水声，船梢摇橹者的断续语声，显得异样地宁适。我不愿进舱去，独自靠前舷而坐。夜间是下过大雨，还听到雷声。两岸山色苍翠，水里的倒影鲜活闪裛，迎面的风又暖又凉，母亲为什么不来。

母亲为什么不来，如此漾开一笔，仿佛晨风吹散竹叶。不止文学意味了，还有情味，更有人的心理。

河面渐宽，山也平下来了，我想把碗洗一洗。

人多船身吃水深，俯舷即就水面，用碗舀了河水顺手泼去，阳光照得水沫晶亮如珠……我站起来，可以泼得远些——一脱手，碗飞掉了！

那碗在急旋中平平着水，像一片断梗的小荷叶，浮着，汆着，向船后渐远渐远……

望着望不见的东西——醒不过来了。

对母亲怎说……那船夫。

醒不过来了，心里还想着对母亲怎说，还想着那船夫。这是人情之美。

母亲出舱来，端着一碟印糕艾饺。

我告诉了她。

"有人会捞得的，就是沉了，将来有人会捞起来的。只要不碎就好——吃吧，不要想了，吃完了进舱来喝热茶……这种事以后多着呢。"

最后一句很轻很轻，什么意思？

用儿童的眼光写。非得加上什么意思不可。

现在回想起来，真是可怕的预言，我的一生中，确实多的是这种事，比越窑的盌，珍贵百倍千倍万倍的物和人，都已——脱手而去，有的甚至是碎了的。

从儿童视线里回来，以老人心态落墨，命运感出来了。不是声色灵肉的史诗，态浓意迟轻轻一点，多少人事沉浮。

我过去说过，木心的散文仿佛一支大羊毫毛笔蘸满浓墨写出的草书，语言像正午阳光下的树影，斑斑驳驳。读木心散文，得会意。不会意，摸不进门。木心诗歌如黑白木刻，有庄严感，读得出肃穆。木心小说是工笔画长卷，是可以把玩的。

那时，那浮夰的盨，随之而去的是我的童年。

结尾一句淡淡的喟叹，不绕梁，余味不绝。

余味不绝

木心的手帖，出入中西，拈出一个又一个短章，片言折狱，举重若轻，游刃有余，有一流见识。短句子里潜伏着隐秘的典故，慢点读，才觉得大有余味。木心对事物的感觉，描述与见解，那些联想、想象、比喻，让人惊奇之后，有顿悟的快感与会心的一笑。

木心的手帖有文本之美，解与不解，似与不似，好文章从来如此。说得出好的就不是好文章。好文章简直来自天外，木心让文字之兽飞翔了。每每有人让推荐一本木心作品，我总说《素履之往》。

余味不绝的还有木心书法。

书法

对木心审美趣味做些关注，不可忽略其书法。木心书法，是才情之书，是随意之法，松散里尽是法度，如满天星斗，似秋江半月，更像一个人坐在八仙桌旁饮茶。

木心墨迹，包括部分手稿，不经意写出内心，有自负有内敛，举重若轻，厚思以轻灵出之，不折不扣，条理分明，不拘不泥，一笔带过，悲悯之心含而不发，在个性气质的流露上绝无障碍。他的字有他的心迹，有时稍嫌用笔轻了些，却又觉得轻些好，轻轻道出内心的寂寞。

木心的字，两字概之，曰：斯文。见过几封木心信札，有竖写的，有横写的，一律繁体字，笔迹古奥敦厚，能感受到书写者的刚与柔，录下其中一款，以为纪念：

多谢赐茶

欣慰奚如

余志茶

独钟清清

亟盼来信

以解悬念

悬念

作为一个知识人，处在社会动荡中，身上有许多交叉小径，每一条都能让他自己迷失，木心偏偏没有迷失。这是他的悬念。长江以南，相对于黄河流域文化而言，处在一个旁观者、边缘者的文化位置上。这点造就了特殊的文化立场与文化视角，木心的作品，能读出非常明确的清醒，即便是写犹豫彷徨也是澄澈的。悬念解开。

"文革"期间，木心身陷囹圄。很多年之后，忆及往昔，老人说，当时觉得许多人都跟着我一起下去，托尔斯泰，莎士比亚他们都跟我下地狱。悬念解开。

解开

木心之绳索绑缚过我，时间的钥匙解开了。我反对模仿，木心又的确影响了我。影响拆开说，似乎更好——影是日影，响是响箭，木心是一支飞在日影中的响箭，射不到我了。但他的日影照耀了我，给人温暖，他开弓的响箭之声犹在耳边，让我知道艺术永存。

论年龄，成长环境，木心算民国人物，但写作蕴涵衔接了西方文明深处的年轮，不论思想，还是手法。

木心去世多年，这些年经常想起他——如果三十岁的胡竹峰能见见八十岁的老人家。

老人家

代和群不重要，为什么要将木心划进一个群体？群体已经太多了，让人家在一旁抽烟喝茶吧。经常有人问木心属于什么家，诗家、散文家、小说家、画家、学问家？当下有木心这样的诗家、散文家、小说家、画家、学问家吗？不知道，不愿意将木心脸谱化，我总是回答说老人家，虽然遗稿中他说自己不愿意做个老人。

没有和木心风格相近的作家，起码目前没看到。

在我眼里，木心是一个把散文当散文来写，把诗歌当诗歌来写，把小说当小说来写的人。木心的文学不是当下的文学，他用一己之力渡过了时间之河。文学视野和版图像一座神庙，木心是游客，手握烟斗，东看看，西走走。游客是不需要位置的，就好像你我去庙里，看看木刻的罗汉，看看镀金的佛陀，看看石雕的菩萨，并不想要坐到那个位置上去。

我心中的木心应该不是木心，是非木心，另一个木心。羞涩、热情、怯懦、勇敢，天马行空，独来独往。他应该是个好强争胜的人，拼命读书，释道儒都涉猎了，写出那么多作品，希望名满天下，也愿意躲进小楼。他了不起的地方是让文学回归到文学，认识到人生之大限，青春难葆，天命不可强求，只有化为艺术才能长存。

木心写作这么多年，通过文字让自己变得大无畏与无所谓了。一个人大无畏容易，一个人无所谓也容易，大无畏中无所谓，无所谓中大无畏不容易，这是木心的禀赋。木心是灿烂的，当归其位。他的一套文集摆在我书架上，存一段灵性。

叶圣陶

　　以苏州古镇甪直为背景的小说，早先读过清人遽园《负曝闲谈》，后来看到叶圣陶《多收了三五斗》《倪焕之》。逛了江南几个古镇，甪直的烟火气息很真切，可以看见多年前水乡人家的模样。《多收了三五斗》是小品，《倪焕之》虽是长篇，也是小品，故事的线索简单，倪焕之从吴淞河畔一个小市镇走向大都市上海，最终绝望地毁灭在大革命退潮中。小说算不上好看，其间偶尔夹杂的民俗民情的描写，让人看到当年的生活，看到一九二八年三十几岁叶圣陶的功力。至今还记得描写红烛一节：

　　　　舱里小桌子上点着一支红烛，风从前头板门缝里钻进来，火焰时时像将落的花瓣一样颤下来，因此烛身积了好些烛泪。红烛的黄光照见舱里的一切。

　　年轻的叶圣陶，行文造句那么敏感那么逼真，充满活力。更年轻时候的一九二四年，叶圣陶写过短篇小说《潘先生在难中》，深刻，无奈，那是白话文的《老残游记》。

叶圣陶

283

没有声嘶力竭的批判，也没有讽刺，无奈之心跃然纸上，活生生的人情与赤裸裸的世故，难得二十多岁作书人如此练达如此洞明。

快一百年了，倪焕之依旧在纸上鲜活地触动人心。叶圣陶写得恳切，从有血有肉的人物回到那段历史，如今再看，笔力虽有不足，但洋溢其中的淋漓元气和生机，勃勃郁郁酣畅淋漓。那些忧伤那些沉郁那些无奈，并非一味徒然绝望到窒息。惟愿我们每一代人心中能住一个倪焕之，求道求索，奋不顾身，而不是自怨自怜，伤怀、不语、畏惧、退缩，甚至躲在阴暗湿冷角落做毒蛇吐信子，学蝎子持螯伤人，凭空放出一支支冷枪暗箭。

去过几十次苏州，去过三回甪直。甪直的名字过去不是读成角直就是读成用直。叶圣陶墓地刚好也在甪直，一路看小河、小桥、小亭，看大佛、大庙、大树，也看了陆龟蒙墓地与叶圣陶墓地。叶圣陶生前反对修故居，修陵墓，从不把自己当作是什么大人物、大作家，只承认自己是个写写文章的。老派人谦虚，他的文章实在极好，晚岁随笔，字字如谷穗如豆荚。写过两条手跋：

《叶圣陶散文甲集》——叶圣陶晚年貌古，眉长近寸，一脸慈悲。其文风亦如其人。十来岁在旧杂志上读《渝沪通信》，印象颇深，此集几篇抒情文尤为可喜，可圈可点。

《叶圣陶散文乙集》——甲集乙集名法甚佳。叶圣陶作文有老到的朴素，有朴素的老到，如老南瓜粥。老到不难，朴素亦不难。老到的朴素与朴素的老到，大不易也。

汪曾祺的《蒲桥集》，文章且不谈，写作观点尤为精到。他说，散文过度抒情，不知节制，容易流于伤感主义——伤感主义是散文也是一切文学大敌。挺大的人，说些小姑娘似的话，何必呢。希望把散文写得平淡一点、自然一点、家常一点的，但有时恐怕也不免为赋新词强说愁，感情不那么真实。平淡真是谈何容易。苏轼说文章要写得"如行云流水，初无定质，但常行于所当行，常止于所不可不止，文理自然，姿态横生"。这行云，这流水，是有文理的，还有姿态。汪先生说，他谈结构的原则是随便。林斤澜抱怨，我讲了一辈子结构，你却说：随便！汪先生改为"苦心经营的随便"，林斤澜同意了。

叶圣陶文章，汪曾祺应该会喜欢，真真随便到家了，一字一句大白话大实话。有年轻人觉得叶圣陶、梁实秋、朱自清、汪曾祺诸前辈文章选入课本，不过是尊老敬老的礼仪，实在不应该宽容那种废话无聊之作。年轻人火气大容易激烈，这些前辈笔下有一种大致相同的美学倾向和比较近似的艺术风格，清淡自然，隽永纯净。年轻人求新求变，我尊重他们的说辞。二十年后再看，说不定会读出一

叶
圣
陶

点好来。

作文一事，叶圣陶认为，写成文章，在这间房里念，要让那间房里的人听着，是说话，不是念稿，才算及了格。写成文章，给人家看，人家给你删去一两个字，意思没变，就证明你不行。繁简修改，鲁迅提到的是字句段，叶先生只说字，并无高下，殊途同归。

> 三只牛吃草，一只羊也吃草，一只羊不吃草，他看着花……

民国开明书店的老课本，有趣，有爱，有个性，更有诗意。文字是叶圣陶编的，插图丰子恺画。这样的开蒙读物，如今并不多见了。

叶圣陶的毛笔字写得好，规规矩矩，不离法度，笔下湖海风云气还在，有点像钱玄同，但比钱先生富贵，文人气里多一些员外体，那是老人家的一份尊贵一份自持。钱玄同英年早逝，短短五十二岁春秋，没能够养出足够的文气养出足够的学养。叶圣陶一生澹泊，做出版，做编辑，做学问，做官员，做文化，字里字外散发出规整的庭园风味，还有庙宇氛围。

叶圣陶书法有写经体、《圣教序》之类打底，大字还有魏碑意趣，更见功夫。叶先生古雅的小篆、苍老的行书，皆引人注目称赞。《辛亥革命前后日记摘抄》中，不

满二十岁的叶圣陶记下为朋友刻印，共同欣赏祝枝山书卷、赵子昂字帖、书写文字赠与友人诸多事项。童子功在此，一手好字没得说的。临帖临碑基本功又扎实又深厚，难得到头来字外的人生与字里的性情有个好结局。

叶圣陶书法气象端严拙厚、磊落大方、工稳谨严，既有人格品范，亦是笔墨旨趣。在《弘一法师的书法》中，叶先生评点弘一法师书法，其中有夫子自道夫子自勉——全幅看，好比一个温良谦恭的君子，不亢不卑，和颜悦色，在那里从容论道；就单个字看，疏处不嫌其疏，密处不嫌其密，只觉得每一笔都落在最适当的位置上，一丝一毫移动不得；再就一笔一画看，无不使人起充实之感，立体之感，有时候有点儿像小孩子所写那样天真。但是一面是原始的，一面是成熟的，那分别显然可见。总结以上的话，就是所谓蕴藉，毫不矜才使气。功夫在笔墨之外，所以越看越有味。

古语说字如其人，叶圣陶楷书平正而又自然，篆书则圆润中兼有端庄凝重气概，行书又是中年儒士闲步的潇逸，他的字不求取悦于人而自有可悦之处。

读来的印象，叶圣陶待人宽厚，每每客退，必亲身远送，走过三道门，四道台阶，送到大门外才告别鞠躬，口说谢谢，看着来人上路才转身回去。同人回忆，

叶
圣
陶

晚年叶圣陶已经不能起床，一些人去问候，他总是举手打拱，不断说谢谢。有一回张中行去看他，叶先生外出天坛赏月季。第二天即回信，悔恨不该到天坛去看花。看张中行的地址是公寓，以为是旅店一类，想到京城工作这么多年，最后沦为住旅店，叶先生感到很悲伤。

二〇一六年七月六日，做了一个梦：

早晨，幽暗的房子，三人坐一起聊天。叶圣陶慢悠悠说着话，九十几岁的老人，身穿夹袄，布扣子扣得紧，头直立着，白色的长眉轻扬。话毕，一起吃饭，叶先生的女儿出去了。请叶圣陶在印有王叔晖《西厢记》插图的笔记本上写字，黑色的钢笔一顿又一顿，颇吃力。

二〇一八年五月九日，做了一个梦：

客厅颇敞亮，叶圣陶给我写字。末了，拿出一沓画稿，尺寸统一，皆长幅，水墨荷花莲蓬瓜果蔬菜，仿齐白石、吴昌硕。客选一画别过，叶先生与我席地而坐，论画谈价。

我没见过叶圣陶，不知道为什么会做这样两个梦。这是安详的梦，欢喜的梦。一九八八年二月十六日，旧历丁卯年除夕，万家欢乐团圆的时节。叶圣陶在热闹而响亮的鞭炮声里辞别人间，死于安乐，叶先生好福气。

金庸

倪匡喜欢金庸小说，说查先生的书读了至少四十遍，每年一次，每次感受不同。金庸原名查良镛，周围人称查先生，叫金先生他不理。金庸迷不独倪匡一个，我也是。他的小说前前后后读了十来遍，有些段落可以背下来。不止武侠精彩，写小儿女情态亦柔怀入骨，令人解颐。《笑傲江湖》有一回目写令狐冲和仪琳闲聊，说道：

> 前年夏天，我曾捉了几千只萤火虫儿，装在十几只纱囊之中……师妹拿来挂在她帐子里，说道满床晶光闪烁，她像是睡在天上云端里，一睁眼，前后左右都是星星……小师妹说："萤火虫飞来飞去，扑在脸上身上，那可讨厌死了。有了，我去缝些纱布袋儿，把萤火虫装在里面。"就这么，她缝袋子，我捉飞萤，忙了整整一天一晚。

读了二十几年的书，与友人谈天，引为谈资的常是金庸。我的文学天空，金庸的光环亮得耀眼。虽懂得各美其美、美美与共的道理，然阅读终究是趣味占了上风。

二十多年前的事，记不真切了，忘记是一九九几年，在岳西乡下读《射雕英雄传》。看得见刀光剑影，也看得见敦厚儒雅。那是第一次读金庸，也是第一次接触武侠小说，妙趣无穷。院墙外的乡村仿佛与我无关，牛羊声比不过刀剑声拳脚声来得快意。那样的情味真让我回味，真叫我惦记。如今再看《射雕英雄传》，觉得有匠气，中国传统小说、戏剧的味道多了一些，人物也嫌脸谱化，没那么喜欢了。有人狐疑，说读来印象深刻，那才是代表作。是不是代表作且不管，读小说由着口味，从心从己最轻松。

读者让金庸自选作品，老先生回答不了，说自己有个愿望：不要重复已经写过的人物、情节、感情，甚至是细节。十五部小说是各不相同的，分别注入了当时的感情和思想，主要是感情。为每部小说中正面人物的遭遇而快乐或惆怅、悲伤，有时会非常悲伤。至于写作技巧，后期比较有些进步。但技巧并非最重要，所重视的是个性和感情。老先生也说："后期的某几部小说似乎写得比《射雕》有了些进步。"金庸早期小说大多如此，人物性格单纯而情节热闹，不及后期精彩。金庸也坦白说过比较喜欢《神雕侠侣》《笑傲江湖》等感情浓烈的文字。我倾心的则是《天龙八部》和《鹿鼎记》。

《天龙八部》好在伏笔无数，风云变幻，巨浪滔天。

书上人物虽多，却不乱，任性情发展安排情节，如一棵树，旁枝杂出，主干却立得稳。一树擎天又繁花如星，一朵一世界，枝叶横逸，机关无数。小说如此，真真让人叹为观止。

《鹿鼎记》的好，在于单线式宏大写作，韦小宝的经历贯穿近两百个人物。中国长篇大多是复式写作，《红楼梦》主角不只宝黛，《水浒传》可谓群英谱，《三国演义》中各路英雄好汉不可胜数，《西游记》师徒四人西天取经，《鹿鼎记》主角只有一个，一个人交织而成大千。

喜欢金庸的，慕其博大深入精彩；不喜欢的，觉得流行而已。负鼓盲翁的唱词，到了满村听说蔡中郎的程度，自有韩柳欧阳所无的滋味。据说白居易每作诗，即问老妪，妪曰解，则录入诗稿，妪不解，再改得平白一些。虽则如此，老妪懂得乐山之美的依旧寥寥，解人更少。

武侠小说继承中国古典传统。金庸说，中国最早的武侠小说是唐人传奇《虬髯客传》《红线》《聂隐娘》《昆仑奴》，其后是《水浒传》《三侠五义》《儿女英雄传》等等。实则《燕丹子》更早，说的是燕丹子谋归、求贤、反秦及刺秦之事，终因轻敌而功亏一篑。其文据民间传说编写而成，内容与《战国策》《史记》相关叙述大体相符。孙星衍认为此书是燕太子丹死后由门下宾客所撰，鲁迅在《中国小说史略》中也说《燕丹子》是汉前所作。

真或如此，成书比《史记》早。

司马迁有名可考，《史记》某些篇章近乎武侠小说，故事精彩，人物个性鲜明。《水浒传》更是侠义话本的典范，珠玉在前，武侠小说入得殿堂配享太庙。

民国时候，宫白羽武侠小说极为畅销，作书人始终抱着强烈自责，穷到极点，才肯写稿。更发狠话，说这些无聊的文字能出版，有了销场，是华北文坛耻辱。宫白羽与鲁迅有过交往，自感名花堕溷，负了大先生期望，无颜再见，自动绝了联系。他并不知道，鲁迅千里迢迢从上海寄给北京老母亲的书，并非《呐喊》《彷徨》，而是张恨水的《金粉世家》和《美人恩》。

金庸一生敏而好学、好求不倦，晚年还出国读博士，那是他的抱负、他的心愿，也是为了让武侠小说作家进入更高层次脉流。实则不必任何光环护持，金庸就是金庸。

初读金庸，皆坊间私印本。好在是原貌，插图也在，线条画或水墨画，衣袖飘飘，江湖儿女真秀气，坏人也生得英武，不像戏剧舞台的脸谱。那些插画因文字而生，见得出锤炼词句功夫：

> 月光之下，竹篙犹似飞蛇，急射而前。但听得瓜管带"啊"的一声长叫，竹篙已插入他后心，将他钉在地上，篙身兀自不住晃动。

山崖上一条大瀑布如玉龙悬空，滚滚而下，倾入一座清澈异常的大湖之中。瀑布注入处，湖水翻滚，只离得瀑布十余丈，湖水便一平如镜。月亮照入湖中，湖心也有一个皎洁的圆月。

入世太深，庸常生活消磨得人四肢无力，丢开繁琐，看人笑傲江湖，看人游戏人间，看塞外牛羊空许约，看侠之大者……金庸是说事高手，文字不冷不热，笔管如魔杖，杖尖点地，顿一顿，松弛快慢轻重缓急之间，骨子里裹中国古典文化的温厚淳朴。他的作品，单选部分章节，可能也平平无奇，绵延读来，才觉出大器之美。

金庸笔力耐烦，长篇比中短篇好。题材的限制，武侠小说似乎只有百十万字篇幅，才可以铺陈曲折复杂与诡谲多变。这一点异于女人的短裙，林语堂说女人的裙子越短越好。武侠小说太短，故事没能张开便匆匆收场，往往少些曲折、失了回荡，所以金庸的《白马啸西风》《鸳鸯刀》《越女剑》三个短篇相对乏味一些并不奇怪，像《书剑恩仇录》《侠客行》《飞狐外传》《碧血剑》也嫌平稳。《连城诀》倒是例外，我最偏爱。

倪匡说《神雕侠侣》写情，《连城诀》写坏，一个"坏"字似乎太浅，《连城诀》该是世情之书。尽管没有《天龙八部》浩渺肆意，也不及《鹿鼎记》炉火纯青，缺了《笑傲江湖》般快意恩仇，因为对世态人心入木三分的描摹，自有一份超过江湖世界恩怨情仇的珍贵。狄云悲愤交加，在狱中自暴自弃，叫人肝肠寸断、悲从中来。

《连城诀》的版本，经年里一册册收集了不少，文人的偏执从来没道理可言。去年偶得两本旧版，深夜把玩，作有两则题记：

之一

此远景旧版，故主人购于台南。四十年后归得我手，书亦飘零如此，人何以堪。

之二

金庸小说，幼时喜欢"射雕三部曲"，稍长，喜读《天龙八部》。二十多岁时，读《鹿鼎记》可忘寝食，三十岁好《笑傲江湖》，今爱读此书。本集得自台北旧书肆，为我所存之第六个版本。

金庸、梁羽生、古龙号称武侠小说三大家。梁羽生小说前工后拙，开篇颇为惊人，随后情节越来越淡，有些虎头蛇尾。他不像金庸杂学入文，旁征博引，好在打斗华丽，情节激烈，人物丰满，故事与史实契合度高，可圈可点。古龙小说以奇取胜，连环套，计中计，真真假假，变幻莫测，令人喘不过气来。可惜为稻粱谋，成名之后，写得太多，作品缜密度打了折扣。金庸依托泱泱《明报》，写小说胸有成竹，不惧开篇平平，随着故事展开，人物纷纷涌现，情节盘根错节，摄魂夺魄，回肠荡气，才思如炉火煎茶，火旺而茶开，继而一屋子浓香。

金庸迷排球，懂外语，喜欢古典音乐，年轻时学过芭蕾舞，又钟爱围棋，收藏棋书，搜罗各类名贵的棋盘、棋子。一副千年老树原木特制而成的棋盘，一尺多厚，他珍若拱璧。那是老先生知黑守白的襟怀，这样的人写起政论定然不差，掷地有声，关心世道人心，关怀国运前途。其小说也多见深意，皆有心之作，不只供人消遣。《鹿鼎记》写神龙教，讽刺和谴责显然；《笑傲江湖》刻画政治生活中的若干普遍现象，书中诸相，不是武林高手，而是政治人物。

金庸也喜爱书画，宅府满壁古人墨迹，淡浓繁简，很多精品。友人说，查先生书斋，存有珍贵的古书法残片，几件齐白石更绝妙，还有大幅的吴昌硕。

金庸好借笔下人物论及书法。《倚天屠龙记》中，俞岱岩骨骸寸断，师父张三丰悲愤难眠，凭空写起《丧乱贴》。《神雕侠侣》中，朱子柳用一阳指书写真草隶篆，书法之中有点穴，点穴之中有书法，劲峭凌厉中蕴有一股秀逸的书卷气。侠客岛上的石洞以古蝌蚪文写成的《太玄经》，竟含有剑法、轻功、拳掌、内功。《倚天屠龙记》中张翠山也以武入书。

金庸书法亦好，一字一行是以手写心的执着与看破，蘸墨出笔，意在笔先，书艺俨然剑术，气息铿锵，夹杂浑金璞玉的书香。零星见过一些金庸墨迹，收纵有力，字结中宫，一副好筋骨，铁画银钩是剑气是侠气，碑帖功力深。启功当年劝金庸不要临古太深，那是怕碑帖淹没了他心中的才气学识，冲撞了腕底的文采风流。越到年迈，金庸字迹越硬朗，落墨如滚石，笔走长枪，是玲珑的侠骨。八十岁之后，笔画兀自成骨，笔法更硬，不事弯曲。

金庸的字写成条幅更见宽博，结体更见严密，气韵越发骀荡，有大江东去的气概，难得还存了春江水暖的悠游。那是一身书卷气熏染出来的，也许只有查慎行后人才供养得起那一瓣脱俗的古典心香。一门十进士，叔侄五翰林，祖荫如此，没得说的。当年康熙南巡到海宁，御赐对联给查家，至今悬挂在查氏老宅：

唐宋以来巨族，江南有数人家。

金庸其人，文妙一世，心雄万夫，名下那些小说像名贵的铜刻石雕。从笔下字体结构可以看出，他认认真真一丝不苟地活过一辈子，无论为人、行文、做事，谨严扎实。朋友与金庸有过交往，说老先生本人既不潇洒，也不伶牙俐齿，中等身材，不高但壮实，国字脸方方正正，不怒自威。朋友评价他远观不苟言笑，相处如坐春风。古人说望之俨然，即之也温，即此番风度吧。

可惜金庸生前无缘与之通问，令人不胜惆怅。有年去香港，托朋友约了相会，临了还是缘悭一面，老先生身体欠安。金庸的作品读了几十年，想存他一幅片言只字的墨迹，找了许久遇不到惬意的，到底缘浅，好在他的签名本倒存了两册，聊以自慰。

一九七二年，写完《鹿鼎记》，金庸封笔。此后散散淡淡写一些随笔序跋之类，惊艳如昙花，不见江湖气，智慧心家常心越来越多。怀旧散文《月云》柔肠百结，亦慈亦悲，想到全嫂与月云在井栏边分别的情景，穷人家骨肉分离，千千万万的月云偶然吃到一条糖年糕就感激不尽。月云常常吃不饱饭，挨饿挨得面黄肌瘦，在地主家里战战兢兢，担惊受怕，那时十岁不到，她说宁可不吃饭，也要睡在爸爸妈妈脚边，然而没有可能。金庸说他想到时常会掉眼泪，这样的生活必须改变。文末夫子自道：

> 金庸的小说写得并不好，不过他总是觉得，不应当欺压弱小，使得人家没有反抗能力而忍受极大的痛苦，所以他写武侠小说。他正在写的时候，以后重读自己作品的时候，常常为书中人物的不幸而流泪。他写杨过等不到小龙女而太阳下山时，哭出声来；他写张无忌与小昭被迫分手时哭了；写萧峰因误会而打死心爱的阿朱时哭得更加伤心；他写佛山镇上穷人钟阿

四全家给恶霸凤天南杀死时热血沸腾，大怒拍桌，把手掌也拍痛了。他知道这些都是假的，但世上有不少更加令人悲伤的真事，旁人有很多，自己也有不少。

令人悲伤的真事，果真一件不说。五十二岁那年，得知长子自杀，挂了电话，金庸呆坐椅子上，愣了半个小时，提笔写完社论，方才走出办公室。忍性如此，不输笔下人物。参不透生死谜题，金庸想去另一个世界问儿子，为什么要自杀？为什么忽然厌弃了生命？一九七七年三月，他借《倚天屠龙记》后记说：

> 张三丰见到张翠山自刎时的悲痛，谢逊听到张无忌死讯时的伤心，书中写得太也肤浅了，真实人生中不是这样的。

> 因为那时候我还不明白。

金庸开始信佛，希望得到解脱。

一九四八年，二十多岁的金庸去了香港，做编辑，兼职翻译、记者，一度出任编剧，写过不少文艺小品和影评，一九五九年，创办《明报》。一介文人闯出这样大名堂，真不容易。非怪老先生不相信有人能充分了解他，那是身享文化高位的自尊自信，也是历经沧桑历经世事的寂寞孤冷。香港友人说金庸老幼咸宜，一生希望做谦谦君子，温润如玉，懂得容忍，能受委屈，是非问题上从不会犹豫不决，人家对不起他，也无所谓、不在乎。

金庸仙逝那日，我在北京。老先生顺生应命，已臻上寿，走得安详，我还是觉得二〇一八年十月三十日那夜的风真冷，秋意太浓，浓得化不开。《神雕侠侣》中写到，有一日早晨，陆无双与程英煮好早餐，等待良久，不见杨过到来。二人到他歇宿的山洞去看，只见地下泥沙画着几个大字："暂且作别，当图后会。兄妹之情，皓如日月。"陆无双心中大痛，哽咽道："你说他……他到哪里去啦？咱们日后……日后还能见到他吗？"程英道："三妹，你瞧这些白云聚了又散，散了又聚，人生离合，亦复如斯。你又何必烦恼？"她话虽如此说，却也忍不住流下泪来。

附录：

金庸喜欢改文章，一套三十六本的武侠小说，几次修订，时间跨度近半个世纪，惹来读者微词，老先生文责自负。偶见一封私信，金庸谈文章，字字恳切，字字周到，长者之风、尊者之风就是如此吧——

尊稿内容很好，但写得太过草率，使我每天花很多时间来修改，颇以为苦。《明报》的编辑不肯改这样的稿子，只有我亲自动手。

兹将错别字、别字列单奉上。不是恶意挑剔，而是诚恳地希望你在今后来稿中有所改善，也即是节省我的力气。

金庸

香港是一个做事必须十分认真的社会，很难有快捷方式可走。多一分努力，多一分收获。

任何小错误都能损害自己的前途。做文化工作，写一个错字都不大好的。虽然，任何人（包括我自己）都不能说绝对不会写错字。

稿件写得越清楚，就越是节省排字工人、校对、编辑、总编辑的时间与劳力，印出来时错误的可能性越小。

句子不要太长，读者不喜欢太欧化的文章。

所以不客气地跟你说这些，目标是希望和你长期合作，希望编辑可以直接发你的稿，不必经由我自己来修改。

对于一个字如有怀疑，最好的办法是勤查字典。你用墨笔涂去不要的句子，这是负责的表示。我欣赏这种工作负责的作风。

排过的稿退回，希望你了解我们为什么要这样修改的用意。将来有了重大改善之后，就不退回了。

鲁迅先生当年回《北斗》杂志关于文学的提问，有两点深以为然：

写完后至少看两遍，竭力将可有可无的字、句、段删去，毫不可惜。

不生造除自己之外，谁也不懂的形容词之类。

写作二十年，常常有人询问作文章技巧之类。作文妙诀其实是没有的，或许聪明人有，反正我没有。我的文章是要修改的，常常一气呵成，此后推敲十几次甚至几十次。哪怕文章一团元气，也需要字斟酌句。落墨不改，心里不安宁，看上去随心所欲，其实大费心思。对于自己的文章，没有修改十遍是耻辱，改到字字心安是本分。作文心得有两条：

一、多读书，越多越好。

二、多修改，文章写成，改几遍，放几天再改，放几月再改，甚至放几年再改。

文章的事情切不可急，心急吃不了热豆腐，心急更作不出好文章。《战争与和平》修改了九次，巴尔扎克写东西要改上十几次，钱锺书自称文改公。我愿亦步亦趋。有聪明人说，不如把读书的时间用来写作；也有聪明人说，有那闲工夫修修改改，不如再写一篇新作。聪明怎么做都对，我常恨自己不够聪明。

金庸

蒋光慈

　　蒋光慈生于一九○一年，那是光绪二十一年，是个特殊时刻，清政府签订了丧权辱国的《辛丑条约》。文件上李鸿章签名为"肃"，以朝廷受封的身份"肃毅伯"落下名款，字迹结体虚弱无力又辛酸悲苦，十足疲惫。签约归来，李鸿章大口大口吐血，医生诊断胃血管破裂。这是蒋光慈的出生底色，一个满目疮痍的国家，一个摇摇欲坠的政权，一个民不聊生的时代，大家彻底放弃对清政府抱有的幻想。蒋光慈后来自号侠生，说将来做个侠客杀尽贪官污吏，行侠仗义，削尽人间不平。北洋政府时期，蒋光慈愤而想出家，取名侠僧，说当和尚也是侠客。愤愤不平里都是家国苍生都是济世情怀。

　　印象中，蒋光慈一直很年轻，留在脑海里是意气风发的模样。见过他的照片，黑白旧影难掩芳华，有点憨厚有点俊朗，是进取青年的面目。艺术家应该长什么样子，不好说，大抵总有一些不同地方。读蒋光慈，能看见个性鲜明的特立独行，有孤傲和冷淡一面。文史资料上说，蒋光慈生性耿直倔强，容易愤怒，读中学时，曾是学生运动带头人，发动同学殴打贪污的校长被开除学籍。以天性与经历论，蒋光慈最可能成为一名职业革命者，然而却成为作家。人生的安排，谁也说不清楚。

蒋光慈是安徽金寨县白塔畈镇人，出生地现改为光慈村，少年旧居犹存，乡民以他为荣。蒋光慈在《乡情集》里说，村镇北头有一条小河，小河两岸有柳林，夏天可以听见蝉鸣，在冬天也不断孩子们的踪影。如今，柳林不再，两岸依稀有些柳树。光慈村依旧如当年靠着山丘，傍着河湾，再也没有零星散布着的小的茅屋了，而是一座座窗明几净的楼房。

在金寨，不经意就走进蒋光慈的文字——青秧叶子上的露珠还在莹莹地闪耀着，田野间的空气还是异常的新鲜而寂静。晚风荡漾着层层秧苗的碧浪，这时如人在田埂间行走，宛然觉得如在温和的海水中沐浴一般，有不可言喻的轻松的愉快……

蒋光慈早慧，读书时就显示不寻常，从小被称为神童。家族续修宗谱，族下让刚满十六岁的他撰序。少年时候，蒋光慈就读于前身是清末的皖江中学堂的芜湖省立五中，这段经历对蒋光慈影响很大。毕竟当年严复担任过学校校长，章士钊、柏文蔚、苏曼殊等名流都曾在此任教。后来在上海，蒋光慈进入共产国际开办的外国语学社学习俄语，随后与刘少奇、任弼时、韦素园、曹靖华一起赴莫斯科东方共产主义劳动大学。一九二二年，他由社会主义青年团转为中共党员，署名蒋光赤，以示倾向革命。

蒋光慈留苏三年后回国，在文坛大声疾呼无产阶级革命文学，开始写作诗文。一九二六年发表书信体小说《少年飘泊者》，写一个农村少年父母双亡后漂泊的经历，没有出路的人物形象写得立体饱满。一连串遭遇黑暗的社会现实，少年飘泊者最终努力做一个武士。小说尾声惊讶地有了苍凉，懦弱者渐渐强大，在疆场上战死。"在枪林弹雨之中，他毫没有一点惧色，并大声争呼'杀贼呀！杀贼呀！前进呀！……'"悲壮意味是打动人的，点点冷意，夹杂着生的尊严。二十几岁的笔墨，竟也承载着满满的人间寒苦，于自身困顿推及芸芸众生，勃勃生机里隐隐风雷。鲁迅先生曾说，那时觉醒起来的智识青年的心情，大抵热烈，然而悲凉。即使寻到一点光明，却更分明地看见了周围的无涯际的黑暗。

《少年漂泊者》在全国引起反响，许多读者写信称赞作品如指路明灯，给黑暗中摸索的青年指明了方向。很多青年看过《少年漂泊者》，受了影响去参加革命。

《少年漂泊者》问世后第二年，蒋光慈又根据自身的经历感受写出中篇小说《短裤党》，文笔和情节很年轻，写上海写工人，写武装暴动是工人所不能避免的一条路。据说此作有瞿秋白参与构思，书名也是他定的。《短裤党》的出版，使蒋光慈的读者、崇拜者，越发增多了。作者曾说《短裤党》许多地方很缺乏小说味，免不了粗糙之讥。但小说成为历史的记录，因而具有意义。书中赵世炎病时对华月娟表白，说自己不想死，两人互诉衷情，情真意切，读来感动。这里有蒋光慈出色的笔墨。

读茅盾主编的《小说月报》，就文本质量而言，五四时期新小说，并不比旧小说强。新小说在一开始跟跟跄跄，后人评价高，更多的是出于文学之外的考虑，鲁迅或许是个例外。作为当时的重要作者，叶圣陶先生也曾承认新派小说没有旧小说写得好。新小说欣欣向荣，到底是开花之前的芽头，远没有形成老树虬枝。

晚清之后是民国，时代正发生激烈转变，古老文化传统摇摇欲坠，诗云子曰的表达渐渐被人抛去，作为新文艺形式的拓荒者前景未卜，只得埋头劳作。蒋光慈也是一个不尚叫嚣的勤奋作家，不到十年的时间，创作出近二十本作品，囊括诗歌、散文、杂感、评论、小说、翻译各类文体。他的作品对于生的坚强，死的挣扎，充满欣欣生气，成绩是很可引人注意的。我最先读到的是蒋光慈日记，文字朴实流畅，看的时候就像自己经历了这一日一日的光阴。

蒋光慈作品，我挺喜欢《丽莎的哀怨》，素材是早年留学苏联所得。写贵族少妇丽莎在十月革命后流亡到上海，在生命线上苦苦挣扎，最后沦为妓女的凄艳故事。小说以荣华和沦落为对照，描写了丽莎从金尽囊空到走投无路，开始变相卖淫，乃至公开为娼，落得梅毒而死的悲惨过程，复杂的心态和情感渲染得淋漓尽致。同时，由于采取了主人公自叙的形式，因而使红颜薄命的哀怨更为深切。小说心理描写很细腻，树林里军官少年初识的微笑变成妻子把脂粉客带回家的强笑，从贵族生活到十月革命后没落到背井离乡。

蒋光慈的文学，带一些经历或者精神自传，是自身写照。二十世纪二十年代的文字满满是二十世纪二十年代的味道，虽彷徨无助，却满满是生之呐喊。他以文字面对苦难家国，精神从未颓唐陷落。呼应鲁迅《中国新文学大系》小说二集序言每作一篇，都是"有所为"而发，是在用改革社会的器械。蒋光慈文字是在农耕文明浸泡过的，稼穑气和蔬笋气均在，像春日林间竹笋，有大地之泽。

我读蒋光慈的一些作品，能感觉到寂寞，像他这样有理想，在黑暗中游荡太久的人，都会有苦闷寂寞吧。加上疾病缠身，这一心情投射在笔尖，终成暗影。

一九三〇年三月上海成立中国左翼作家联盟，领导成员有茅盾、郭沫若、田汉、夏衍等一大批现代文学史上的大人物。鲁迅《二心集》里有一篇《对于左翼作家联盟的意见》，有些话至今听来，都觉得受用："关在玻璃窗内做文章，研究问题，那是无论怎样的激烈，都是容易办到的；然而一碰到实际，便即刻要撞碎了。关在房子里，最容易高谈彻底的主义。"身为左联成员，蒋光慈从来就走出房子，打破了玻璃窗进行创作，这一点是很可贵的。他对人性风物的描摹，冲出牢笼进入广阔天地。

　　蒋光慈与鲁迅有过争议，但他们到底保持了文人间的友谊。时人回忆，一九三〇年在内山书店后屋，见到鲁迅和蒋光慈在对话……诧异的是，他们不是在争论而是谈家常。鲁迅神色怡然，并不激动，一面吸烟，一面和颜悦色的，似在劝慰什么事。蒋光慈容颜疲惫，脸色青黄有病态，但他矜持的有些拘礼的样子，有谦恭尊敬的姿态。

　　蒋光慈书中的人物，常常患有肺病，可能因为作者本人就有肺病。后来除了肺结核外，他又患了肠结核，此病极为痛苦。妻子问："你怎样痛苦呢？"蒋光慈答："人间的痛苦都在我身上呀！"朋友们去看他，看到瘦骨嶙峋的病体，联想到蒋光慈的一生，不禁泪目。

　　一九三一年秋天，蒋光慈病逝。皖西南乡下那个无根的革命文学青年，赤条条走完短短三十年的岁月。临终前一天，蒋光慈对看望他的亲人说："我是不愿意死的，我还有许多事情要做。"当时，他反映一九二七年大革命前后农村中尖锐的阶级斗争的长篇小说《咆哮了的土地》出版不久，文学史家说是作者最成熟的一部作品。

蒋光慈死后，郁达夫很难过，作悼念文章："他的早死，终究是中国文坛上的一个损失。"郭沫若深情评价说："太死早了一点，否则以他的艺术才能，完全可以毫不夸张地说，中国会有'伟大作品'问世。"今日想起他，也像我对于梁遇春、萧红、徐志摩他们的早逝深致惋惜一样。

金寨县白塔畈镇光慈小学里一棵苍翠的柏树，名为光慈古柏，是蒋光慈七岁读书时与同窗一起栽下的。光阴之箭遁空而逝，种树人离世快百年了。

锺叔河

二十世纪五十年代，锺叔河被开除公职，后在长沙市上拖板车，每日劳作归来仍闭门读书。老一辈人用功，学问修养根基扎实。孔子说"敏而好学"，重点是"好学"二字，"敏"是天分，不必多说。给周作人写信是一九六三年，锺叔河三十岁出头，文字和识见都不年轻：

> 从一九四十年代初读书时起，先生的文章就是我最爱读的文章。二十多年来，我在这小城市中，不断搜求先生的著作，凡是能寻得的，无不用心地读了，而且都爱不能释。说老实话，先生的文章之美，固然对我具有无上的吸力，但还不是使我最爱读它们的原因。

> 我一直以为，先生文章的真价值，首先在于它们所反映出来的一种态度，乃是上下数千年中国读书人最难得的态度，那就是诚实的态度——对自己、对别人、对艺术、对人生、对自己和别人的国家，对全人

类的今天和未来，都能够诚实地、冷静地，然而又是十分积极地去看、去讲、去想、去写。无论是早期慷慨激昂的《死法》《碰伤》诸文，后来可深长思的《家训》《试帖》各论，甚至就是众口纷纷或誉为平淡冲和或詈为自甘凉血的《茶食》《野草》那些小品，在我看来全都一样，都是蔼然仁者之言。

先生对于我们这五千年古国、几十兆人民、芸芸众生、妇人小子，眷念是深沉的，忧愤是强烈的，病根是看得清的，药方也是开得对的。二十多年里，中国发生了各种事变，先生的经历自是坎坷，然即使不读乙酉诸文，我也从来不愿对先生过于苛责。我所感到不幸的，首先只是先生以数十百万言为之剀切陈辞的那些事物罢了。

我很喜欢这封信，其中措辞周正，有好文章气息。当时，周家生活陷入困境，或许这样一个陌生读者的来信会给八十几岁的周作人一些精神安慰，有些话想必让老先生引为知音。锺叔河很快收到北京新街口八道湾的回信，说："需要拙书已写好寄上，唯不拟写格言之属，却抄了两首最诙谐的打油诗，以博一笑。"深夜翻知堂文集，偶然想起这段旧事，惊觉秋风萧瑟，驿道冷落。

二〇一四年初夏，第一次见到锺先生，想起他三十二岁那年的旧事。多少年过去，一些人一些事如梦似幻，周作人作古近半个世纪，锺先生也是八十几岁的老翁。锺寓所名为念楼，取谐音二十楼也。"念楼"两个字铸在门外铁模上，严肃本分，挂在客厅墙上的竹刻也是"念楼"二字，集的是周作人书法。知堂的字怎么搭配都好，鲁迅的字也是，周氏兄弟的字，端的不俗。

那天锺先生刚理发，头面近乎罗汉。年轻时候的他，从照片看，身材单薄些，面目中能看见锐气，如今岁数上来了，老来发福，锐气淡了少了，都是阅尽千帆都是不过如此都是明明白白。锺先生一口湖南腔普通话，口音十分文言文，浑厚。说起当年编的"走向世界丛书"，他指指书桌，说还有些存货，也是那个系列，最近要出，这些事年轻人不想做，趁身体还好，做点事比歇着强。

晚上锺先生请吃饭，长沙话叫洽饭。王平先生介绍一家馆子有特色，开车绕到城外，我吃了觉得不错，地道不地道不知道。老派人情意重，锺先生后来说抱歉，那个饭馆环境不大好，饭菜味道也只是过得去。吃喝一事，锺先生不讲究，我更不在乎。

长沙别后，我们偶然打打电话，互通家常，也谈文论艺。老人家肚子里存货多，常常一说就是半个小时或一个小时，电话烫手无妨，长见识，我听了高兴。认识五六年，电话联系多，从不主动给锺先生写信，怕他礼数周到，回信伤神。老人家客气，每回新书出版，总要寄来并附手札给我消闲。老派文章读来不累，对着话筒祝锺先生健康长寿，多写几本，老人家那一头声响如雷，说起手头工作一件接一件，我听了高兴。寒舍虽小，书架倒宽敞，老派集子读来是福气，多多益善。

　　锺先生一九三一年生，比鲁迅、周作人、胡适他们小了好几辈，每回来信，毛笔字竖写在漂亮的八行笺上，秀雅刚健，不像八十多岁老人的手笔，裱起来就是一帧小品。我这个看横排写字长大的晚生，亦觉得顺眼养心。请他写过几首周作人杂事诗，一手行楷，又劲道又文气，朋友们喜欢，讨走好几件，如今手头只剩来往信札与一本册页与两帧诗笺，锺先生宅心仁厚，想必不会怪我。

　　早年给锺先生写过书评，他居然存了一份样报，可惜文章太幼稚太肤浅太潦草，底稿还在电脑里，不好意思再翻。锺叔河文章学一点点知堂，多了随意多了轻松，因疏朗而淡、坦然而明、豁达而温、清明而达，字里行间有精细有辽阔，涉古深又不深，处处是读书人家本色，对世事清清楚楚，篇篇好看。

　　锺先生认真，喜欢改文章，送我《念楼小抄》一书大样，里面圈圈点点都是精益求精。给我散文集子《衣饭书》作序，手写两遍，改了又改，后来收录进他的书里，笔墨间又动了番心思。

　　有年《作家文摘》转了我写周氏兄弟长文，锺先生见后表扬文章越来越好，观点他不赞同，说鲁迅性格太偏激，容易被人利用，周作人冷静深思，他的书需要通读。老先生年纪比我大了快六十岁，他的文章他的论点我向来尊重。锺叔河原籍湖南平江，和写武侠小说的平江不肖生是亲戚。

二〇一七年三月二十九日上午十一时五十分，第二次见锺叔河先生，距离第一次相会快三年了。开门，锺先生起身迎来，握手，轻轻拥抱了一下，比二〇一四年瘦了一些。坐下，聊天。书案上有送我的一套书，《知堂书话》五册，《知堂序跋》三册，《知堂题记》两册，《知堂美文》一册，《蛛窗述闻》一册。《蛛窗述闻》是以文言文写就的笔记，出版社贺寿诞影印了五百册。时叔河为叔和，皆弱冠之作。

念楼陈设与上次并无二致——台球桌上盖着桌布，《古今图书集成》《汉语大词典》《二十五史》《笔记小说大观》。还是那些书，还是那种味道，壁上也还是那几幅画几幅字——黄苗子的信札，沈从文的章草，黄永玉的条幅，钱锺书的诗笺，沈鹏的小品。

三年不见，锺先生须发比上次见白，不是全白，南山顶上一抹积雪。头发极短，半寸不到，一根一根直立起来，配得上他一辈子的顽强倔强。因为瘦了，人显得清瘤。三年前是罗汉相，如今有佛相了。眼睛锐气少了、淡然多了，柔软的眼神一团团都是和气都是平顺。锺先生过去的照片见过。年轻时候锐，中年时候壮，六十岁后烈，七十岁后不脱虎气，有时眼神锐利如一柄剑，八十岁后渐趋平淡，如八大晚年的草书，亦如弘一的抄经。

老先生气色很好，眼疾未愈，但精神颇佳，谈锋甚健。和他聊天，很少谈及自己，谈得多的是知堂，谈得更多的是书事艺事世事人事。锺叔河的文章多言外意，说话却常常一针见血，枪挑脓疮。本为当天返程，改到次日傍晚。夜里留宿念楼，在黄永玉画作下酣睡。

二〇一七年三月二十九日锺寓午饭：莴笋，韭菜，牛肉炖萝卜，香椿煎蛋，笋丁雪里蕻。莴笋里有红辣椒，青红相间，微辣。笋丁雪里蕻味佳，极下饭。

二〇一七年三月二十九日锺寓晚饭：清炒莴笋，油麦菜，牛肉炖萝卜，小鱼干，炒笋丁。小鱼干略硬，老头子不得食也，我吃了三条，香脆可啖。

二〇一七年三月三十日锺寓早饭：肉丝面条。

早些年我南北流浪，居无定所，前后六年，艰苦与青春交并，终是难忘一段心酸。锺先生二十几岁在长沙集市上拉板车，他的出身是少爷家世。遥想老先生青年时是怎样的岁月与故事呢？谈起往事，他不诉苦、不夸饰，从容玩笑，仿佛与自己不相干。隐在轻描淡写背后的记忆、劳作、编书、伤逝，三句两句，不堪回首处也带着笑意，频频遭遇的屈辱和挫折，竟也不过如此。家事、国事、世事，娓娓道来种种详细。难得他这样的长辈、这样的资历，还愿意跟我说这么多。

二十世纪五十年代，多少人或萎谢或湮灭，锺叔河独有才情，兼以毅力，老来著作不绝，为海内外读书人所敬。老境后的锺叔河，我想起林散之八十五岁写的"闭户著书真岁月，挥毫落纸如云烟"两句话。

二〇一七年三月三十日上午十时离开念楼锺寓。长沙有雨，空气清爽，路边的樟柳嫩叶片片新绿。

锺叔河先生近年写了不少打油诗，问起缘由，手录一纸寄来，亦打油体：

> 打油代作文，有三大好处。
>
> 作者想偷懒，能少写几句。
>
> 编者省麻烦，节约了篇幅。
>
> 读者也开心，少闻裹脚布。
>
> 人生只须臾，交卷匆匆去。
>
> 临行叫两声，今已无恐惧。

丁酉年春节，锺先生身体有恙，查是耳石症。已知无碍，我撩他，害怕了吧。老爷子坦诚，说担心脑出血，去医院时候怕这次回不了家。死不怕的，人都要死，怕突然死了，还有几件事没做，把手头一些事做完，我就不怕死了。临了，又小声说，人生从来就不会圆满，有些事没办法。说写完打油诗，见最后四句，心想难道一语成谶，真的就此匆匆交卷去了？交卷就交卷，谁都要交的嘛。锺先生八十七岁了，电话里声色依旧洪亮，聊到酣畅时，兴致颇高，嘿嘿笑，与前些年并无二致。

锺先生的打油诗我喜欢，喜欢其烂漫、机心全无却机锋处处。与文章相比，更见趣味。文章是他的思想，打油诗却性情多些。过去电话里和我谈得多的是文章，近来经常把写的打油诗念给我听。

也给我写一首吧，你的打油诗好玩。

有机会写吧。

过段日子故意又提起，他颇惭愧似的不好意思，说时候没到呢。有一天他竟说，竹峰，你我是看重的，打油诗不能当真，是俏皮的小玩意、文字游戏，不能写来给你，怕对不住啊。心里听了暖暖的，锺先生不打诳语。这话再也不曾提及，有很久吧。新版《儿童杂事诗笺释》，请锺先生题字。老先生很快邮来，扉页没有像过去那样，写存正、存念之类，而是一首《赠胡竹峰》诗。整洁苍老的小字让我意外得到一帧念楼诗稿，虽感惶恶，到底大乐。

深喜朱传綮，平观周作人。

世间多懵懂，路上最嶙峋。

厌将驵侩避，爱与鬼狐亲。

梦游曾到否，乾坤一草亭。

朱传綮是指朱奔，我写过他的文章《大是懵懂》。驵者壮马，骏马。侩，以拉拢买卖，从中获利的人。驵侩本指马匹交易的经纪人，后泛指市侩。据说明代王世贞弇山园中有一小亭，小亭坐落在丛树之中，四面花草扑地、绿荫参差，匾额上书乾坤一草亭。八大山人画有乾坤草亭图作，这亭是后世中国文人的心灵高台。

过些时候诗作又以毛笔重新录过，并随信惠赠一嵌名联"春雨泼怒竹，夏云多奇峰"。后一句袭古人诗，首联锺先生自撰，一泼一怒，用字奇险，难得熨帖如斯，前辈学人功力可见一斑。赠我知堂书话有如此题记：

> 胡竹峰爱书，尤爱知堂书，为晚岁所交可与言人。今自海南返皖，过长沙来访，以此三种赠与，留一纪念耳。

知堂旧书上又有如此题跋：

> 三十年前印旧书，摩挲字迹已模胡。
>
> 存亡继绝真难事，不怕丢差不怕输。
>
> 旧作打油一首写贻竹峰兄。

模糊作模胡，赠作贻，是老派习惯，也是老派风气老派坚持。纸笔书本之类，老先生心里清楚，事事躬亲，事事有条例，周到细致。哪怕是寄书，也亲自包扎，亲自邮

锺叔河

317

寄。一册《念楼书账》，一本本书下落清晰明了，哪里像书生？简直会计。锺先生的可爱、可敬也正在此处。

很多年前，锺先生送我一本毛边初版《书前书后》，随书有一毛笔信，其中云："你的文章写得比我好，因为你比我聪明。"看完信，简直吓煞，这般表扬，哪敢承受？慌忙四处看看，匆匆合上书信，仿佛有人看到。

和老头子相交快十年。最开始泛泛而谈，这些年无话不谈，越来越深入。写下老头子一词，我仍感诧异。锺叔河的观念、心态永远像个少年，对老爷子而言，经历是他的世故，年纪是他的人情。我认识的老先生里，没有任何一位如他这般敏感、肯定，一针见血又点到为止。有些文章他不写，有些地方他不去，那是生而为人的矜持与自尊。能和锺先生交往我很珍惜，一九三一年的人，又挑剔又宽容。陈丹青说这是沧海遗珠。

张中行当年作文，说锺叔河是书呆子一路。行翁看人，竟也走眼。锺先生人格的分量与生命的剧情，比他写的书、编的书更立体、更波澜、更壮阔。这样的书呆子，过去没有，如今也没有，今后想出一个，怕也没那么容易。

相交快十年，锺叔河从古稀耄耋进入鲐背之年，每去长沙总会去念楼坐坐，得空就留下来吃顿饭，偶尔匆忙，喝两杯茶，和老爷子说说闲话，也觉得受用。每去念楼，总有所得，或书或字。这些年赠我的书有百十本之多了，写给我的字稿大大小小也有好几十幅。偶尔请他写得多了，他也烦，回信说下一次绝不写了。下回去了念楼，桌子上早有写好的字题款等我了。

我喜欢锺叔河的字，一辈子的文气一辈子的硬气。散文集《雪下了一夜》，专门请来两张题记印在书前，字有老民国气息，文章尤好：

> 胡竹峰喜吃核桃我不喜，喜吃葫芦我亦喜；他喜金农的字我不喜，喜张岱之文我亦喜。人本有同有不同，乐其所同就可以了。

> 我喜张岱，是喜其自作主张，当然更喜那支写得出好文章的笔，胡竹峰仿佛似之。他不拘格式作文，有自己的感觉。夸张一点说，可谓才气纵横。余惜其才，更钦努力发愤，以为不可多得。曾为作嵌名联"春雨泼怒竹，夏云多奇峰"。下句集陶，借谓其文有奇气。上句则写其勃勃生气，此最难得，故最可贵。老朽如我，则早就只有暮气了。凡人老去风情减，面对美文，空生羡慕，亦不禁伤感也。

> 我常说，好文学不必是好文章，好文章亦不必为好文学。胡君能"双好具、二难并"，实在不易。我又说过，文章不一定都得有意义。从他的作品看，盖是能识得此第一义者，这就更加难得了。

题胡君新作。

庚子大雪题于长沙城北之念楼，时年九十岁

年迈后，锺先生的字迹缓缓变化，人虽老，手不颤，笔画清正，气息愈见纯青。日常题跋通信每每矫健，神完气足，黄豆大小的行书，纵笔谨严而端正，笔下的心思若隐若现。那天翻《雨天的书》，想起老爷子早年书信请周作人抄录蔼理斯的那一段话，摘录如下：

在一个短时间内，如我们愿意，我们可以用了光明去照我们路程的周围的黑暗。正如在古代火炬竞走——这在路克勒丢斯（Lueretius）看来，似是一切生活的象征——里一样：我们手里持炬，沿着道路奔向前去，不久就要有人从后面来，追上我们，我们所有的技巧，便在怎样的将那光明固定的炬火递在他的手内，我们自己就隐没到黑暗里去。

突然想起，锺叔河迄今五百万字的著述，编辑几千万字的图书，蔼理斯这一段话大概可以作一个纲领吧，也可以作理解他的窗口。

后记

　　少年读《论语》，子在川上曰：逝者如斯夫，不舍昼夜。觉得朗朗上口。随后接触大量伤春悲秋的诗词，美得令人低回。但词句背后的物哀之情却不曾体会，不能体会，不懂体会。最长莫过时间，永无穷尽；最短莫过时间，我们太多计划都不及完成。如今倏然而立，三十年眨眼而过，一个人再长寿，活九十岁，眨三次眼罢了。现在想到岁月人生的话题，心头泛起光阴似箭的怅惘来。因此决定写写阅读民国文人的记忆，将十年来读到的一些旧人老书做一番收拾，录可记之事，可感之情，可发之叹，可议之论，算作旧梦重温。

　　时过境迁，不会再熬夜读鲁迅读郁达夫读巴金，不会孜孜不倦于张恨水小说，不会对书店里的《边城》念念不忘，不会为了借本书翻山越岭二十里。

　　读前人文章，从未想过自己也会写作。早起文章学《雅舍小品》，后来读王力、汪曾祺、孙犁，觉得气息不壮，却大有所得。废名天真烂漫，自说自话，一意孤行。郁达夫率真，有名士风度。他们都影响过我。有朋友问，你是哪路文章？自我感觉，稍微有些婉约，从来不曾豪放，旷达从容、透明欢喜多一点吧。文学艺术上不可能硬要模仿谁，气息是否投合似乎是先天注定的。一个人的文章三五句读下来，投缘的，彼此文气贯通。心迹不通的先贤，从来远远敬仰，只会拜服，味道隔着，没办法逾越一步。

抱着这样朦胧的心愿，二〇一二年七月十五日下笔试写旧人文事。起初设想每篇三千字，写着写着，有些长了，有些短了。顾不得许多，索性一路信笔。情节要短，情怀要长，拘泥事实，还得狠狠删削，笔调像文史随笔，又得收一收。工笔写一脉山岚，不如水墨写意淡淡点染，过程很奇妙很有趣，也很长学识。写作一事，其中趣味让人不可自拔。文字的静好与安稳，常常把我带到一个静谧的境地，不悲不喜，星光闪动，山岚壮阔，河流清越，几声悠长的鸟鸣，被风送得老远，时间空间瞬间消失。

余光中先生有回谈起自己半个多世纪的写作，说文章立言，每每谨慎。我没有理论知识，每篇所写，不过是些感悟，无非性格的影子、情绪的影子、见解的影子，自忖线条墨色还算妥当。有些篇章不愿意写得太满太直，留些私念是人生的花边与留白。汪曾祺口占道："小鱼堪饱饭，积雨未伤禾。"这样的情味真好，很写实很好听。能否写出学问写出见识，不去深究了。

断断续续，这十几万字前后写了三年，增删何止十次。出版前校读书稿中三十多篇文章，圈圈点点，修修改改，每一篇都值得再补再删再润色，每一篇都有几个字不够熨帖不够精准。我想这是所有写作者都怀抱过的歉疚。写文章真难，谁叫我喜欢。

二〇一五年五月十九日，合肥

除金庸、叶圣陶、蒋光慈、木心四篇，其余皆写于二〇一二年七月到二〇一五年五月间，发表在《天涯》《山花》《清明》《传记文学》《伊犁河》《名作欣赏》《湖南文学》《安徽文学》《芒种》《天津文学》《红豆》《人民日报》《安徽商报》诸报刊，文章多有转载，选入各类选本，这是作者的荣幸。

多年前灯下斟酌字句，仿佛昨日，实则过去了很多年。写书人一天又一天走向岁月，真堪浩叹。人会老会朽，文章不会。文章老了好看，老出包浆，旧文人写的老文章，那是旧时月色下迷人的暗影。

有同道说，此集对前辈颇多赞誉，是否过当？阅世日深，知道学养不易强求。人在点横撇捺中沉浮周旋，并不容易。有人指责鲁迅火气太大，知堂冷寂苦涩，巴金抒情

后记

太多，茅盾调子太红，徐志摩太浓，俞平伯太僻，废名太
崛，孙犁太枯。指责恰当，我都赞同，但不改偏爱。一来
这些前辈已故，二则人家写的字多，读的书多，下笔有自
家性情、自己面目，哪怕性情乖张、面目寝陋亦是自家性
情、自己面目。文章最怕无性情、无面目，文章家最怕无
性情、无面目。

　　书中诸贤皆是旧人，其人虽去，精神仍在。此即文艺
为帝力所不及处，也是识者孜孜不倦于文学的因由。

　　　　　　　　　　　　　二〇一九年一月十日，合肥

　　再次回到故乡，母亲说菜园毛竹已经成林了，胡适满
腹疑惑，原来十二三岁时候，某天傍晚，族叔挑着一大捆
竹子走过，见他站在路旁，上前递过一根，说可以做烟
管。少年人不吸烟，索性把它种在花坛。竹子长得快，一
年年兴旺起来，花坛太小，母亲将其移到菜园，漫了一
地，还向别人家园子生发去。往事久远，胡先生已经记不
起、认不出了。

　　有年冬天，和友人结伴去徽州胡适故居，见不到长袍
马褂的民国旧人了，当年的竹林也找不到了，菜畦被流年
洗成空地，只剩冰冷的青石板。一代人的风仪，逝去就逝
去了。前尘如梦，旧情似水，百十年前的人事曾经笔尖，
再看时有哀愁有欢喜，最难将息。世间物体人事，总是要

渐渐别离的。

这些年，民国文章不大看了，更偏爱他们的墨迹。端凝而流动的隶书，有隐晦的心事；流畅而清通的行书，是心绪的畅达；一代民国人大多以毛笔作文，点横捺竖撇中留下生命的泪痕酸楚与莞尔微醺。不快时弄墨以自遣，愉悦时弄墨以自娱，墨影如芒，如刀刃如剑影如戟光，更有流连旧式庭院的才子襟怀。民国人的手迹和他们文章一样，各自面目，温文尔雅，随意谦和，从容不迫，多的是内敛、耐看、不张扬，高雅周到，偶尔还有郁结之气存乎其内，放浪而不失分寸。碑帖余味，亦可推敲之琢磨之。

偶见一本章士钊送给后辈的《柳文指要》，虚怀让人赐阅，签名钤印后，又忍不住嘱咐：请不要让年轻浮躁一辈人乱翻。半生心血一腔热忱，怕人唐突怕人亵玩。如此自尊如此自爱，也是自珍自惜，更有读书人的矜持与不随流俗。这样的风度如今不多了。

人生在世，有人贪生，有人慕义，有人好色，有人重名……世间没有那么多圣人完人，人性难免向下难免徘徊难免游荡，读书理当挑剔，处事不妨慈悲不妨宽容，多一分温厚多一分体谅，于人于己都好。芸芸众生，可怜人间，各自艰辛。

一代斯文如流水东逝，只能让人怀想。鲁迅、茅盾、林语堂、徐志摩、王国维、丰子恺、张恨水……无数次字

后记

里相逢，仿佛少年故交。有几回，灯下闲坐，恍惚以为自己是民国人。

学问文章，从来都是不足之渊泉，读书补过，过中还有过，一过又一过，一过更比一过高，人力实属有限，巧夺天工谈何容易。当日学寡，见解浅陋，时序中年，文章依旧嫩生，真真无可奈何。书中篇目大抵依旧，造句行文略有润色补正。限于才力，许多文章仍不见佳，持论依旧，不过亲近古人旧事的心意而已，还是舍不得抛弃我的冥顽我的迂阔我的偏见我的无知我的肤浅，毕竟是我的文章。

春日细雨连绵，深宵无眠，悠悠忽忽读了些诗词散曲小令，一时技痒，忍不住在稿纸上平平仄仄——

郭老晚来真命蹇，堪叹鲁迅死年轻。

苍生多少无常事，落水知堂也废名。

胡适文章能启问，可怜老舍与巴人。

了然庄子刘文典，挨斗牛棚陈白尘。

萧红早逝得文运，扶杖巴金老更成。

金粉世家张恨水，八旬茅盾是书生。

严复林纾提复古，陈门独秀倡时新。

上元灯下黄粱梦，鲁迅偏偏好骂人。

疑古玄同多怪论，边城呐喊大声名。
骆驼祥子沉沦后，背影匆匆朱自清。

猛虎集中含秀蕴，彷徨古庙夜深沉。
围城俗世茶烟酒，缶老齐璜水墨深。

兵家笔墨满天星，华丽缘牵张爱玲。
啼笑因缘金锁记，桑干河上短长亭。

文言白话共躯身，合璧中西乱世人。
迟桂花开香沁骨，春风沉醉荡心神。

弘一尊师貌瘦藤，苦茶庵里系牛绳。
遗风五四心头记，燃起冰心小橘灯。

        二〇二四年四月五日，岳西